幸田露伴の文学空間

近代小説を超えて

出口智之

青簡舎

目次

Ⅰ

Ⅱ

凡例

一、本書で扱う主要な作品、ならびに参照した同時代の文章等の引用については、原則としてすべて初出に拠った。所在未確認等で初出紙誌未見の場合には、用いた本文を注に記した。

一、引用に際しては、漢字は原則として常用漢字、人名用漢字の字体を用い、変体仮名は現行の平仮名に統一した。また、必要と考えられる箇所には（ ―注）として注を記した。

一、濁点および句読点については、読みやすさを考え、文語体の文章を中心に適宜加除した。原文そのままの翻字・転写ではないことにご注意いただきたい。

一、ルビについては、原文では読みや仮名遣いに明らかな誤りが含まれることも多く、作者自身が振ったものかどうか判然としない。よって、もとのルビを適宜参照しつつ、私に振り直した。

一、本文中に出てくる人名・雅号については、便宜上、発表時や作中でどの名前が用いられているかにかかわらず、最も代表的なものに統一した。

〔例〕露伴・蝸牛庵など　→　幸田露伴　　只好・劇童子・黙庵　→　関根只好

篁村・竹の舎　→　饗庭篁村　　不知庵・魯庵　→　内田魯庵

I

序章　幸田露伴の出発——幸田露伴と山田寅次郎——

一

明治二十年八月、かねてから北海道余市に電信技手として赴任していた幸田成行は、いまだ義務就業年限を二年近く残したまま、突然任地を飛び出して帰京した。[1] これより以後一年半ほどの間、彼は淡島寒月や尾崎紅葉との親交を深めながら、幾篇かの習作を書く雌伏の時期を送る。そのなかで書き綴った小説「露団々」の原稿が、書肆金港堂に売れたのは明治二十一年の大晦日のことであり、翌年の二月から八月にかけてこの作品が雑誌『都の花』に掲載され、高い評価を得るにいたって、成行の筆名「露伴子」は広く世人の知るところとなった。作家、幸田露伴の誕生である。

爾来、彼は昭和二十二年七月に歿するまで、六十年近くの長きにわたって筆を執りつづけ、全四十三巻におよぶ全集にもなお収りきらぬ厖大な作品を執筆する。坪内逍遙「小説神髄」や東海散士「佳人之奇遇」を同時代的に受容し、その影響下に出発した文学青年が、太宰治「斜陽」や中村真一郎「死の影の下に」とおなじ年まで活動を続けたとは、それ自体驚くべきことと言えようが、その文学の幅広さと知識の該博さもまた、読む者の目を瞠らせずにはおかない。小説や随筆、評論などにはじまり、戯曲、詩、短歌、俳句、紀行、翻訳、古典や漢籍の注釈から言語や文字、宗教の研究にいたるまで、露伴が手がけた作品はまことに多種多様であった。

広く知られたこうした露伴文学の巨大さは、だが同時に作家の全貌を見通すことの困難さをも招いた。かつて『日本近代文学大事典』の「幸田露伴」の項目で、前田愛は「露伴にとっては釣魚や将棋の趣味から、中国古典籍や仏典にいたるまでの厖大な知識の蓄積は、ことごとく相互連環する人間学の対象そのものだった」として、その文学の全体を視野に収めて考えることの重要性を強調した。[2] しかしながら、露伴に関する研究は現在にいたるまで、つねに明治期に書かれた小説に集中している。なかでも多く取上げられてきたのは、「風流仏」(明治二十二年)や「五重塔」(明治二十四〜二十五年)など、職人を主人公にして〈名匠もの〉とも呼称される初期作品群である。

世に容れられず、鬱勃たる憤懣を抱えた主人公が芸道に精進するという話型を基本にしたこれらの作品は、余市から脱出して無謀とも言える徒歩帰京を試み、失意の生活を乗越えて作家としての成功をおさめた露伴自身の姿と重ねられ、作者のイメージを形成してきた。たとえば、徳富蘇峰が『将来之日本』『新日本之青年』で提起した「立身出世主義に対応する人間像」の造型こそ、初期露伴の「文学的主題」であったとする前田愛は、逆境を脱出しようとする作中の主人公に、「文士としての成功を希求する露伴じしんの作家主体」の投影を見出した。[3] また、山田有策は前田の論を批判的に継承し、露伴の描く職人たちが実質的には立身出世の道から疎外されていることを指摘しつつ、「絶望に追いやられ、一転して一念の誠を傾けて物を創り出していく精神の回路そのものに、露伴は己の鬱情の憤出(ママ)を賭けた」と述べている。[4] こうした読みかたは以後、露伴文学を貫く仏教精神に着目して「反近代」の観点からの再評価を試みた登尾豊や、また歴史的社会的状況との関連から、露伴は近代社会における個人の私的道徳の確立を実験的に模索していたと見る関谷博らによって乗りこえられてきたのだが、そこにはなお依然として、彼の文学を考えるうえでの大きな問題が横たわっているように思われる。

その第一は、いま述べたとおり、研究対象があまりにも小説に偏っていることである。露伴の出発よりも後になって成立した、小説中心の文学史観のうえに立ったこのような姿勢は、その作品のなかで小説のみを特権化する危険性を持つばかりか、彼が明治四十年代に小説という形式を抛棄した後の動向を、正しく把握することができないだろう。だが、露伴がその後も数十年にわたって筆を執り続けたことを考えれば、彼にとって小説とは完成された所与の形式ではなく、むしろ超克せねばならぬ不安定なものだったはずである。だとすれば我々は、露伴が遺した多彩な作品に目を配りつつ、彼が小説という形式に感じていたであろう問題点と、それを抛棄することによって生れた新たな文学の可能性を明らかにすることでしか、その文学の全体像は俯瞰できないのではないだろうか。

そして第二に、これまで露伴の作品に見出されてきた解釈や主題、評価などが、いささか生硬に傾きすぎたきらいがあることである。もちろん、文章経国の理念がまだ滅びていなかった時代に生れ育った露伴は、その作品において時に理想を語り、時に悲憤慷慨し、時に世情に対して真摯な提言を述べたことはたしかである。だが一方で、彼はデビュー直後から饗庭篁村や幸堂得知といった年長の文人たちの遊び仲間、根岸党に加わり、彼らとの戯れに満ちた遊びの様子を冗談まじりの作品に描いていた。露伴の属していた『読売新聞』や『国会』には、そのような印象の異なる作品が交互に、あるいは並行して掲載されており、同時代の読者たちにとっての幸田露伴の文学とは、その総体であったと考えられる。以後の近代文学の主流が、次第に苦悩や悲哀、社会批判などを重んじるようになっていったこともあって、こうした露伴の側面は軽視されてきたわけだが、そのような潮流もまた、彼の文学の全体像を見失わせる一因となったことは間違いない。

以上のように、露伴の文学を考えるにあたってはいまだ小さからぬ問題が残されているが、では具体的に、近代文学の草創期に誕生した彼の作品はいかなる特質を有し、わけても小説とそれ以外のジャンルの作品とはどういった関係にあったのだろうか。また、それらの作品のなかで様々な横顔を見せる多面体としての露伴を、我々はどのように把握すべきであり、さらに言えば露伴のような存在を生んだ明治とは、いったいどのような時代であったのだろうか。本書は最終的に、これらの問題について明らかにすることを目的とするが、この序章ではまず、おなじ題材をもとに書かれた小説と紀行文とを比較し、その関係について考察してみたい。取上げるのは、露伴のデビュー作「露団々」を金港堂に売込む仲介役をつとめた友人、山田寅次郎との交友を描いた小説「書生商人」(5)と紀行「酔興記」(6)の二作である。

二

「書生商人」は月二度刊行の雑誌『庚寅新誌』に、明治二十五年十二月十六日の第六十八号以降、三号にわたって連載された。作品は明治二十二年の大晦日、山口某という文士が破寺に間借りしている友人、吉田実を訪ねる場面にはじまっている。今は貧乏で二人とも難渋しているが、来年はひとつ事を起して一廉の人物になってみせよう。そう言って吉田は、酒を飲みながら二人の関係を回想するのであった。

二人が知りあったのは、吉田実がある婦人雑誌を創刊したころのことだった。経営は失敗して雑誌はほどなく廃刊になったものの、彼はその経験を生かし、某政党に加わって機関誌の編集に従事する。だが結局、これも肌があわずに脱することとなって、それから二三ヶ月、何をするでもなくもう今年も終りである。これからは政治や文学を志すのはやめて、裸一貫から大商人になってみせよう、と吉田は気焔を吐くのだった。

ここに示されているのは、世に容れられぬ鬱屈した情熱と、その逆境を打破しようという気概にほかならない。主人公は一介の書生にすぎないとはいえ、閉塞した状況にあってそれを打破ろうと意志を強める設定は、つまるところ職人小説のそれに近似している。だとすれば作品は以後、吉田がいかにみずからの志を遂げ、世に雄飛するかを描いてゆくことになる。

翌年の新春。山口宅を訪れた吉田は、これまでの書生風とは打って変わって、格好も言葉遣いもすっかり商人のようである。それ以来、彼はどこへか転居してしまって久しく往来が絶えていたが、ある日、山口は友人の蔵書家、笹沼から吉田の近況を聞かされる。それによると、彼はまず暇な活版所を説きつけ、東京中の官衙や会社、店などから会合や名士までを網羅的に掲載した、『東京通鑑』なる書物を出版したという。これに利を得た吉田は事業を拡張し、今は西鶴などの流行に乗じて古書の覆刻出版を手がけつつ、交際を広めて次第に名声を博しているとのことであった。

さらに年があらたまって明治二十四年。「ホンガリヤ国」から国書を持ってきた軍艦が帰途、嵐にあって沈没する事件が起った。新聞には連日、義捐金募集の演説会や演芸会などの記事が掲載されたが、そこにはつねに、主催者として吉田実の名が挙っていた。ある日、山口は訪ねてきた吉田の口から、彼が義捐金をたずさえてホンガリヤ国にゆき、貿易の路を開こうとしていることを聞く。それから幾程かして、彼が横浜から旅立っていったというところで、この物語は終っている。

ここに描かれているのは、明治のエリートコースから疎外されつつも、一念発起して立身をはたした男の物語である。露伴は「書生商人」の完結後、続けておなじ『庚寅新誌』に連載した「蘆の一ふし」（明治二十六年三月～六月）の後書で、次のように述べている。

露伴曰く、此篇小説とはいふもの丶実際架空の談にあらず、篇中の人歴々猶存せるのみか、仮りに名づけて長次とせし人の製作品の如きは、読者に或は希代の珍品として秘蔵せらる丶方もあらむ。たゞし幼年にして既に此事ありし此技術家が、今如何なる方向に於て如何なる名声を博し居るかは、機を見て予が語らんと欲するところなれば、今姑くは云はざるべし。嗚呼、誰か予が小説を単に理想を以て快心の事を綴るといふものぞ。借問す、世間の鄙夫、男女纏綿の痴談の外、此等快心の譚実際界に無しとするや否や。(7)

これは鋳金細工によって身を立てる「蘆の一ふし」の主人公長次が、実在の人物をモデルにしていることを明かした文章であるが、塩谷賛によればその人物とは、露伴の友人で鋳金家の岡崎雪声だったとのことである。(8)すなわち、この「蘆の一ふし」と山田寅次郎をモデルにした「書生商人」とは、実在の人物に取材した連作のような関係にあり、この後書の内容は「書生商人」にも重なっていると見てよい。露伴はこの両作を書くにあたって、みずから語っているように彼らの逸話を「快心の譚」と捉え、それを強調するように作品化したと考えられる。もちろん吉田は職人ではなく、彼の志すところは実業であるものの、「書生商人」が「蘆の一ふし」のような職人小説に典型的な展開をなぞっているのも不思議ではない。

とはいえ、この作品は従来、さほど高く評価されてきたわけではなかった。(9)たしかに、閉塞状況に追込まれた鬱憤を語る吉田の独白は、状況の説明が細部にわたりすぎて迫力を欠いているし、作品の結末にしても、彼はまだ単身海外へと渡航したばかりで、十分に志を遂げたとは言いにくい。だが前述のとおり、「書生商人」は露伴の小説には数少ない、友人をモデルにして実際の出来事に取材した作品だったのである。すなわち、右のような瑕瑾は「書生商人」の成立事情に由来する必然の帰結だった可能性もあり、だとすれば問題は、作品と実在の山田寅次郎との間の偏差にこそ存在するはずである。

はたして、露伴は寅次郎自身の経歴や体験から、どのようにして作品をつむぎ出したのであったか。そのことを考えるには、当然ながら、モデルとなった寅次郎の実人生を参照する必要がある。ところが、彼の人物像や事蹟について、これまでに判明しているところは決して多くはない(10)。そこで次節では、寅次郎の生涯や露伴との交友の状況に関して、同時代の資料を用いてできるだけ詳しく明らかにしてみよう。

三

柳田泉は早く、「書生商人」において文士の山口が露伴自身、吉田実が山田寅次郎にあたると指摘し、作中の「東京通鑑」とは『東京百事便』、「ホンガリヤ国」とはトルコのことで、沈没した軍艦は実在のエルトゥール号に相当するとした(11)。氏はのちに、これを補って次のように述べている。

山田寅次郎は、そのころ「君子と淑女」といふ雑誌の編輯者であり、この雑誌に、露伴の文章が一二篇載つてゐる。その一つは「音と詞」、いま一つは「賤機帯」といふのであるが、（中略）ともに、世間に発表されたのが、明治廿二年一月で、『露団々』の発表より一月ほど早く、先生（露伴―注）の文章の活字になつたもので、今日知られてゐる一番早いものといふことになる(12)。

柳田のこの指摘によって、「書生商人」中で吉田が経営したと語っている婦人雑誌が、この『君子と淑女』を想定しているらしいことが知られる。しかしながら、ここに示された情報だけでは、やはり寅次郎の人物像を理解するには不足であると言わざるをえない。そこで、氏の示唆をもとにして、あらためて彼の生涯を振返ってみたい。

山田寅次郎の伝記『新月山田寅次郎』[13]によれば、彼は慶応二年八月二十三日、芝江戸見坂にあった沼田藩主土岐家の上屋敷において、藩の家老職中村莞爾[14]の次男として生れた。ほどなく薩長軍の江戸入りに際し、母とともに沼田に難を避けた寅次郎は、しばらくこの地で育つことになる。八歳のおり、ふたたび沼田の地を離れるにあたっては、「川には筏がある。僕は筏で下る」と言って利根川を下った、豪胆で遊び心の多い子供だったと伝えられている[15]。これよりしばらくのあいだ、彼の動向は明らかでなく、両親とともに各地を転々としていたようである[16]。

やがて明治十四年、寅次郎は茶道宗徧流の家元である、山田家へと養子に入った。彼の生家、中村家は宗徧流三世江学宗円の血筋であり、その縁だとされるが[17]、おそらくは徴兵忌避の意味あいもあったろう。だが寅次郎は、このまま茶道の宗匠として生涯を終える気はなかったらしい。明治十四年から十五年のころ、彼は東京薬学校に入学しており、明治十七年十一月には同校の第一期卒業生となっている[18]。

寅次郎が薬学を修めた背景には、親戚筋にあたる村松家との関わりがうかがわれる。村松家は代々、沼田藩主土岐家の御殿医をつとめた家系であり、維新当時の当主は玄庵、本所横網町にあった沼田藩別邸の近辺に住していた。これに嫁した和歌子が寅次郎の父である莞爾の妹で、二人の娘、すなわち寅次郎の従姉にあたる志保子は産婆学を志して、明治十五年前後には横網に安生堂産院を開設していた。また、おなじく明治十五年には、安生堂産婆学校を開いて後進の育成にあたるとともに、女学校である淑女館も開校し、みずから教鞭を執っていたのである。

中村家が沼田から東京に移って以来、とりわけ莞爾が明治十七年に大阪に転地した後の寅次郎は[19]、何かと村松家の世話になっていたらしい。それは、この時期の寅次郎と山田家とのつながりを示す資料が乏しいのに対し、彼の東京での活動はつねに、村松家と安生堂があった本所に拠点を置いていることから推定できる[20]。また、後に寅次郎が関係した出版物の多くに安生堂の広告を見ることができ、それらは彼の足跡をたどる傍証ともなっている。こうした両者の関係の深さを考えると、詳細な経緯は不明ながら、寅次郎は村松家との関わりで薬学を学んだと見てよいだろう。

しかしながら、友人である生方政五郎の記憶によれば、寅次郎は東京薬学校を卒業した当時から、薬を扱って生涯を送ることにも満足してはいなかったようである。[21]来るべき将来に備えてか、彼は横浜に遊学して横浜英和学校で学ぶと同時に、[22]仏人サラベル夫人の経営となるサラベル学校にてフランス語も習得した。[23]学を了えて東京に帰った寅次郎は、明治二十一年十月、杉野喜精とともに前述した雑誌『君子と淑女』を創刊する。[24]そして、仮に「書生商人」の記述が正しいとすればこのころ、まだ無名の幸田成行を知ったのであった。

以上が「書生商人」に描かれる以前の寅次郎の閲歴であるが、続いて彼の活動を追いながら、作中の記述と対照してみよう。

『君子と淑女』は月刊の女性むけ雑誌で、寅次郎も呦々氏あるいは不動如山の筆名で、いくつかの論説を発表している。現在この雑誌の所在は、大宅壮一文庫蔵の第一号（明治二十一年十月）、東京大学明治新聞雑誌文庫蔵の第四・五号（明治二十二年一・二月）しか確認されておらず、前引の柳田泉の言にある「音と詞」も、第四・五号に掲載されたものである（「賤機帯」は第四号のみ）。もっとも、第二・三号はそれぞれ明治二十一年十一月・十二月に刊行されたと見られ、また次に述べる雑誌『保守新論』第四号（明治二十二年四月）には、『君子と淑女』第六号の広告が掲載されているから、少なくともこの号までは刊行されたものだろう。この広告によれば、同号には露伴が「赤表紙」「嵯峨の屋代（ママ）のくされ玉子」の二作を寄せたとあるが、[25]これらは単行本に再録されることもなく、現在なお未確認のままである。

次いで寅次郎は、鳥尾小弥太が明治二十一年十一月に結成した政治結社、保守党中正派に加盟し、その本部である中正社から発行されていた機関誌『保守新論』の編集に加わった。「書生商人」中で、吉田実が加盟したとされる政党のモデルであろう。『保守新論』の創刊は明治二十二年の一月であるが、四月発行の第四号に右に述べた『君子と淑女』の広告や、村松志保子の安生堂産院の広告が掲載されていることから、寅次郎が加わったのはこのころのことと考えられる。

かくして活動の場を政治に移した寅次郎は、中正社から明治二十二年四月四日づけで単行本『条約改正内地雑居の利害』を出版した。(26) 以後『保守新論』には毎号この書物が広告されているが、それは同年八月の第八号までのことで、出版停止をはさんだ十一月の第九号以降、一切影をひそめてしまう。また、第八号には寅次郎の「望みは我が同志にあるのみ」という文章が掲載されているものの、第九号以降は彼の名を同誌に見出すことができず、さらに寅次郎が党の人々とともに行っていた演説会の記録も、明治二十二年の夏を境に跡を絶つ。(27)「書生商人」で吉田の回想として語られる政治活動には、おそらくこうした事実が想定されており、明治二十二年秋のころに政党を脱したとある作中の記述も、おおむね事実をふまえたものと考えられる。(28)

続いて、柳田泉の指摘する『東京百事便』が明治二十三年の七月九日、寅次郎の経営にかかる三三文房から刊行された。(29)「書生商人」にはこの時期の吉田の動静について、「何の会彼の会の発起人ともなれば世話人幹事ともなり」と描かれているが、『東京百事便』には寅次郎が「人間の美徳を具有する者相会し人間の責任を尽すを以て目的と」する「人間会」という、奇妙な会を運営していることが記されている。(30) また六月七日の『読売新聞』には、「人間会の学術演説会」が上広亭で催されると報じられており、右の記述もこうした事実をモデルにしたものであろう。かかる会の開催にも、単なる功名心のみに終らず、遊び心を持っていた寅次郎の性格を見出すことができるのである。

さて、大使オスマン・パシャ以下六百余人の使節団を乗せて日本を訪れたトルコ軍艦エルトゥールル号が、帰途熊野灘で嵐に遭い沈没したのは、明治二十三年九月十六日夜半のことであった。生存者は僅々六十九名。この一報が九月二十日ころに東京へと伝わるや、寅次郎は翌二十一日より義捐金募集を兼ねた追悼演説会を開催しはじめ、十五日間にわたって、時には一日数度も各所で演説活動を行った。十月の十一・十二日には、一般受けのする演芸会を蠣殻町の友楽館で催し、百円以上の義捐金を集めたこともある。当時の新聞には、それらの記事が寅次郎の名とともに連日掲載されており、(31) この点についても「新聞紙上に（中略）彼の吉田が名の著る、こと頻なり」という「書生商人」の記述は、事実をふまえたものと見てよいだろう。

この義捐金活動にはたしかに、寅次郎の持っていた義俠心を見ることができる。しかし、彼が当時相次いでいた国内の災害ではなく、(32) あえてエルトゥールル号沈没事件を選んで義捐活動を行ったところに、その胸底に流れていた海外への雄飛の夢がうかがわれよう。寅次郎自身、後年になって当時の心境を次のように述べている。

> 近年土国（トルコ—注）の国勢、亦衰頽すと称すと云ふと雖ども、然も其国情を詳せるものなし。現に彼が欧州各国に大使を派遣し、常備の兵馬猶ほ七十万を以て数ふるある、衰ふと云ふと雖ども、亦以て語るに足ん。加之、遠く軍艦を派して修交の途を我に求む、不幸にして其船艦は没沈（ママ）せりと雖ども、土耳古帝国の情義は没す可からず。我今自ら立て其土に趣（ママ）き、具に其国状を尋ね、交通の途を開き、後来大に為す所あらん（後略）(33)

こうした志を秘めた寅次郎は、集めた義捐金を持って外務大臣青木周蔵と面会し、トルコ渡航の許可を得た。彼は以後、渡航の準備を進めながら、三三文房の経営にも力を注ぐ。「書生商人」の作中では、軍艦沈没事件以前のように描かれている、近世文学の翻刻出版をはじめたのである。明治二十四年二月、叢書『文学資料』の第一巻として出版された近松門左衛門の『天鼓』以下、続々と刊行された近松や西鶴の作品の翻刻には、山田寅次郎という名前こそ見えないものの、『条約改正内地雑居の利害』や安生堂産院の広告が掲載されていて、彼が関わっていたことの傍証となっている。

明治二十四年十月三日、友楽館において送別会が行われ[34]、彼が横浜を出発したのは翌年一月三十日のことであった[35]。前述のとおり、「書生商人」はこの時点までの山田寅次郎の活躍に取材しているわけだが、以後の彼の生涯も簡単に記しておこう。トルコに到着した寅次郎は、義捐金を渡すとともに日土貿易に関する特権を与えられると、一度帰国して明治二十五年十月二十五日に品川に入った[36]。このころ露伴のもとを訪れたものと考えられ、その直後の十二月十六日から連載開始となる「書生商人」は、その時の寅次郎の話に材料を得た可能性が高い[37]。

翌年、寅次郎はふたたびトルコに渡航し、コンスタンチノープルに中村商店という日本製品の店を開いて、日土貿易に従事した。同時に彼は民間大使としての役割もはたし、雑誌『太陽』にトルコを紹介する寄書を行ったり[38]、トルコを訪れた日本人の世話をしたりしている。日露戦争に際しては諜報活動も行ったと伝えられるほか、後年には煙草巻紙（ライスペーパー）事業を起して東洋製紙株式会社を設立した。第一次大戦勃発後、日本と準交戦状態に入ったトルコから帰国した後は、茶道宗徧流第八世家元山田宗有を襲名、機関誌『知音』を創刊するなどして宗徧流の振興につとめるかたわら、日土貿易協会の設立などに関わって両国の親善をはかった。昭和三十二年二月歿、享年九十二。

以上のように、山田寅次郎は立身を望む功名心と、それを実現するための行動力や近代的発想とを持つ一方で、珍妙な会を催したり、茶道を手がけたりするような遊び心も同時に有した、二面性のある磊落な人物であった。朝比奈知泉は外遊中に寅次郎と知りあい、ともにトルコ国内を旅して遊んだ時の様子を印象深く書残している[39]。そうした実在の寅次郎像を念頭に置きつつ、「書生商人」の物語を振返ってみると、この作品では彼の立身出世志向的な側面がかなり強調されていることに気がつく。すなわち、本作は山田寅次郎の実人生に材を求めつつ、文字どおりの立身出世主義を主題として明確に打出し、それを吉田実という作中人物に形象化したと考えられるのである。

こう考えてみると、「書生商人」は職人の世界こそ描いていないものの、それだけに一層、露伴の考える立身出世主義を同時代の社会のなかで具象化した作品と捉えることができるだろう。そのことを確認したうえで、ここでひとまず「書生商人」の世界を離れ、紀行「酔興記」へと目を転じることにしよう。おなじ寅次郎との交友を題材にしながら、そこには本節で見てきたのとはかなり印象の異なる、享楽的な遊びが描かれていたのだった。

四

「酔興記」は「書生商人」発表の半年あまり後、明治二十六年九月に博文館から刊行された単行本『枕頭山水』に収められた作品である。明治二十一年の歳晩、「露団々」を脱稿した無名の幸田成行は、十二月十八日に淡島寒月の紹介で漢学者の依田学海を訪れ、序文を請うた。二十二日、学海は再訪した彼に序を与え、(40)露伴はそれを原稿とともに、出版界に身を置いていた寅次郎に渡して発表の仲立ちを頼んだ。以上の事実を背景として、「酔興記」は寅次郎がもう一人の友人林某とともに原稿を金港堂に売り渡し、五十円という大金をたずさえて大晦日の夕方に露伴を訪ねてくる場面からはじまっている。(41)

大枚を手にした露伴は、二人を招いて料亭八百善で宴席を設けるが、夜もふけたころ、上州佐野に住む友人橋本某に無性に会いたくなって、腰の重い寅次郎たちを連れてそのまま旅に出てしまう。夜どおし浦和まで歩き、元旦の一番汽車で佐野まで行って、この日は誘い出した橋本とともに一日酒に明暮れた。翌日からは橋本も加えた四人で旅を続け、三日は赤城山中で道に迷ったあげく山村に泊り、翌四日には前橋まで下って、五日は高崎まで足をのばす。ここでほかの三人と別れた露伴は、単身中仙道を京へと向い、その途中の木曾の山中で、「風流仏」の題材となる花漬売りの少女を見かけるのである。

先に「書生商人」と寅次郎の実人生とを比較し、作中人物である吉田の行動が、実在した寅次郎の生涯をかなり正確になぞっていることを確認した。もし「書生商人」中にこの旅のことが登場するとすれば、作中の時系列では吉田の回想のなかに含まれるはずだが、実際にはまったく触れられることなく、ただ大晦日の宴会のことだけが「無法に騒いで遊んだ」と暗示されるのみである。すなわち、「酔興記」の世界は「書生商人」の世界と表裏の関係にあるわけだが、それはおそらく、本作の主眼があくまで彼らの気楽な旅を描くことにあるのに由来していよう。そこではむしろ、失敗を強調して描く滑稽の論理が支配的なのであって、酔いにまかせて深夜の旅路に飛出した彼らの姿には、次のようなさげがつけられることになる。

酔のいつまで醒めずにあるべきにもあらず、（中略）上野の公園を出ぬけて王子道へかゝりし頃には、寒くもなり気味悪くもなり、又心淋しくもなりて、二人は不承〳〵に、我は痩我慢に、黙々として歩み、放吟高歌の擬勢も抜け、面白からず前進せるさま、他より評さば狐に憑れし男どもなるべし。

また、橋本をまじえた佐野での宴席の様子も、追憶と慨歎とを基調にした「書生商人」の酒席とは正反対の、ふざけきったものとして描かれている。「酔興記」にはほかにも、彼らが無鉄砲な行動に出て失敗する逸話が数多く描かれているが、それはこの作品の題名が端的に示しているように、酔態というよそおいのなかに彼らの遊びの姿を描き出すことに重きが置かれているからである。すなわち本作は、実際の出来事や旅先の景観などの描写のなかに行路の旅情を盛込む後代の紀行文とは違い、むしろ近世の滑稽本に近い性格の作品として、彼らの遊びを面白おかしく伝えているのである。その一方、おなじく寅次郎と露伴との交友をモデルにしているとはいえ、立身出世主義を基調とする「書生商人」の世界において、遊びの領域に属するこの旅行が大々的に取上げられることはないのであった。

このように両作の外形を眺めてみると、「書生商人」と「酔興記」との隔たりはたしかに大きいように感じられる。作者露伴は寅次郎の人物像や彼との交友を素材として、「書生商人」においては典型的な立身出世譚を、「酔興記」においては失敗続きの滑稽な遊びの姿を、それぞれ選択的に切出し、描き分けたかのようである。ところが、この二つの作品をあらためて仔細に読んでみると、事態がそれほど単純ではないことに気づく。というのは、露伴の作品、とりわけ職人を主人公にした一連の小説にしばしばあらわれる、閉塞状況とそれに対する発憤というあのモチーフは、「酔興記」のなかにもたしかに看取されるからである。

大晦日の宴席果てなんとする時、なお飲み足らず、遠方に在る「善く飲む我が友」に思いを馳せる露伴は、次のように述懐している。

興味索然何となく面白からず、エ、イ、思案分別は賊子のすること、うぢ〳〵するは女児の態、したいこととして死んだのが到底死ぬなら一割徳だは、よし、乃公は佐野へ行かう、と半分は無法になつて終に決定し、さて、これ〳〵の仔細あつて僕は兎に角旅行する、厭で無ければつきあひ玉へ。（中略）あんまりそれは過激だと、過激も糸瓜もあるものか、人世過激が尤も妙さ。(ママ)

あるいは赤城山中で道を失った時、彼は「痩我慢」であることを認めながら、それでもなおこのように主張する。

跛足を曳いても何でも、今から後へ帰つては「おけらの水渡り」だ。仮令ば路を誤つたにせよ、一筋道を左へも右へも折れず突切れば何処へか出るに極つて居るから、安心して僕の後へついて来玉へ。（中略）痩我慢といふのは忍耐のことだ、結構なものだ。螻蛄のやうに半途で後へ復る奴があるものか。

もっとも、「酔興記」では作品の性質上、おなじモチーフとは言っても戯画化の色彩が強いことは事実である。酔いにまかせて夜中に飛出せば、先に示したとおり寒さと心細さとで白けてしまうし、赤城山中では無暗にさまよったあげく、狼が出ると聞いて震えあがる。こうして、彼らの試みは結局は失敗に終るわけだが、それでもここに描きこまれている気概の鋭さは見逃せない。時に依怙地とすら思える、彼らの意気込みを描き出す筆致は、「書生商人」における吉田実の独白に近似しているのである。

それはおそらく、現実の露伴や寅次郎のなかに息づいていた精神に由来しているのであろう。思い返してみよう。露伴が落魄するや、「街頭相遇ふも、面を背け行」くような友人ばかりであった人間関係を振払い、あるいはみずから職を捨てた息子として両親にすら白眼視されるような状況を清算するため、何の前触れもなく大晦日の深夜に旅路へと飛出し、「小説気で満ちて、ぼく〳〵歩」[42]くことであらためて作家としての自己を模索するとは、北海道を脱出した明治二十年夏の、あの旅の原理とおなじではなかったか。そしてその精神は、前節までに見たとおり、露伴と行をともにする寅次郎にも共通していたものだった。二人の交友をモデルにした「酔興記」は、その表面的な滑稽さとは裏腹に、彼らが抱えていた強烈な衝動を内包しているという点で、「書生商人」における吉田の独白と根柢においてつながっているのである。[43]

その一方で、「書生商人」にもまた、「酔興記」の世界に通じるような側面を見出すことができる。ぼろを着ながら山口に向って高邁な志を語ってみせ、あるいは商人言葉の練習だと言って奇態な言動を弄する吉田実の姿は、「酔興記」で繰返される数々の滑稽さに重なるものである。

煮奴豆腐(にやつこ)に銀杏大根のあしらひは先生の御発明と見えて、余程妙でござりまする。かういふのも先生の文章に乗りまするると、読者が美味(うまひ)かのやうに思ひながら読み過しまするると申すも不思議な訳で、へ、へ、へイ、鰹節(かつを)は花と乱れて玉髄凝り成せる菽乳の肩車に乗り、大根は杏葉と名に呼ばれて醤油の川に浮き沈むめりなど丶、まさか斯様(かう)でもござりますまいし（後略）　（「書生商人」中）

「商人らしく口をきかう」と発起した吉田が使ってみせる言葉の一例であり、このおよそ現実離れした世辞を、山口は「戯れるのも可い加減にし玉へ」と一笑に付している。全体としては立身出世という筋立が明確な「書生商人」にも、随所にこうした冗談のような文章が差挟まれているのである。吉田の弄するこの奇妙な言葉は、主題にもまた物語の大筋にも特に寄与するところがないものの、それでもなおこうしたユーモラスな表現を交えずにはいないところに、露伴文学の特徴が存在する。この作品から単に理想主義的傾向を読取るだけでは、寅次郎とともに爽快に遊び、そうした遊びの精神を作品に織込んでいった、露伴のもう一つの側面を見失うことになるだろう。

このように、「書生商人」と「酔興記」とはかならずしも断絶した作品ではなく、濃度の差こそあれ、たがいに共通する要素を抱えこんでいたことがわかる。その背後に我々は、自身と寅次郎とが繰広げたかつての交友を見据え、そこに内在していた立身出世を志向する強烈なエネルギーと遊びとの二重性を把捉し、作品のジャンルやスタイルにあわせて自在に描き出した作家幸田露伴の姿を見ることができる。こう考えてみれば、露伴の文学から立身出世主義的な側面ばかりを取出すのは適当でなく、そこにあらわれている遊びの精神もまた、欠かすことのできない要素としてあらためて見直す必要があることは明らかであろう。

五

以上のように、「書生商人」と「酔興記」とはその外形的な対照とは裏腹に、たがいに共通する要素を少なからず内包しており、かならずしも截然と分けられるものではなかった。とはいえ、この両作がまったく正反対の印象を与えることもまた事実であって、とりわけその主題に関しては、従来から言われてきたように、立身出世主義を軸にした「書生商人」とふざけた遊びに彩られた「酔興記」という形で二分せざるをえない。では、こうした相違は何ゆえに生れたものなのだろうか。おそらくそれは、モデルとなった二人の交友が有していた立身出世主義的なエネルギーと遊び心とが、作品を取巻く様々な論理に拘束されつつ描かれているためと考えられる。

たとえば「書生商人」は、「実際界」の物語をもって「快心の譚」を綴ることが執筆の主目的であったと考えられるが、その根柢には前述したように、文章によって世俗を改良せんとする意識がうかがわれる。[44]「混世魔風」（『読売新聞』明治二十三年十一月十二日〜二十五日）や「風流魔自序」（『国会』明治二十三年十一月二十五日）などの世情諷刺的な作品をいくつも発表し、少年むけの「鉄之鍛」（『少年園』明治二十三年一月三日）で勤労の美徳を説く露伴には、文章経国をめざす政治小説の理念がたしかに継承されていた。[45] 主人公が職人ではなく実業家であるだけに、明治の世における立身譚を世に訴えようとする意図は、より明瞭に感じられるだろう。

一方で「酔興記」は、露伴がデビュー直後から急速に接近した、根岸党の系譜を引く作品である。根岸党は作家の饗庭篁村や俳人の幸堂得知、翻訳家の森田思軒、雑誌編集者にして児童文学者の高橋太華らを中心とした遊びのサークルで、露伴は明治二十四年から二十六年のころにその交流を最も密にする。田山花袋が後年になって、当時の根岸党の雰囲気を「道楽的乃至交遊的」であったと語り、「いくらか戯作者風のところなども残つてゐ」たと回想しているように(46)、彼らは江戸文人たちの伝統にならって日夜酒と旅に興じており、露伴もその仲間にまじって遊んだり、その様子を作品に描いたりしている(47)。たとえば明治二十三年四月、篁村は露伴・太華・詩人の中西梅花とともに木曾を旅行し、紀行「木曾道中記」を書いたが、そのなかに次のような一節がある。

（篁村が—注）酒を飲みて湯に入り、湯より上りて酒を飲み、大グズとなりて、此座可笑からず、泊りを先の宿（しゆく）にして飲み直すべしといふ途方もなき事を云出し、浴衣のまゝ夜中（やちう）に飛出したり。処は木曾の山中なり、雨あがりに道は悪し、行先は何やら勝手知れず、其うへ飛出してから気が付けば足の痛みあり。そして車は更なり家もなし、ドウも木曾山中の夜景は妙だとは酒の云せる譫言（たはごと）にて、（中略）一里ほども歩き、漸く家の五六軒ある処に至り、片端から叩き、辛じて車を二輛仕立させしが、二人は下駄を踏みかへし、臑まで泥の尻からげ。浴衣がけで荷物はないグズ酔の旅人なれば、驚き呆れて車の梶棒を下に置き、顔打守るばかりにて、乗れとは更に云はざりけり(48)。

酒を飲んだあげくに旅を続けると言って宿を飛出した篁村が、夜中に酔いが醒めて茫然とするこうした逸話が、先に示した「酔興記」と重なっていることは明らかだろう。露伴はこの時、篁村の筆によって彼らの旅が文学的に再構成されてゆく過程を、つぶさに見届けていたはずである。だとすればそれから三年半の後、明治二十六年九月の発表になる「酔興記」には、みずからの失敗を大仰に戯画化して根岸党の手法が、たしかに受継がれていたと考えられるのである。

またほかにも、「書生商人」の掲載誌『庚寅新誌』が文芸に特化したわけではない総合誌であるのに対し、「酔興記」は露伴の紀行文を集めた単行本に発表されたというような、メディアの相違も看過できない。当然ながら、執筆時に想定された読者層も異なっていたはずであり、それが作品に与えた影響は小さくなかったと考えられる。だが、本章で見てきたように、「書生商人」と「酔興記」はそのような種々の束縛にもかかわらず、共通する要素を多数有していたのだった。すなわち、この両作はともに、狂奔する心的エネルギーと遊びの精神との二重性のなかから切出されてきたものとして、洪大な露伴文学のなかでひとしく捉えられる必要があるのである。

このように見てくると、一部の小説作品を取上げて評価するばかりでは、露伴文学の過半が見過される結果に終ることは明らかだろう。真に見据えるべきは、「理想主義」と目される作品を書きながらも遊びの様態をあわせて巧妙に描き出し、硬軟織り交ぜることで広がりのある文学世界を作りあげた、作家幸田露伴の手法そのものにほかならない。彼にとって、「酔興記」に形象化されたような享楽的とすら見られる遊びの精神は、「書生商人」で明確に主題化されている立身出世主義と、かならずしも矛盾するものではなかった。むしろ、その両者を表裏一体のものとして自然に融和させていた点こそが、露伴文学の特質と考えられるべきなのである。

幸田露伴という存在の面白さは、文壇登場前夜における山田寅次郎との交友のなかにすでに胚胎されていた、一つの角度では捉えきれないこのような多面性にある。それはおそらく、近世と近代との文化的混淆のなかで生れ育ち、旧時代の感性と新時代の精神とを併せ持って近代文学の草創に立会った彼ゆえの性質と言うことができるだろう。以後、露伴は晩年にいたるまで多面性を拡大しつづけ、その遊びも書物の渉猟や様々な学問領域への興味から将棋、釣といった趣味、繰返し出かけた旅などへととめどなく広がってゆくのだが、こうした方向性は反面、完結した虚構世界における物語の構築を指向する小説という形式との摩擦をはらむものでもあった。そして彼はやがて、明治という時代の閉幕とともにこの形式を抛棄し、より随筆に近い独自の文学ジャンルを開拓してゆくことになるのだが、そのような先のことはしばらく措き、次章ではまず小説を執筆するにあたり、露伴が最初期から抱えていた問題意識について考えてみたい。

注

（1）従来、露伴の電信技手としての義務就業年限は三年とされていたが、渡辺賢治「露伴の電信修技学校時代」（『国文学試論』平成二十一年三月）によって、実際には四年であったことが明らかになった。露伴の赴任は明治十八年七月のことであったから、二十年夏の時点ではおよそ二年の任期が残っていたことになる。
（2）前田愛「幸田露伴」（『日本近代文学大事典』第二巻、講談社、昭和五十二年十一月）十四～十五頁。
（3）前田愛「露伴における立身出世主義─「力作型」の人間像─」（『国語と国文学』昭和四十三年四月）四十頁。
（4）山田有策「露伴と「名匠もの」」（『解釈と鑑賞』昭和五十三年五月）二十六頁。
（5）『庚寅新誌』（明治二十五年十二月十六日～明治二十六年一月十六日）。
（6）『枕頭山水』（博文館、明治二十六年九月）。
（7）幸田露伴「蘆の一ふし」後書（『庚寅新誌』明治二十六年六月十六日）三十頁。
（8）塩谷賛『幸田露伴』上（中央公論社、昭和四十年七月）二百三十三頁。
（9）たとえば前田愛は、「諧謔的な作品」と評している（前田前掲論文、四十頁）。

(10) その後、山田邦紀・坂本俊夫『明治の快男児トルコへ跳ぶ―山田寅次郎伝―』(現代書館、平成二十一年一月)が刊行された。ただしこれは、書中に明記されていないものの、本論文が初出時に明らかにした調査内容や従来から知られていた事がらを、一般むけにやや詳しく紹介したものにすぎず、こと露伴と交流のあった若年時の事蹟について、独自の調査研究による新しい知見は含まれていない。

(11) 柳田泉『幸田露伴』(中央公論社、昭和十七年二月)百六十七~百六十八頁。なお、柳田が作中に登場する「東京通鑑」のモデルを「東京百事便覧」と表記しているのは誤りで、正しくは本文中に記したとおり『東京百事便』である。また、柳田は軍艦名を明治二十年代当時の表記に従って「エルトグロール」としているが、本書では現在通例となっている「エルトゥールル号」の表記で統一する。

(12) 柳田泉『幸田露伴』(真善美社、昭和二十二年十一月。柳田前掲書の増補再版)はしがき三~四頁。

(13) 山樵亭主人『新月山田寅次郎』(岩崎輝彦版、昭和二十七年七月)。

(14) 当時は雄左衛門。本書では便宜上、改名後の莞爾の呼称で統一する。

(15) 生方たつゑ「山田宗有氏覚え書」一(『知音』昭和五十年一月)十二頁。

(16) 『利根郡案内誌』(利根郡案内誌編纂部、明治四十三年九月)には、この時期の寅次郎について、「父陸軍一等獣医中村完(ママ)爾に従ひ、名古屋に転じ居ること三年」と記されている(二頁)。ただし、父の莞爾が馬医試補としてはじめて東京の陸軍病馬院に勤務したのは、明治十五年のことである(官員録による)。

(17) 山田宗徧『利休正伝　宗徧の茶』(学習研究社、昭和六十年四月)に、「宗寿は、上州(群馬県)旧沼田藩主土岐家の分家であり、三世江学宗円の血をひく中村莞爾次男・中村寅次郎(後の八世外学宗有)を迎え、不審庵を嗣がしめた」との記述がある(二百三十三頁)。

(18) 「東京薬学校開校式」(『薬学雑誌』第三十三号)通巻四百六十二~四百六十三頁。なお、東京薬学校はもと東京薬舗学校と称し、寅次郎在学中の明治十七年十月に東京薬学校と改称した。本書では改称後の名称で統一する。

(19) 中村莞爾は明治十七年より、大阪の工兵第二大隊に転属となった。ただし、明治二十年にはふたたび東京に転属となっている(『官員録』による)。

(20) 東京薬学校は設立当初本所にあり、また後述する寅次郎経営の雑誌『君子と淑女』の発行所も本所にほど近い、深川区東森下町にあった。さらには、寅次郎がトルコ渡航後に一時帰国した際、本所横網町に寓したとの資料もあって(山田寅次郎「土耳其事情」、『太陽』明治三十二年九月、二百四頁)、これは村松家に仮寓したものと思われる。

(21) 生方たつゑ「山田宗有氏覚え書」一(前掲)十二頁。政五郎はのち弥右衛門と改名。

(22) 山樵亭主人『新月山田寅次郎』(前掲)二頁、『利根郡案内誌』(前掲)二頁。

(23) 山樵亭主人『新月山田寅次郎』(前掲)二頁。なお、横浜山手居留地の住所録『THE BLUFF DIRECTORY』によれば、明治十五年から二十五年のあいだ、241番地のMons.X.Salabelle氏の敷地内にBay View House Academyが存在したことが確認できる。

(24) 杉野喜精は、後に山一証券を創業した実業家。硯友社同人飯田旗軒の義弟で、のち名古屋に移る。中京新聞の記者であった硯友社創立当時のメンバーの一人、石橋思案と相知り、晩年の尾崎紅葉を知った。しかし、この明治二十一年当時の動静はよくわかっていない。

(25) なお『君子と淑女』第四号には、漁村柳という人物が小説「妾薄命」を掲載しているが、これはほぼ同時期、「紅子戯語」(『我楽多文庫』明治二十一年十月~十二月)を書いた際に尾崎紅葉が用いた筆名の一つであり、また『君子と淑女』同号の奥附とともに掲載された「呦々社公告」には「硯友社員漁村柳氏」との紹介がある。作品の表記方法も「……」の多用、会話を「(( ))」でくくるなど、紅葉の「風流京人形」(『我楽多文庫』明治二十一年五月~明治二十二年三月)などに似ており、確証はないが紅葉の作品と推定される。ただし、『新著百種』第十一号(吉岡書籍店、明治二十三年十一月)の虚心亭主人「妾薄命」とは、別の作品であろう。また、『我楽多文庫』明治二十一年九月号には『君子と淑女』の広告が掲載されているなど、寅次郎は硯友社ともつながりを持っていたと考えられ、文壇出世以前の紅葉・露伴の交友や活動の一端が知られる。

(26) 『指原安三氏伝』(小林富三版、大正七年三月)によれば、この書物の真の著者は序文を寄せている指原安三であるとのことだが(七十一頁)、その真偽あるいは指原の関与の程度は不明である。ただし、寅次郎と指原は後述するエルトゥールル号沈没に際しての義捐演説会などをともに挙行しており、親しい関係にあったと推察されるから、この寅次郎初の著書に指原の助力があったと見るのは不自然ではない。

(27) 山田寅次郎「国民の元気」(『新演説』明治二十二年十月。八月二十五日開催の連合政談演説会の要約)、『東京日日新聞』明治二十二年八月二十八日記事など。

(28) なお、露伴がこの時期に書いたと推定される「大詩人」草稿には中正社の原稿用紙が用いられており、何らかの事情で寅次郎が露伴に用紙を提供したものと思われる。詳細については拙稿「新出　蝸牛露伴著「大詩人」草稿　翻刻・解題」(『文学』平成十七年一・二月号。ニコラ・モラールと共著)を参照されたい。

(29) のちに寅次郎がエルトゥールル号沈没事件の義捐金を募集した新聞広告に、「三三文房主山田寅次郎」と署名されている(『東京新報』明治二十三年九月二十三日広告など)。

(30) 『東京百事便』(三三文房、明治二十三年七月)七百八十一頁。

(31) 明治二十三年九月二十一日以降の『郵便報知新聞』『読売新聞』『東京新報』『やまと新聞』『毎日新聞』『東京朝日新聞』『国民新聞』などの各新聞。演芸会については十月九日、十日、十七日の『東京新報』など。

(32) 埼玉県では水害によって多くの犠牲者が出ており、またエルトゥールル号と同時期には日本郵船の船も沈没している。当時の新聞には、これらの災害に対する義捐活動の広告も多数掲載されている。

(33) 山田寅次郎「東欧所見」二(『東洋』明治三十四年九月)四十三頁。

(34) 『読売新聞』明治二十四年十月一日記事、『東京朝日新聞』明治二十四年十月二日記事。

(35) 『東京朝日新聞』明治二十五年一月二十七日記事。

(36) 『東京朝日新聞』明治二十五年十月二十六日記事。歓待を受けた寅次郎が、演説会を幾度も催した記録が残っている(『東京朝日新聞』明治二十五年十一月九日、同十六日記事、『読売新聞』明治二十六年四月十八日記事など)。また、山田寅次郎「土耳其埃及実況」(『日本商業雑誌』明治二十六年八月~九月)は、四月に殖民協会で行われた演説会の速記である。

(37) 「書生商人」の物語は、「本文は書生より商人と化けおふせたる、当時有り勝ち御承知も大方あるべき男の身の上、詳しく知つたを幸ひに記しますれば御覧あれ」との言葉ではじまっている。

(38)「土耳其の演劇」(明治二十八年七月)、「土耳其婦人」(明治二十八年十二月)、「土耳古通信」(明治二十九年一月)、「コンスタンチノプル市の虐殺」(明治二十九年十一月)などが代表的なものである。
(39) 朝比奈知泉『老記者の思ひ出』(中央公論社、昭和十三年三月)百五十八~百六十二頁。
(40) 依田学海『学海日録』第七巻(岩波書店、平成二年十一月)三百一~三百二頁。
(41) 柳田泉によれば、作中で「李山張水」と仮名になっている二人が山田寅次郎と林某であり、「後得」となっている人物が後述の橋本某であるという(柳田泉『幸田露伴』、前掲の再刊本、八十九頁)。本書では「酔興記」が紀行文であることから、わかりやすさを考慮して作中の仮名を用いず、実名にあらためて表記する。
(42)「作家苦心談(九) 露伴氏が「風流仏」「一口剣」「五重塔」等の由来及び之れに関せる逸話」(『新著月刊』明治三十年八月)二百二十二頁。
(43) もちろん、「酔興記」においてこれらの言を述べているのは寅次郎ではなく露伴であるし、この作品自体も寅次郎だけを中心に描いているわけではない。だが先述したとおり、ここで焦点があたっているのが彼らのサークルの様相である以上、それはさして大きな問題ではない。率先して無謀なことをしてみせ、その都度失敗する作中の露伴は、彼らの旅を作品として再構成するに際し、狂言廻しの役を振当てられているにすぎないからである。
(44) 幸田露伴「蘆の一ふし」後書(前掲)三十頁。
(45) 無論露伴は、自由民権運動の全盛期であった明治十年代の作家たちほどには、文章経国の有効性に信頼を置くことはできなかったと思われるし、またそうした意図が前面に押出されていない作品のほうに、成功例が多いことも事実である。しかし、北海道時代の漢詩に「民は虚飾を喜び虚礼を重んず。卑劣軽薄極めて乱靡。士は空学を尊んで空論を戦はす。剛愎闒頑、国治め難し」と作り、後年には『努力論』(東亜堂書房、明治四十五年七月)や『修省論』(同、大正三年四月)をはじめとする幾多の教訓的随筆の筆を執った露伴は、文筆にたずさわる者の倫理としてそうした意識をつねに抱えていたと言わねばならない。なお、漢詩の訓読は高橋俊夫『近代作家と「江戸」』(桜楓社、昭和六十二年二月、四十二頁)によった。
(46) 田山花袋『東京の三十年』(博文館、大正六年六月)百三十八頁。

（47）饗庭篁村「女旅」（『東京朝日新聞』明治二十四年三月七日〜二十一日）、合作『草鞋記程』（学齢館、明治二十五年十二月）、合作「足ならし」（『狂言綺語』明治二十六年三月）などの諸作に、その様子をうかがうことができる。

（48）饗庭篁村「木曾道中記」十五（『東京朝日新聞』、明治二十三年六月二十日）。

第二章　虚構世界への責任――「縁外縁」／「対髑髏」論――

一

幸田露伴は生涯、旧作に手を入れることの少ない作家であった。作品を単行本に収める際に文辞を整えたり、あるいは未完のままになっていた作品を書き継いだような例は幾度もあるが、一度形になったあとは、主題をゆるがすほどの改稿はほとんど行わなかった。ところが、その例外としてただ一作、発表から三十年近くの長きにわたって改稿が繰返された作品がある。現在「対髑髏」の名で知られる、「縁外縁」である。

この作品は明治二十三年の一月から二月にかけて、『日本之文華』に「縁外縁」と題して発表され、同年六月に春陽堂から刊行された単行本『葉末集』所収の際に、若干の改稿が加えられたうえで「対髑髏」と改題された。以下本章では、この二つの本文をそれぞれ、「縁外縁」「対髑髏」と表記して区別することにする。こののち本作は、題名すらも確定せぬまま、数々の叢書類に収められていった。なかでも大きな改稿が行われたのは、『露伴叢書』（博文館、明治三十五年六月）に「縁外縁」の題で収められた時と、『白露紅露』（春陽堂、大正五年五月）に「対髑髏」の題で収められた時である。

ところが、本作がたどった転変はこれだけではない。「縁外縁」はもともと、別に発表された「毒朱唇」（『都の花』明治二十三年一月）と一体の作品として構想され、「大詩人」の題名を与えられていたことがわかっている。[1] すなわち、この作品に関する重要な改稿は、発表以前も含めて、都合四度は行われたことになるのである。

露伴の作品としてはほかに例を見ない、こうした度重なる改稿は、本作の問題性を際立たせるものとして議論を集めてきたが[2]、そのなかで「大詩人」という原構想の形態についても、すでにいくつかの推定がなされている。「縁外縁」「毒朱唇」の順での一作説[3]、「毒朱唇」「縁外縁」の順での一作説[4]、それら一作説の根拠となった露伴の直話に信を置かない「毒朱唇」の単独説[5]などが代表的だが、筆者も先に、ニコラ・モラールとともにこの「大詩人」段階のものと思われる草稿を翻刻紹介し、若干の考察を試みた（以下「解題」）[6]。まずは本章の基礎として、草稿から推定できる「大詩人」の全体像の概略を示しておこう。なお、この推定は両者の共同研究によるものであり、詳細は「解題」を参照されたい。

「大詩人」と題されたこの草稿は、「中禅寺の奥、白根が嶽の下、湯の湖のほとり」で湯治をしていた作中人物〈露伴〉が、亭主の制止を振切って雪深い「魂精峠」に向い、日の暮れた山中で一軒家を見つける物語である。庵の主はお文という若い女で、無理に頼んで泊めてもらったまではよいが、床が一つしかないので譲りあったあげく、ともに休もうと言われて動揺するという展開は、「縁外縁」とほとんどおなじである。「縁外縁」ではこのあと、二人で一夜を語り明すことになり、こちらではお妙という名の女が華族の息子との悲恋にまつわる身の上話を語りはじめるのだが、草稿では当該部分が欠落していて存在しない。この欠落を挟んで残された最後の一枚には、〈露伴〉が里人の口から癩病を病んだ女の様子を聞く、これも「縁外縁」と同様の場面が記されている。

「解題」において提示した種々の資料から、草稿中間の欠落部分では現行の「毒朱唇」の内容、すなわち釈迦は世の無常や人間の哀れさを感じ、「大きな人情」を持って一切経という詩を詠んだとする釈迦詩人論が語られていたと推定される。もっとも、それが発表された「毒朱唇」の文面とどの程度まで重なっていたのか、また釈迦詩人論以外にも何らかの挿話が存在していたのかなど、詳細についてはわからないことも多い。ただし、草稿の末尾近くに記された女の言葉、「われを恋ひたる人のありしよ（中略）にくや其人白湯さへ呉れぬよ」という恋人の豹変を示す文言は、女が男の求愛を拒み続けたため、ついに彼が焦れ死んでしまったという「縁外縁」の身の上話の内容とは、かならずしも符合してはいないように見える。実際、「縁外縁」ではこの部分が「世に捨られて世を捨て丶」とあらためられているから、この身の上話は「大詩人」から「縁外縁」への改稿過程で加えられたものと考えられる。

「解題」ではまた、草稿一枚目に記された未発表の自序「作者申ス」や広告類から、「大詩人」の成立と「縁外縁」「毒朱唇」の二作への分裂にいたる過程についても考察した。その内容も続いて紹介しておこう。

自序「作者申ス」には、「大詩人」の成立過程について、「此篇の立案、初は小説の如くならざりしに、是ではと趣向を変へて佳人才士の舞台になしける」と記されているが、この「立案」とは周辺資料から、「大詩人」の中核である釈迦詩人論を指すものと推定できる。露伴はまた、釈迦詩人論が受継がれた「毒朱唇」の後書にも、同様に「此篇小説とは申し難き者なれど」と記しており、釈迦詩人論を単独では小説としにくいことを自覚していたようである。そこで、読者の興味を惹くべく「佳人才士の舞台」を設けて小説化し、さらに官能的な場面を加えることによって、「大詩人」という作品に仕立てあげたと考えられる。自序「作者申ス」の冒頭に、「此小説は涎を主眼とす。但し無理に熊膽を飲ましむる事、是れ露伴の圧制巧猾なる手管に御座候」とあるのは、「涎」を誘う好色な描写が、苦くて口にしづらい「熊膽」である釈迦詩人論を読ませる方便であったことを示唆している。

この草稿「大詩人」の成立時期は、おそらく明治二十二年の夏ころと考えられ、当初は吉岡書籍店からの刊行が予定されていた。そのことは、自序冒頭の「此小説は涎を主眼とす」という一文が、吉岡書籍店から『新著百種』第一号として刊行された尾崎紅葉「二人比丘尼色懺悔」の有名な序文、「作者曰／一此小説は涙を主眼とす」をふまえていることや、吉岡書籍店のそのころの出版物に掲載された広告から推定される。ところが、この時の「大詩人」は完成後、何らかの事情によって出版が頓挫してしまった。その正確な理由は不明だが、この事態を受けた露伴は本作を分割し、二つの作品として書きなおして発表することを選んだらしい。すなわち、はじめの着想であった釈迦詩人論を独立させて「毒朱唇」とする一方で、外枠として残された山中綺譚という物語の中身に、新たに悲恋の身の上話をはめこんで「縁外縁」を完成させ、両篇とも明治二十三年一月に発表したのであった。

以上が「大詩人」の全体像と、「縁外縁」「毒朱唇」の成立過程に関する、ニコラ・モラールとの共同研究の概要である。ここで注目すべきは、露伴が「大詩人」を書きあらためるに際し、それを二作に分割するという選択をした意味だろう。その改作がみずから望んだことであれ、あるいは余儀ない事情からであれ、一つの作品という形式は保ったままで、全体に改稿を加えることは十分可能であるように思われる。では、彼はなぜあえて「大詩人」を分割し、別々の作品として発表したのだろうか。

その理由の一つとしては、「毒朱唇」へと発展する釈迦詩人論が早くから着想されていた一方で、「縁外縁」の外枠をなす〈露伴〉と山中の女との物語は、その釈迦詩人論を囲む形であとから設定されたものだったという、成立過程の問題が考えられよう。とはいえ、このことは作品の分割が現行の形で行われた理由こそ説明しているものの、分割せねばならなかった直接の動機を物語っているわけではない。また、露伴に望まぬ分割を強いるような周辺の事情も想定しにくく、だとすればその理由はやはり、一度は完成したはずの「大詩人」に内在していた、何らかの要因に求めねばならないだろう。

なお、この原構想とは別に、雑誌『太陽』が明治三十年六月に諸家の旧作を集めた臨時増刊号を出したおり、「縁外縁」と「毒朱唇」とが並置されて「大詩人」の総題を与えられたことがある。これはおそらく、登尾豊が指摘するように「両作品が元は同じ根から出たという過去の事実に発する感傷」によるものと考えられ(7)、露伴が両作を発表した後も、「大詩人」の構想を意識していたことが知られる。以上のような事情にかんがみれば、後年まで本作に施され続けた幾度もの改稿の理由も、失われた「大詩人」との関わりという観点から考えることができるのではないか。本章ではこの仮定を出発点とし、本作の改稿にうかがうことのできる、小説の執筆に関して露伴が抱えていた問題意識を考察してみたい。

二

まずは「大詩人」草稿の文章と、それに相当する「縁外縁」の本文とを比較してみよう。細かな文辞の調整はともかくとして、両者の最大の相違点は、作者とおなじ名を持つ主人公、〈露伴〉の人物像にある。「縁外縁」の発表以後、一度も改稿が加えられなかった作品の冒頭部分は、次のようにはじまっている。

我元来洒落といふ事を知らず、数寄と唱ふる者にもあらで、唯ふら〳〵と五尺の殻を負ふ蝸牛の浮れ心止み難く、東西南北に這ひまはりて、覚束なき角頭の眼に力の及ぶだけの世を見たく、（後略）　（「縁外縁」一）

登尾豊が「うかうかと浮かれ歩くことの好きな、魂魄定まらぬごく普通の男」「少々血の気の多い、軽薄な凡夫」と評したとおり(8)、「縁外縁」の〈露伴〉はさして際立った性格を持たない。洒落者であることも、数奇者であることも否定する彼にあるのは、ただ漠然と何かを見てみたいという願望だけである。ところが、「大詩人」の冒頭には〈露伴〉による自己言及が置かれ、「縁外縁」とは異なる鮮明な人物像が示されていた。

花のなき身は狂ひよき柳、一念の風にまかせて此片々たる若葉空にもまれ、烟に鎖さるれど、浮世のうきといふ事を知らず、よしや物悲しき秋に逢はゞ散る者に極る身の、飛んで彼岸に到ろうとも、落て馬蹄にかゝろうとも、覚悟定まつて乱舞の蝴蝶いそがはしきに似たりといへども、大天素より存す一味の閑と観じ居れば、それまでの命惜からず。されば我は方外の窮士よ、三碗の茶に寐そびれては、壁の外になくきり〴〵すの声に応じて「前の世の借金を責らるゝか、扨もそろしき者やとたはぶる。或は抑も塵中の狂客か、一顆の梅干で昨夕の夢をぬぐひながら、暁の星窓に当るを「てもまあ御美しう渡らせらるゝに、日本中の色好共が其□□□を□し奉らんともせざる愚さなど恨みける男。洒落といふ事も悟らず、数奇と唱ふる者にもあらで、ふら〳〵と五尺の殻を負ふ蝸牛の、何に浮れてやら角ふりわけん須磨明石。

（「大詩人」二枚目）

ここに示されているのは、徹底して脱世間的な態度を貫こうとする〈露伴〉の姿である。右の文中には、たとえば冒頭の一節が加賀千代尼の句をふまえているように[9]、先行作品を想起させる文言がいくつか含まれているが、それらはあくまで文飾の域にとどまり、彼の人物造型に対して有効な意味を持ってはいない。浮世のことばかりか自分の命すらも気にかけず、みずからを「方外の窮士」であると高らかに宣言する彼にとっては、きりぎりすの声も戯れかける対象でしかなく、また廓遊びの華やかさも何らの興味を喚起しない。すなわち「大詩人」の〈露伴〉は、雅俗どちらの伝統的情緒からも意識的に訣別しようとする人物だったのであり、「洒落といふ事も悟らず、数奇と唱ふる者にもあらで」という自己規定も単なる凡庸さの指標ではなく、その脱世間的な性格を明瞭にする言葉として置かれていたのである。

こうした「大詩人」の〈露伴〉の性格は、草稿のほかの箇所にも明らかに示されている。たとえば、宿の亭主の制止を振切って雪の「魂精峠」に向かう途上、彼は意気揚々と「正に是、左眼は人に白く右眼は天に青し、自ら賛して曰く、若い男は飄軽な者さ」とうそぶいている。晋の阮籍の故事をふまえ、[10]天を青眼視、人を白眼視するこの記述も、「縁外縁」の本文には存在しないものだった。亭主の制止に対する「旋毛曲りの根性」だけで雪中行を選んだ「縁外縁」の〈露伴〉にくらべ、彼の脱俗志向は明確である。

さらに、「大詩人」の〈露伴〉は山中の女、お文とたがいに名乗りあう場面で、みずからを「山にうかれ水にうかる、だけの酔興」と述べていた。これに対し、お文もまた「仏にこがれ歌にこがる、だけの酔興」と述べ、のちに釈迦詩人論を語ることが暗示されている。この一節で繰返される「酔興（狂）」の語は、「縁外縁」ではすべて「気軽」とあらためられ、お妙と改名された女の言葉も、悲恋の経験を暗示する「浮世を厭ふだけの気軽」へと変えられた。ここからも、「世」が見たいというだけの「気軽」からふらふらと旅に出た「縁外縁」の〈露伴〉とは異なり、「大詩人」の〈露伴〉はみずから「酔興」と言明する、奇異な対象を求める強烈な願望に突き動かされていたことが知られる。

このようにまったく異なった人物像を有する両者は、旅路にあって興味を持つ対象もおのずと同一ではない。「縁外縁」の〈露伴〉が「力の及ぶだけの世を見たく」と述べ、興味の対象を「世」に限定していたのに対し、「大詩人」の〈露伴〉は俗世間から離れようとする、次のような決意を語っていた。

オ、そうじや、北の方には氷塊の岩に砕けて水晶を散らす凄まじの景色、南の邦にては金毛の獅子毒霧に叫ぶ勇ましの様子までも、縁あらば看てくれん。（「大詩人」二枚目）

「方外の窮士」たる彼が見たいと言うのは、「世」を逸脱した人外境にしか存在しない奇観であった。こうした両者の願望の違いは、彼らが山中で目撃するものの違いにそのままつながってゆく。すなわち、「力の及ぶだけの世」を見たいと言う「縁外縁」の〈露伴〉が出会ったのは、類型的ともいえる悲恋の話をする女であり(11)、人外境の奇観を望む「大詩人」の〈露伴〉が出会ったのは、草稿では欠落しているものの、破天荒な釈迦詩人論を語る女だったのである。

二人の主人公のこのような相違を作品の成立事情に即して考えるならば、おそらく「大詩人」の分割にあたって女の語る釈迦詩人論が失われ、現行の「縁外縁」にいたる過程で悲恋の身の上話がはめこまれた際、その類型性が「大詩人」の〈露伴〉が望む人外境の奇観とはそぐわなかったため、その人物像を変更したものであろう。これは一見、作中での整合性をつけただけの作業とも思えるが、ここで見逃してならないのは、女の物語る内容の変化にあわせて〈露伴〉の人物像もあらためねばならないほど、両者は緊密に関連する存在と設定されていたことである。これはすなわち、「大詩人」における主人公〈露伴〉の位置、あるいは彼が作中ではたしていた役割に関わってくるが、そのことについて考えるため、続いて草稿掉尾の一節に着目してみよう。

三

「縁外縁」の結末は、夜明けとともにすべてが消え失せ、一顆の白髑髏が残されたのを目撃した〈露伴〉が、山を下りたあとに里人から、昨夜の女が生前癩病をわずらっていて凄惨な相貌だったことを聞かされる場面で終っている。「大詩人」草稿でもまた、欠落をはさんだ最後の一枚に、「縁外縁」とほぼ同様の文章が記されているのが確認できる。ところが、「縁外縁」が里人の言葉を伝えたのみで幕を閉じているのに対し、「大詩人」ではそれに続いて、〈露伴〉による次のような感想が記されていた。

　我われながら、我を架空の馬鹿想像家とさとりて、昨夕の枕さては思ひもよらぬ其癩病女なりしかと呆る、途端、満身冷汗湧きて「莫妄想□と懺悔の□句□離絃の矢、山神それを投返して莫妄想。（「大詩人」十二枚目）

〈露伴〉がもしも単なる目撃者にすぎず、女から話を聞くことだけを役目とするならば、余韻を残す意味でもこの一節はないほうがはるかに洗煉されている。実際、「縁外縁」では右の文章は抹消されたわけだが、では〈露伴〉はなぜ、この時あらずもがなの「冷汗」を流して「懺悔」せねばならなかったのだろうか。これに関して参考になるのは、『以良都女』第三十七号（明治二十二年十二月）に掲載された、「露伴子の（毒朱唇）」という記事である。

　この記事の内容は、『以良都女』とおなじく金港堂から発行されていた『都の花』の翌年一月号に露伴の「毒朱唇」が掲載されるというだけの、いわば広告に近いものであるが、注目すべきはその文中に、失われた「大詩人」の構想について伝える文言が存在することである。この記事は前述したニコラ・モラールとの「解題」において紹介したものであるが、ここでも必要上、全文を引用する。

　露伴子は曾て大詩人といふものを出版しさうにして思ひかへて止めましたが、更に作り直して毒朱唇と題し、来年の都の花へ出す事になりました。大詩人と言つた時は中に婦人と男子が寝ながら釈迦を品評するとの物語りが

有つたとのこと、今《毒朱唇》には其段だけ抜きましたが、趣意は大抵同じこと、何にしろ奇な趣向です。（十六頁）

おそらくは山田美妙の筆になるこの記事によって、「大詩人」には〈露伴〉が実際にお文と同衾する場面があったことが知られる。それは草稿掉尾の一節で、山を下りた〈露伴〉が洩した「昨夕の枕」という言葉にも暗示されていた。だとすれば〈露伴〉が流した「冷汗」は、すさまじい様相の女との一夜を思い返したことによると考えられ、対座して女の話を聞いていただけの「縁外縁」においてこの一節は必要ない。そのため、「縁外縁」の段階では先に示した〈露伴〉の感想が抹消されたのであろう。

そして、これは「大詩人」における里人の言葉が、〈露伴〉の欲望と行為に対する、ある種の罰に相当していたということを意味している。すなわち、「大詩人」は恐怖と欲望の論理しか持たない〈露伴〉と、釈迦詩人論を説くお文とを対置し、最終的に〈露伴〉に罰を与えて「懺悔」させるという構造だったと考えてよい。もちろん、草稿の中間部が失われてしまっている現状にあっては、これはあくまで推定の域を出ない。しかしながら、「大詩人」からその中核であった釈迦詩人論が切出されて成立した「毒朱唇」にもまた、おなじような構造が見て取れることは、右の推定を支持する傍証となっているのである。

「毒朱唇」は二瓶愛蔵が「破格な小説」「小説の形をかりたエッセイ」と評したとおり[12]、さしたる筋を持っていない。作品の内容を簡単に紹介しておけば、上州赤城山の山中、滝沢不動堂のあたりに女がひとりで暮しており、それに興味を持った男が酒をたずさえて話を聞きにゆくと、彼女は釈迦への恋について語りはじめた。作品の大部分は、女が語るこの釈迦詩人論に占められており、あまりの長広舌に寝てしまった男に対し、怒った女が反吐をはきかけるというのが結末である。何ということはない、釈迦詩人論に取ってつけただけのような物語だが、重要なのはそこに、「大詩人」と共通する構造が見て取れることである。

たとえば、「毒朱唇」の男が山中の女に会いに行ったのは、「良い器量」だという彼女を「引出して妻とせん」という下心のためであり、これはお文に好奇心と欲望しか持たなかった「大詩人」の〈露伴〉と共通している。男のそうした魂胆を見抜いた女は、「小利口な男め、我を嬲つて遊ぶ気か、片腹痛し」とつぶやき、はじめから「中途で寐たりなぞなさると天窓（あたま）から反吐はきかけますぞ」と警告していた。だとすれば、男に浴びせられた反吐とは、好奇心と欲望だけを持って女に会いに来たことへの罰にほかならず、居眠りは単にその罰を導く契機にすぎない。「毒朱唇」の女は「大詩人」のお文のような神秘性を持たず、男の欲望も〈露伴〉ほど強くは示されていないものの、「心意気」を持って釈迦詩人論を説く女と欲望の次元に終始する男との対比は、この作品にも見ることが出来るのである。

このように「毒朱唇」を補助線として考えてみれば、「大詩人」の〈露伴〉の役どころは明瞭であろう。破天荒なものを見たいという衝動に駆られ、「酔興」の心で雪山に分け入った彼は、そこで出会った釈迦詩人論を説く女に欲望しか持たず、ついには同衾するにいたったため、罰せられてしまう存在だったのである。「大詩人」が有していたこうした罰のモチーフは、分割に際して「毒朱唇」へと引継がれ、一方で「大詩人」とほぼおなじ物語を展開する「縁外縁」からは失われてしまっている。まずはこのモチーフの有無が、草稿掉尾の一節から知られる「大詩人」と「縁外縁」との相違点の一つであるが、「大詩人」草稿の掉尾にはほかにも、失われた作品の構造をうかがわせる手がかりが潜んでいたのだった。

この一節において、里人の話に「冷汗」をかいた〈露伴〉は、みずからの行為を悔んで「我を架空の馬鹿想像家とさとりて」「莫妄想□と懺悔の□句□離絃の矢」と述べていた。これは一見、「縁外縁」にも描かれている女体への妄執を悔恨する言葉にも思えるが、しかし〈露伴〉は単にみずからの「妄想」を歎くのみならず、自分自身が「架空の馬鹿想像家」であると悟ったと言明している。ここで言われている「想像」とは、山中での出来事全体をあらわすと見るのが自然であり、だとすれば「大詩人」においては、お文との邂逅や対話などがすべて〈露伴〉の「想像」だったという設定になっていたのではないだろうか。夕闇の山中で、彼が一つ家の燈火を見つける場面を描いた「大詩人」の次のような章句は、下界における現実と山中での想像との境界を示すものと読むことができるだろう。

沼のほとりにきたり嬉しや、日は山の端にかくれたり悲しや、雪は最早なしうれしや、杳の底はきれて足は痛し悲しや、水音どう〳〵片科川ならん嬉しや、暗くなつて道もやゝ分らず悲しや、プツリと沓の紐きれて悲しや悲しやと、道の辺に坐りて其を繕ひ繫がんとするに、アツ、燈の光り幽に見えたり、うれしやうれしやとたどり行けば（後略）

（「大詩人」五枚目）

この部分は、「縁外縁」では次のようにあらためられている。

沼のほとりに来たり、嬉しやと思へば日は冬の没り易く、雪は最早無けれど沓の底は切れて足は痛し、折ふしプツリと沓の紐きれて、悲しやと道の辺に坐りて夫を繕ひ繫がんとするに、アツ燈の光り幽に動ぐを見付、嬉しや嬉しやとたどり行けば（後略）

（「縁外縁」一）

「縁外縁」のほうが文辞としては自然であるのに対し、「大詩人」の〈露伴〉は「嬉しや」と「悲しや」とが交互に繰返される詞章のうちに、お文の待つ空間へと吸いこまれてゆく。「大詩人」ではこの箇所以降、草稿では欠落しているものの、朝日がのぼって一切が消え失せるまでの間が、すべて〈露伴〉による想像とされていたと考えられるのである。

このように、主人公〈露伴〉が単なる目撃者の位置にとどまっていた「縁外縁」とは異なり、「大詩人」の〈露伴〉とお文との間には緊密な関係が設定されていたようである。すなわち「大詩人」の〈露伴〉は、山中における一切の出来事を想像した主体であると同時に、お文に対して欲望を持って接したことにより、罰せられてしまう存在だったと考えられる。脱俗志向が鮮明な彼の造型は、釈迦詩人論を語る山中の美女という破天荒な「想像」をするにふさわしい人物として、周到に用意されたものにほかならない。そしてだからこそ、釈迦詩人論が失われたあとの「縁外縁」への改稿に際し、その特徴は大幅にあらためられねばならなかったのである。

本章の冒頭、ニコラ・モラールとの「解題」の概略を紹介するなかで記したとおり、旅路にある男が山中の一軒家で女と出会うという物語は、はじめに着想された釈迦詩人論を作品化するにあたって、その外枠として設けられたと推定できる。だとすれば、山中での一切を〈露伴〉の想像とする設定や罰のモチーフも、その過程で作品に導入された可能性が高い。ところが、このような作業を経ることによって、「大詩人」の作中にはあるゆがみが生じてしまっていた。それはすなわち作中における想像と現実との混淆、より具体的に言えば、想像のなかで行われた罪と作中の現実において与えられた罰との次元のずれにほかならず、この点に「大詩人」の分割をうながした最大の要因が存在したと考えられるのである。

四

あらためて確認してみよう。「大詩人」の〈露伴〉が里人から聞かされた女の凄惨な姿に「冷汗」をかき、「懺悔」せねばならなかったのは、彼がお文と同衾にまでいたったためと推定できた。一方、本作では山中での出来事はすべて〈露伴〉の想像という設定になっており、そのかぎりにおいては彼がお文と同衾したのも現実の出来事ではなく、あくまで「想像」の範疇でのことにすぎなかったはずである。だとすれば、生前の女がいかなる姿であったにせよ、彼が「満身」に「冷汗」をかくほどに「懺悔」する必要はなかったのではないか。

おそらくここに、「大詩人」に内在した矛盾があらわれている。すなわち、作者露伴は主人公の男を罰しようとしたものの、その罰を作中における現実世界へと持ちこんでしまったため、山中での一切を〈露伴〉の想像へと回収することに失敗したのだった。朝日のさした片科川のほとりに、一顆の白髑髏を残した時点で(13)、女との出会いは単なる想像ではありえなくなってしまったのである。

このような相容れない設定が、物語の筋はほぼおなじである「縁外縁」においてともに抹消されていることを考えれば、露伴が「大詩人」を二作に分割した理由の一つに、この問題が関わっていたと見てよいだろう。ここで分裂から発表までの過程をあらためてまとめておけば、彼はもともとの着想であった釈迦詩人論を独立させ、それを説く女と欲望に終始する男とを対比したうえで男を罰するというモチーフを取入れて、「毒朱唇」という作品に仕立てた。他方、中核であった釈迦詩人論を失った「大詩人」の抜殻の物語には、悲恋の身の上話をはめこむことによって、結末に置かれた癩病者の描写との整合性をつけ、別の主題を持たせて「縁外縁」として発表した。彼が主人公〈露伴〉

の人物像を作りかえ、冒頭や末尾などのいくつかの記述を削除あるいは改変することで隠蔽しようとしたのは、「大詩人」に存在していた右のような設定やモチーフであったと考えられる。

ところが、女の独白の内容が大幅に書換えられた一方で、〈露伴〉が山中で女に出会うという物語には微細な変更しか施されなかった「縁外縁」の本文には、その成立の不自然さに由来する様々なひずみが生じていた。「縁外縁」の発表からわずか数ヶ月後、明治二十三年六月の「対髑髏」において早くも本文に改稿を施さねばならなかった理由は、まさにこの点に存在している。たとえば、この時に改稿された次のような箇所を見てみよう。

聞けば聞く程筋のわからぬ／恋路のはじめと悟りの終り／能々考へて見れば皆我が勝手の想
（「縁外縁」三の章題）

聞けば聞く程筋のわからぬ／恋路のはじめと悟りの終り／能々たゞして見れば世間に多い事
（「対髑髏」三の章題）

さても昨夜は法外の想像を野宿の伽として面白かりし。
（「縁外縁」三）

さても昨夜は法外の小説を野宿の伽として面白かりし。
（「対髑髏」三）

この「対髑髏」の本文では、句読点の変化や文辞の調整などの微細な改変をのぞくと、文意に関わる改稿は数箇所しかなされていない。ところがそのうちの二箇所において、「勝手の想」と「想像」というおなじような言葉が消されている。これは、「縁外縁」の本文に山中での出来事を〈露伴〉の想像とする「大詩人」の設定が残ってしまったため、余儀なく行った改稿と考えられ、逆に言えばこれらの箇所は、「大詩人」にそのような設定が存在したことの証左ともなっている。そしてまた、「大詩人」から「縁外縁」への改稿過程で失われたもう一つのモチーフ、〈露伴〉を嘲笑することの痕跡もまた、「縁外縁」の本文には残されていたのだった。

我見地の低さ鄙しさ、其後此美人に罵られける。（「縁外縁」一）

我見地の低き鄙しさ。（「対髑髏」一）

「縁外縁」には、〈露伴〉が山中の女、お妙にからかわれる場面こそあれ、「罵られ」るような文言は存在しない。ゆえに作者露伴は「対髑髏」への改稿に際し、この部分を削除したものと推定される。「縁外縁」のこの本文からすれば、あるいは「大詩人」において、〈露伴〉は実際にお文から「罵られ」ていた可能性もある。そのことはすでに確かめようがないが、少なくとも右の文言は、「縁外縁」には存在しないはずのモチーフが残ってしまった箇所と見てよいだろう。「縁外縁」を原構想である「大詩人」から切離し、一つの独立した作品に仕上げようとしていた作者は、「大詩人」の影を消去すべくこうした改稿を行ったのであった。

しかしながら、釈迦詩人論を囲繞する目的で作られた枠組としての物語に、あとから悲恋の身の上話があてはめられて成立した「縁外縁」のゆがみは、この程度の微細な調整によって覆いきれるものではなかった。たとえば、〈露伴〉を嘲り罰するモチーフがすでに存在しないはずの「縁外縁」を捉えて、関谷博は「戯画化された作者自身、笑われる役廻りとして、設定されている」と読み、[14] 山本芳明もまたこれを支持している。[15] 本作が依然としてこうした読解を導くのは、万物に慈愛をもって「皆可愛し」の態度で接する境地を説くお妙と、欲望と恐怖の論理でしか思考できない〈露伴〉との対比が明瞭に示されているためと考えられる。

さらに、当初の罰という機能を失った癩病者の描写も、なお作中に残されたままであり、その位置が不安定になってしまっていた。すなわち、「大詩人」の分割に際してこの描写は〈露伴〉に対する罰という意味を失ったにもかかわらず、新たに与えられた意味は、お妙が明かさなかった男との別れの理由を説明する程度のものだったため、その執拗かつ強烈な描写が宙に浮いた格好になってしまったのである。これらはすべて、「縁外縁」に残された「大詩人」の残滓であり、「対髑髏」以後の改稿はもっぱら、こうしたひずみを解消する方向でなされている。

ここで相当数に及ぶ改稿を詳細に挙げる余裕はないが、たとえば関谷博は、明治三十五年の『露伴叢書』版と大正五年の『白露紅露』版に施された二度の改稿について、「〈露伴〉の凡庸さを大幅に緩和する方向で一致している」と指摘した(16)。加えて『白露紅露』版では、〈露伴〉が抱く女体への妄想もすべて削除されており、〈露伴〉を罰するモチーフをうかがわせるお妙との対比構造が軽減されたのは明らかである。

また、『露伴叢書』版では癩病者の描写が完全に削除され、髑髏の顕現としてのお妙が山中で語る境地こそ、作品の主題であると読めるように書きあらためられた(17)。ところがこの本文では、生前のお妙の凄惨な姿が伝えられないため、華族の若君の求愛をかたくなに断らねばならなかった彼女の葛藤が弱まってしまっている。一方、『白露紅露』版では癩病者の描写が復活されたかわり、朝日がのぼったあとで主人公がつぶやく言葉を、彼とお妙との「心的境位の同一性を強調」するように書換え(18)、主人公がお妙の宗教的境地を感得する物語という新しい方向性を与えようとした。これにより『白露紅露』版において、末尾に置かれた癩病についての記述は、生前のお妙が苦しみ、超越した苛酷な運命という新たな意味を獲得することとなったのである。

さらに、本作の後書には初出「縁外縁」、『葉末集』所収「対髑髏」ともに、「不幸者を相手に独り茶番」という文辞が存在していた。これは初出にあった「我が勝手の想」「法外の想像」とともに、一切を〈露伴〉の「想像」とする「大詩人」の設定をうかがわせる。この後書は、『露伴叢書』版においては全面的に書きあらためられており、また『白露紅露』版では、全体としては初出の後書がふたたび用いられているものの、右の部分だけが「不幸者を弔ひ一篇の文をなしぬ」と変更されている。この作業が、先に述べた「縁外縁」から「対髑髏」への改稿と同様の性格を持つことは明らかであろう。

もちろん、これらの改稿がおのおののテキストにおいて生成する意味については、なお様々に解釈の余地が残る。だが少なくとも、「縁外縁」に残ってしまった「大詩人」の残像が消去されようとしていることは間違いない。(19)「縁外縁」に繰返し加えられた改稿とは、原構想たる「大詩人」の痕跡をなくし、作中の事物が新しい意味を獲得できるようにすることで、この作品を「大詩人」の影響下から独立させる作業なのであった。

五

以上で、「縁外縁」に加えられた幾度もの改稿の理由は、おおむね明らかになったと言えるだろう。しかし、原構想「大詩人」から「縁外縁」「毒朱唇」への分裂、およびその後の一連の改稿までを総体的に考えてみた時、あらためて浮上してくるのは、なぜ露伴は「大詩人」の執筆時、後の分裂を招くような不整合な構造をあえて用いたのだろうかという疑問である。明治二十二年夏の完成と推定される「大詩人」が、その後わずか数ヶ月で分割されている以上、彼がこの作品の抱えるゆがみにまったく気がつかなかったとは考えにくい。本章はこの点に、露伴が小説の執筆に際して抱えていた問題を見出すものであるが、この問題について考える手がかりとして有効なのは、「縁外縁」発表後の一連の改稿に見られる重要な、しかも以上のような観点からでは説明が困難な加筆である。

その加筆とは、はじめ「露伴」とされていた主人公の名前が、稿を重ねるにしたがって、次第に作中から抹消されていったことにほかならない。「大詩人」「縁外縁」「対髑髏」の各本文はみな、冒頭近くで主人公の名を「露伴」と明示し、その名前に繰返し言及していた。とりわけ、次の部分が作者の雅号の由来とされ、露伴自身もそれを肯定しているのは有名である。(20)

里遠しいざ露と寐ん草まくらとは、一歳(ひとゝせ)陸奥の独り旅、夜更て野末に疲れたる時の吟、それより露伴と戒名して

（後略）

（「縁外縁」一）

ところが、作中に登場する「露伴」という名前は、『露伴叢書』版において大幅に減らされ、「我」「拙者」「乃公」「貴下」などの人称代名詞に替えられている。しかも、右の引用文中の「露伴と戒名して」という部分すら、『白露紅露』版では「それより吾が身を露の友として」とあらためられ、「露伴」という名前そのものが消されてしまうのである。これにより、作中から「露伴」という言葉は完全に消滅し、主人公は名前を喪失することになる。関谷博はこの事態を、「〈露伴〉の存在の後退」と表現している。(21)

こうした作業は、はたしていかなる判断のもとになされたのだろうか。それを考える手がかりも、やはり「大詩人」に附されていた自序「作者申ス」の一節にあった。先の引用といささか重なる部分もあるが、便宜上、ここにあらためて示しておこう。

此篇の立案、初は小説の如くならざりしに、是ではと趣向を変へて佳人才士の舞台になしけるが、夫も卑怯な

り、責任は我当るべしと巻中の男を露伴と名付け（後略）　　　（「大詩人」一枚目）

この部分が「大詩人」の成立過程を示唆しているのは、すでに詳しく述べたとおりである。作者露伴は、読者の興味を惹きにくいと思われた釈迦詩人論を小説にして提示するため、「佳人才士の舞台」たる山中綺譚の物語を設けたのであった。ところが、その物語のなかに官能的な場面が含まれていたため、露伴は「責任」を取る必要を感じたらしい。それは、自序「作者申ス」の「憚る所慮る所あるが如くなれば」「此篇を淫詞と見玉はゞ是非もなく、それまでなり。露伴を如何にも致されよ」、あるいは「痩我慢ながら領を洗ひ居り候」などの文言から知ることができる。

また、「佳人才士の舞台」をしつらえたことが「卑怯」とされているのは、主人公の男が作中で罰せられたこととの関連を思わせる。すなわち露伴は、山中で好色な場面を繰広げたあげくに罰を受ける役割を、たとい架空の人物とはいえ、誰か別人に振り与えるのは「卑怯」だとする一種の倫理観を有していたらしい。そのため、彼は山中での出来事すべてを男の想像と設定したうえで、その男にみずからの名を与えることで、道義的な責任を負おうとしたのであった。こうした経緯によって与えられた「露伴」という彼の名は、「妄想」を抱きつつ女と対坐した「責任」を作者自身に向けるため、女との対話のなかで幾度も呼びかけられ、強調されねばならなかったのである。

露伴が持っていたこのような責任意識は、単に主人公の名前だけにあらわれているわけではない。自序「作者申ス」では特に触れられてはいないが、「大詩人」にはほかにも、作中人物〈露伴〉と作者露伴とを結びつけるような記述が多数仕掛けられていた。たとえば、作品のはじまりが紀行文的であることや、雅号の由来が記されていることなどがそれにあたる。とはいえ、これらの仕掛けは作中の出来事が、あたかも作者の身辺で現実に起ったように見せるためのものとは考えにくい。

一例として、「大詩人」草稿に見える、「又々曾て赤城山に行き暮らしたる時の様になりては叶はじ」という記述に着目してみよう。この一節が指しているのは、前章で紹介した明治二十二年一月の山田寅次郎らとの旅のおり、無理な行程を取ったために赤城山中で日が暮れてしまった経験である。ところが、その旅についての紀行「酔興記」は明治二十六年の発表であるため、[22]仮に「大詩人」がこのまま明治二十二年に発表されていたとしても、読者にそのことがわかるはずはなかった。実際、「縁外縁」においてこの「赤城山」という固有名詞は、「荒山」にあらためられているのである。

また、作中に記された〈露伴〉の湯治の時日が、「縁外縁」では「明治二十二年四月の頃」とされているのに対し、「大詩人」草稿では「明治二十二年五月の頃」となっていた点も注目に値する。従来、この「縁外縁」の記述をもとに、作者露伴が実際に中禅寺湖畔に旅したのも明治二十二年の四月であると考えられてきた。[23]しかし、「縁外縁」の数ヶ月後に書かれた紀行「乗興記」には、「我嘗て日光の奥の温泉に病を養ふてありし五月頃」とあって、[24]実際の湯治は五月であった可能性が高い。この改変の理由は、前述したニコラ・モラールとの「解題」において、春浅い雪山の描写が五月としては適当でないためと推定したが、この箇所もまた、「大詩人」が作中の論理よりも、〈露伴〉を現実の作者に重ねることを重視していた証左と見ることができるだろう。

これらの箇所を総合して考えてみると、露伴はかならずしも読者に対する効果をねらってではなく、みずからの持つ道義的な責任感のために、このような記述をなしたと見るのが自然である。だとすれば、幾度もの改稿を経るにしたがって、次第に作中から「露伴」という名が減少していった理由も理解することができよう。すなわち、「大詩人」が「縁外縁」となった時点で、すでに好色な同衾の場面や罰のモチーフは失われており、作者があえて「責任」を引き受ける必要がなくなったためである。以後、改稿を重ねるにしたがって、「大詩人」の影はさらに排除されてゆき、大正五年の『白露紅露』版において女体への妄想までがすべて削除されるにいたって、「露伴」という名は作中から完全に消え去ったのであった。

もちろん、自序「作者申ス」には少なからずふざけたような調子も感じられるし、また主人公に作者の名前を与えて戯画的に描く趣向には、奇抜さをねらった側面もたしかにあるだろう。しかしながら、後年「縁外縁」に施された改稿までを視野に入れてみると、「大詩人」執筆に際して露伴の抱えていたある種の倫理観が、明らかな輪郭を持って見えてくるのである。それは、作者として作品の言説に対する責任を何らかの形で明示的に負おうとする姿勢であり、そこには小説が有する虚構の作中世界に対し、現実の作者はいかに関わりえるのかという、小説形式そのものにまつわる問題が内在していたのだった。「大詩人」が示しているのはその突端にすぎないものの、露伴が以後、長きにわたってこの問題を意識していたのは、本作の度重なる改稿作業が物語っているとおりである。

そして、露伴が早くから有していたこのような作中世界に対する責任感は、こののち明治三十年代になって彼が歴史小説を志した時、ふたたび大きな障碍となって立ちあらわれてくることになる。次章以下、それら一連の歴史小説のなかから明治二十年代に着手され、完成までに十年近くの歳月を要した二つの作品を取上げ、小説家としての露伴が抱えていた問題をより詳細に明らかにしてゆきたい。

注

（1）この問題について直接露伴に質問した柳田泉が、「『対髑髏』の原作が即ち『大詩人』であつて、それが『毒朱唇』と『対髑髏』の二つに分れたものではないかといふことである（これは、直話でその通りだとわかつた）」と記していて、両篇がもと一つの作品だったことは作者自身も認めていた（柳田泉『幸田露伴』、真善美社、昭和二十二年十一月、百二十二頁）。

（2）この改稿についての問題をはじめて提起したのは、二瓶愛蔵『若き日の露伴』（明善堂書店、昭和五十三年十月）である。

（3）柳田泉『幸田露伴』（前掲）のほか、二瓶愛蔵『若き日の露伴』（前掲）がこの説を支持している。

（4）塩谷賛『幸田露伴』上（中央公論社、昭和四十年七月）百四～百五頁。

（5）本間久雄『明治文学―考証・随想』（新樹社、昭和四十年九月）六十八～七十頁。

（6）拙稿「新出　蝸牛露伴著「大詩人」草稿　翻刻・解題」（『文学』平成十七年一月、ニコラ・モラールと共著）。なお、本書での「大詩人」からの引用は草稿（筆者蔵）によった。引用文中の□は、原資料の状態により判読不能な文字を指す。

（7）登尾豊「「対髑髏」論」（『文学』昭和五十一年八月）五十七頁。

（8）登尾豊「「対髑髏」論」（前掲）五十八頁。

（9）「花さかぬ身は狂ひよき柳かな」（『俳家奇人談』）。

（10）阮籍は三国時代の魏の人。目の色を青白に変えることができ、好ましい人には青眼で、礼俗の士には白眼で応対したという（『晋書』「阮籍伝」）。

（11）二瓶愛蔵は「陳腐」と評している（『若き日の露伴』、前掲、四百九頁）。

（12）二瓶愛蔵『若き日の露伴』（前掲）四百二十頁。

（13）女が髑髏に化する場面は「大詩人」草稿では欠落しているが、跋文から「縁外縁」とほぼおなじ設定であったことが推定される（「解題」、前掲、五十～五十一頁）。

（14）関谷博「『対髑髏』の問題―煩悶の明治二十三年へ―」（『日本近代文学』平成四年十月）百十頁。

（15）山本芳明「幸田露伴「縁外縁」／「対髑髏」―フィクションとしての可能性」（『国文学』平成六年六月）十四～十五頁。

（16）関谷博「『対髑髏』の問題―煩悶の明治二十三年へ―」（前掲）百二十頁。

（17）登尾豊は「「対髑髏」論」（前掲）で、「「対髑髏」は、最終的には、浮ついた生きかたをしてきた〈我〉が浮世の向うの真如の世界をのぞき見、現世がついに仮象の世界であることを知ることを描く作品である」と述べている（六十一頁）。

（18）関谷博「『対髑髏』の問題—煩悶の明治二十三年へ—」（前掲）百十六頁。

（19）ただし、前述した『太陽』明治三十年六月号において、「大詩人」という総題のもとに本作と「毒朱唇」とが並録された時には、改稿を経た「対髑髏」の本文ではなく、初出「縁外縁」の本文が用いられている。これは、その総題から知られるとおり、原構想たる「大詩人」の概要だけでも提示を試みたものと考えられ、そのためにより古体をとどめた「縁外縁」の本文が採用されたのであろう。

（20）『新小説』明治三十年八月号には、露伴が雅号の由来として、次のような文章を寄せている。

ひと丶せ陸奥のひとり旅、夜ふけて野末に疲れたる時、今宵ぞ草の新枕、露といつしよに寐て明かさんと、打たはむれし事ありしより、其後自ら名づけしのみなり。（「雅号由来記」幸田露伴君、二百五頁）

この文章が、本文中に引いた「縁外縁」の文章と呼応しているのは明らかである。露伴はまた後年にも、明治二十年に北海道から東京に帰る苦しい旅の途上、「里遠しいざつゆとねん草枕」の句を得たのが「露伴」という雅号の由来であると語っている（「雅号の由来」、『東京朝日新聞』昭和十四年六月十六日夕刊）。

（21）関谷博「『対髑髏』の問題—煩悶の明治二十三年へ—」（前掲）百十六頁。

（22）『枕頭山水』（博文館、明治二十六年九月）所収。

（23）塩谷賛『幸田露伴』上（前掲）八十三〜八十四頁など。

（24）幸田露伴「乗興記」第三（『大阪朝日新聞』明治二十三年五月二十八日）。

第三章　歴史と虚構の狭間で――「二日物語」論――

一

長篠の合戦を扱った「ひげ男」（明治二十九年十二月）にはじまる幸田露伴の明治三十年代は、歴史小説の時代である。露伴はこの時期、「二日物語　此一日」（明治三十一年）、「帳中書」（明治三十一年）、「椀久物語」（明治三十二年～三十三年）、「二日物語　彼一日」（明治三十四年）と、先行する文献に典拠を持つ歴史小説を次々に発表していった。これに対し、明治二十年代の代表作である「風流仏」（明治二十二年）や「いさなとり」（明治二十四年）、「五重塔」（明治二十四～二十五年）などは、かならずしも明確な典拠を有するわけではない。すなわちこの時期は、「頼朝」（明治四十一年）以降の史伝や考証随筆の時代へ向う、移行期であったと言うことができる。

興味深いことに、これら明治三十年代に書かれた歴史小説の多くは、二十年代に着想あるいは起稿されながら中断していた構想があらためて書き継がれたものであった。たとえば、「ひげ男」は明治二十三年に五回まで発表されて中絶しており(1)、また「帳中書」も明治二十三年ころに着想され、広告まで出ていたことがわかっている(2)。明治二十二年に『読売新聞』に連載されながら、発行停止の影響で中断を余儀なくされ、その時の構想をもとに弟子の堀内新泉が完成させた「雪紛々」（明治三十四年）も、シャクシャインの戦いを題材にした歴史物であって、その類例と見なしえよう。こうした事実は、早い時期から歴史小説を志していた露伴が、明治三十年代に入ってその執筆に本格的に取組みはじめたことを意味しており、だとすればこれらの作品の成立までの動きを考えることにより、初期露伴文学の展開が見据えられるはずである。

こうした観点から本章では、おなじように明治二十年代に着想され、三十年代に完成された歴史小説の一つである「二日物語」を取上げてみたい。この作品は、旅の修行僧である主人公の西行が、ある時には讃岐白峯の山中で崇徳院の亡霊と、またある時には長谷寺の観音堂で尼になったかつての妻と邂逅する物語である。作品の題名は、第一部、第二部にそれぞれ与えられた「此一日」「彼一日」という章題に由来している。まずは、本作がたどった複雑な成立経緯について整理するところからはじめよう。

「二日物語」の前半にあたる「此一日」は、『文藝倶楽部』の明治三十一年二月号に発表された。ところが、この作品ははじめ「呵風流」と題され、明治二十年代半ばにはすでに着想されていたことがわかっている。これに関する最も早い資料は、明治二十四年十二月二十九日の新聞『国会』に掲載された、次のような予告である。

其の文反古（ともに予告された「当世文反故」―注）のをはり次第、直ちに掲載するは、呵風流と題する露伴子新年の試筆なり。篇中笑つて嘆ずるの詩僧あり、泣いて罵るの武夫あり、美人は忽然として頑石と化し、亡霊は突如として暗雲より舞下る、変幻怪奇の自在文字。アラビヤンナイト乎、否、鬼史乎、否、剣俠伝か述異記か、否、否、否、否、読者たゞ目を刮して待て。

ところが、この「当世文反古」（『国会』明治二十五年一月十日～十七日）の連載が終っても、「呵風流」の掲載ははじまらなかった。前年の十二月二十六日以来中断していた「五重塔」の続きを読者に求められたためらしく、「当世文反古」の最終回（一月十七日）とともにその経緯が記されている。

呵風流早速掲ぐべきところ、五重塔の仕末はやくせよ、半分にて工事相休みては、上人は兎も角も、我等より源太ならびにのつそりに暇つかはすと、読者諸君よりの御叱言も、畢竟（つまり）は作者を御贔負の余りと嬉敷候につき、早速此次の紙面より五重塔建立いたし仕舞ひ、其上にて大に風流を呵り罵り、読者諸君を驚かし申べく候。

その後露伴は、いくつかの小品を手がけつつ、「五重塔」を断続的に『国会』に発表していった。同作が其三十一まで発表され、ひとまず休載となったのは三月十八日のことである。その直前の三月十三日、ふたたび『国会』に次のような予告文が掲載された。

来る火曜日よりは、露伴子が本年始（ママ）めての構思執筆にかゝる二日ものがたり即ち呵風流を掲載すべし。山と雲と幽鬼と詩僧と、瀟洒たる草屋と明滅する孤燈と、解脱を甘んぜざる猛士と流転を免れむとする美人とは、一日々々紙上に現はれきたりて将に読者に相見えんとす。

ここから「二日物語」は、早く着想されながら執筆にはいたらなかった、「呵風流」と題された構想の発展形であることが知られる。しかし「二日ものがたり」と題し、後の「此一日」にあたる物語が実際に連載されはじめたのは二ヶ月後の五月十二日からであり、しかもこれは同二十七日に其五が掲載されたところで中断してしまった。(3) この時にはまだ、「此一日」という章題は与えられていないため、以下この本文を「二日ものがたり」と表記することにしよう。この「二日ものがたり」に若干の改稿が施されたうえ、結末にあたる其六が書加えられて「二日ものがたり此一日」の題で『文藝倶楽部』に発表されたのは、前述のとおりそれから六年ののち、明治三十一年のことであった。

次に第二部「彼一日」は、「此一日」の発表から三年後、『文藝倶楽部』明治三十四年一月号に「二日もの語　彼一日」と題されて発表された。ただしこの作品は、明治三十一年に「此一日」が発表されたおり、ともに掲載される予定だったらしい。というのは、『文藝倶楽部』「此一日」掲載号に附された小堀鞆音の「西行逢妻」と題された口絵が、紅葉の散り敷く柱廊で尼が老僧の袂をとらえて泣き崩れるという構図になっており、これはそのまま「彼一日」の内容に相当するからである。すなわち、露伴はこの時「彼一日」も書上げる予定で関係者に連絡していたが、何らかの事情で「彼一日」は完成せず、すでにできあがっていた口絵だけが、描きなおす時間のないままに上梓されてしまったものと推定される。(4) 結局、両篇が揃って一作の形で提示されたのは、明治三十五年六月、『露伴叢書』（博文館）に収められた時であった。

歌僧西行を主人公とし、仏道と情念とをめぐる対話が繰広げられるこの作品は従来、西行の澄明な心境を描いたものと読解されてきた。たとえば、鳥居フミ子は「呵風流」という初題に触れつつ、「露伴は今までの風流を似非風流としてその皮相な浅薄さを認め、真の風流を探し求めて西行に至ったのである」「西行の世界は彼の目指す真の風流を指示するものであった筈である」と述べている。(5) このような、主人公西行を露伴の理想とする「真風流」の象徴と見なし、本作はそうした西行像の提示によって世のえせ風流を諷刺しているとする従来からの読みかたに対して、(6) 平田由美は崇徳院の亡霊を西行の「想念の中だけに現われたもの」と捉え、「仏魔を一如として内包する人間性の追求」に作品の主眼があるとする、一歩進んだ解釈を披瀝している。(7) しかしながら、氏もまた「此一日」の中核は西行の

「心機の妙ともいうべき一瞬」を描くことにあると述べていて、西行こそが作品の中心であるとする姿勢を崩してはいない。

たしかに、露伴は明治二十年代当時、西行を芭蕉とともに理想的な「風流」の体現者と見ていたようである。たとえば、明治二十三年四月の「一碗の茶を忍月居士に侑む」（『読売新聞』）においては、風流人の代表格として西行の生きかたが称讃されていた。また、「呵風流」の構想中だったと考えられる明治二十五年一月三十日から二月十五日にかけては、西行の秀歌に短評を附し、「夜半の鐘」と題して新聞『国会』に連載している。このように、露伴が西行の人物像を高く評価していたことにかんがみれば、「二日物語」の西行もまた理想的人物として描かれているという解釈が、これまで主流を占めてきたのも無理はないだろう。

だが、はたして本作の西行は、本当に「真風流」なる理想の体現者として描かれていたのか。あるいは、ここに中心化されているのは本当に西行の澄明な心境であり、崇徳院の亡霊や西行の妻は迷妄から抜けられない人物として描かれるだけだったのだろうか。さらに言えば、初案「呵風流」で露伴が呵そうとしていたのは、間違いなく世俗一般のえせ風流だったと言えるのだろうか。本章ではこれらの疑問を出発点として、露伴自身の西行評価を無批判に読解に反映させることなく、あらためて作品を読みなおしてみたいと思うが、そのためにはまず、典拠とされた先行作品との比較が不可欠であろう。そこで次節では、従来の諸注釈の不備を補って本作執筆時に参照された作品を明らかにしつつ、完成した「此一日」のなかに隠見する、初案「呵風流」の構想を探ることからはじめたい。

「此一日」は、主人公西行による、出家する以前から旅を続けて讃岐にいたり着くまでの回想にはじまる。在俗時、まだ憲清と名乗っていた彼は、「法勝寺御幸の節、郎等一人六條の判官が手のものに搦められ」た事件を契機に菩提心をきざし、ついに妻子を捨てて出家した。しばらく嵯峨で修行したあと、吉野、那智から伊勢へとまわり、東に下って平泉にいたり、出羽まで足をのばし、象潟を訪れ、木曾路を通って京に戻る。その後、「仁安三年秋の初め」に西国への旅を志し、須磨明石を経て、「讃岐の国真尾林」に庵を結んだ。このように回想してきた西行は、ふと明日（十月二十四日）が故崇徳院の月命日であることを思い出し、近くの白峯山中にあると聞く院の墓所を訪ねようと思い立つのであった。

二

幾分簡略化されてはいるが、西行の半生を綴ったこれらの記述は、おおむね「西行物語」と「山家集」によっている。もっとも「西行物語」には異本がきわめて多く、露伴が用いた本文を特定するのは困難というのが従来の見解であった。(8) しかし、「此一日」に見える「法勝寺御幸の節」の逸話、憲清の出家が「嵯峨の奥」で行われたこと、また陸奥の旅から帰京した後の「数旬北山の庵に行ひすませし」という記述、作中に記された日づけなどの細かな文言に注目してみれば、露伴が用いた資料の特定は十分に可能である。

たとえば、『続群書類従』に収められた文明本系「西行物語」の本文では、(9) 出家の場所は特に記されてはいない。また、正保二年版本などの久保家本系では、「此一日」には「大治二年十月十一日」と明記されている出家の年月日が記されておらず、またその場所も、単に「西山」とされるのみである。さらに、これも『続群書類従』に「西行物語絵詞」の題で収められた海田采女筆絵巻系の本文を見てみると、「此一日」の記述と重なる点が多いものの、帰京した西行が「北山の庵」に住んだとする記事を欠いている。のみならず、これら三系統の本文では、いずれにも発心のきっかけとなった法勝寺での逸話が存在せず、「此一日」の典拠と見るには不十分である。またこれ以外、各地の文庫に写本として伝わっているだけの本文系統は、露伴が参照した可能性が低いうえに、そのどれもが「此一日」とは何らかの不一致を抱えている。

　ところが、「西行物語」諸本のうちで西行一生涯草紙系とされる本文だけは、大治二年の嵯峨での出家、帰京して北山に住んだこと、法勝寺での逸話などが、すべて「此一日」と一致している。『国書総目録』によれば、「西行一生涯草紙」という題名を持つ本は水戸彰考館文庫旧蔵本、宮内庁書陵部蔵本、内閣文庫蔵本の三写本しか残っていないが、明治十六年十二月に近藤瓶城が『史籍集覧』に収めており、露伴が閲読することは可能であった。また、この「西行一生涯草紙」の本文を「此一日」と細かく比較してみると、次のような文辞の明らかな相似が目にとまる。

　意馬は常に六塵の境に馳せて、心猿動（や）もすれば十悪の枝に移らんとし　（「此一日」其一）

　意馬六塵のさかひにはせ、心猿十悪の枝にうつる　（「西行一生涯草紙」）

　其月十五夜の、玉兎（つき）も仏国西方に傾く頃（中略）髻（もとゞり）斬つて持仏堂に投げこみ（中略）嵯峨の奥へと走りつき　（「此一日」其一）

　十五夜の月の（中略）西の山のはに、月もやう〳〵かたふきにしかは（中略）心つよくもとゝりきりて、持仏堂になけおきて（中略）嵯峨のおくのひしりのもとへ、そのあかつきはしりつきて　（「西行一生涯草紙」）

以上の点から、露伴が「此一日」執筆にあたって用いたのは『史籍集覧』所収の「西行一生涯草紙」（以下「草紙」）であったと推定でき、本稿でも引用に際してはこの本文によることとする。

さらに、前述した「此一日」における旅の行程も、「草紙」の記述とほぼ重なっている。ただし、「此一日」の西行が平泉を出たのち、そのまま出羽に向っているのに対し、「草紙」では美濃を通って帰京したことになっているが、これは当該部分だけ、「山家集」に依拠したためであろう。本作にはほかにも、「山家集」所載の西行歌が多数織込まれており、一例を挙げれば、其一の「鶯の霞にむせぶ明ぼの丶声は大乗妙典の御名を呼べども」という文辞は、「うき身にて聞もをしきはうぐひすの霞にむせぶ明ぼの丶声」をふまえたものである。[10] かくして旅を続ける「此一日」の西行は、ここからさらに「雨月物語」中の「白峯」に記された、象潟から木曾へという旅程をたどって一度帰京したのち、讃岐の真尾林に落着いたのである。

作品の冒頭に置かれたこのような旅の記述は、露伴が「風流仏」（明治二十二年）以来たびたび用いた手法であり、「此一日」もそうした系譜に連なっている。前章で扱った「大詩人」や「縁外縁」では、主人公の人となりがその旅の記述のなかに描き出されていたが、それは「此一日」においても同様であった。

塩屋の薄煙りは松を縫ふて緩くたなびき、小舟の白帆は霧にかくれて静に去るおもしろの須磨明石を経て、行く〳〵歌枕さぐり見つ丶、図らずも此所讃岐の国真尾林には来りしが（後略）

（「此一日」其二）

この部分は先行作品によらない露伴の独自文であり、右に指摘したような幾多の引用は、この一節に帰結していると言ってよい。すなわち、本作における西行とは、親しく名所旧跡や歌枕をめぐって和歌を詠むような風流人であることが、この部分において明確に示されていたのである。

また、其一の末尾と其二において、西行は自身の澄明な心境を物語っており、徳の高い僧侶としての側面が描かれていることも看過できない。文事と仏道というこうした両側面は、幾多の文学作品や伝承によって形成されてきた、一般的な西行像に合致している。「撰集抄」や「西行物語」など中世に成立した説話のみならず、近世期においても、たとえば柳亭種彦の「西行法師一代記」（安政五年）など西行を描いたいくつもの草双紙が刊行され、詩僧西行のイメージは広まっていた。「此一日」もまた、そのような西行像を受継いでいることは明らかである。

こうして見てみると、本作における西行が、隠逸に生きた風流人としての性格を持っていることは間違いない。しかしながら、彼ははたして岡崎義恵が言うように、「月光の如く清澄なるものであり、この西行の心境によつて統一される世界は、たしかに「呵風流」か「真風流」に合する境涯」であったと読むことができるのだろうか(11)。言換えれば、「此一日」の西行は本当に「真風流」なる境地の体現者、理想的人物として描かれていたのだろうか。そのことは、続く其三以降を見てみればおのずと明らかである。

三

其二までに提示された西行像を受ける形で、其三以降に展開されているのは、先ほど挙げた「雨月物語」中の「白峯」にのっとった物語である。作者露伴は、ここまでに「草紙」や「山家集」の文辞を随所に織込んできたのとおなじ手つきで、上田秋成の文章を自在に流用しつつ、西行が崇徳院の墓を訪ねるため白峯山中に分け入ってゆく場面を綴っている。ところが、あらわれた院の亡霊と西行とが対峙し、議論を戦わせるにおよんで、「此一日」は「白峯」

とは大きく異なった展開を見せはじめるのである。
確認しておこう。保元の乱をめぐって開始された「白峯」における論争は、亡霊が孟子の易姓革命論を背景にして、自分の起した乱は「道」にかなったものだと主張するのに対して、西行はその孟子を批判し、神道や国学、あるいは儒教の論理も援用しつつ、崇徳院が「人慾」にとらわれていることを指摘する。亡霊はこれを「ことわりなきにあらず」と認めざるをえないが、そのうえで自分の苦悶や無念を連綿と述べはじめ、今度は西行のほうが沈黙してしまう。この事態を長島弘明は、次のようにまとめている。

事は院の「人慾」から起こったのだとする西行は、院が反論を放棄せざるをえなかったという意味では、議論に勝ったのであろう。しかし、論理で怨念が鎮められるものでない以上、理詰めで院を解脱に導こうとする西行は、すでに出発点において誤っていると言わざるをえない。ことばは情念に勝てないという意味で、西行は最初から敗北している。(12)

ところが「白峯」では、西行が和歌を詠みかけたところ、亡霊は「御面も和らぎ、陰火もやゝうすく消ゆくほどに、つひに龍体(みかたち)もかきけちたるごとく見え」なくなっていった。すなわち、「議論のことばでは不可能だった鎮魂と慰藉が、歌のことばで可能となった」(長島『雨月物語の世界』、八十八頁)のである。結局歴史は亡霊の予言どおりに動いたとはいえ、この時西行はひとまずの鎮魂に成功したのであった。
一方で「此一日」の西行は、おもに仏教の教義に依拠して色即是空を主張し、怨恨を抱いて現世に執着することの愚かさを説いて亡霊を諫めている。しかしその説得にもかかわらず、亡霊はみずからの恨みを強烈に吐露するとどもに、仏の教えから遠ざかって魔道に入らんとする決意を語り、「あら心地快(よ)や」との哄笑とともに赤光を放って消えてゆく。取残された西行は「はつと我に復」るのだが、「提婆品を繰りかへし〳〵読み居たるか。其読続き我が口頭に今も途絶えず上り来」っているのみであり、「白峯」の西行が心静かに「金剛経一巻を供養したてまつ」ったのとは対照的である。[13] これを亡霊の鎮魂に成功したと読むことは難しく、だとすれば「此一日」は歌徳による魂鎮めの物語だった「白峯」の舞台設定を借りつつも、その結末において大きな隔たりを見せているのである。

「白峯」と「此一日」とをこのように比較してみれば、怨霊の鎮魂すらままならない本作の西行が、「真風流」なる境地を体現した理想的人物として描かれていたとは考えがたい。では、こうした「此一日」の結末は、はたして何を意味していたのだろうか。それはおそらく、本作の初案である「呵風流」、そして明治二十五年に其五までが発表された『国会』版「二日ものがたり」にまで遡って考えねばならないだろう。

先に示した明治二十五年三月十三日における予告に、「二日ものがたり即ち呵風流」とあったことから、『国会』版「二日ものがたり」はいまだ「呵風流」という主題を有していたと考えられる。もっとも、この作品も未完に終っている以上、軽率な判断は控えねばならないが、ここで注目したいのは『文藝倶楽部』掲載時に削除された次のような文章である。

咫尺(しせき)も確(しか)とは弁(わきま)へ難さに、笻(つゑ)つきたてゝ足をとゞめ、西行少時(しばし)茫然と、心もなしに佇むとき、眼には見えねどあらいぶかしや、有るか無き歟の幽(かすか)の声して南無阿彌陀仏南無阿彌陀仏と二声三声呼びしものあり。里遠きかゝる地(ところ)に人のあるべき所以(いはれ)も無し、流石大悟の僧なれども、思はず身の毛いよだちて、四方(あたり)を視るに霧の隔てゝ天地(あめつち)はたゞ白きのみ。

（「二日ものがたり」其二）

白峯山中に分け入った西行は、谷底から湧きあがる霧に包まれ、怪しげな声を聞いておびえている。『文藝倶楽部』版「此一日」では、このような西行像は抹消されているわけだが、改稿にあたって変更が加えられた「二日ものがたり」の文言はこれだけではない。其五に記された亡霊の言葉もまた、「此一日」とは異なって、強い怪奇色を有していたのである。

（亡霊は―注）から〳〵と異様に笑はせ玉ひ。汝無智なり、何をか云ふ。知らずや朕が為せし業をば、知るまじ朕が今為せる業をば、猶又彌勒の世の末までも遂げでは止まじとおもふ業をば。おろかや解脱の法を説くとも、仏も今は朕が敵（あだ）なり、涅槃も無漏も肯はじ。おもひ観よ平治の乱（みだれ）は、誰かせし将（はた）誰かさせし、沢の蛍は天に舞ひ、闇の念（おもひ）は世に燃ゆるぞよ。仏に五百の弟子あれば、波旬（はじゅん）にもまた六天八部、富単那（ふたんな）、毗舎闍（びしゃぐ）、鳩槃荼鬼（くはんだき）、悪鬼毒龍夜叉羅刹、十八泥犂（ないり）の獄王獄卒嬈乱蠱惑を能くする三女八万四千の妖女もあり、正法の水絶えざらば魔道の波もいつか消ゆべき、光りを愛でゝ飛ぶ神は人の舌より耳に移り、耳より舌に遊行するらめ、暗さを慕ひしのぶ鬼（き）は人の肺腑に潜み入り、肺腑に居つて血に飽かむ。朕は、闇に動きて闇に静まり、闇に笑つて闇に憩（やすら）ふ、下津岩根の常闇の国の大王（おほぎみ）なり。視よ〳〵魔界の通力もて、毒火を彼が胸に煽り、熱雨を此が頭に澆ぎ、重き雲をば東に西に鐵（まがね）の光を南に北に、燃ゆるを燃えしめ降るを降らしめ、蔽ふものには蔽はしめ烱めくものには烱めかせ、沸（に）えしめ湧かしめ漂はさしめ、朝家に酷く祟りをなして天が下をば掻き乱さむと（後略）

（「二日ものがたり」其五）

「二日ものがたり」に存在したこの激烈な亡霊の言葉も、「此一日」への改稿にあたって削除された。平田由美はこの点について、「崇徳は波旬すなわち悪魔の王として、種々の眷属を配下に治めていることが記されている。しかし改稿後の「其五」では崇徳の魔王としての側面はやや薄れてしまっている」と指摘している。(14) こうした「二日ものがたり」の文辞が示唆しているのは、西行による亡霊の折伏という結末などではなく、おそらくは「此一日」と同様か、あるいはそれ以上に亡霊に歯が立たない西行の姿であろう。そのように読んでみれば、初案である「呵風流」が、「真風流」なる境地を象徴する西行によって、世俗のえせ風流を斥けるという内容だったとは考えられないはずである。

むしろそれは、其一と其二で提示された風流人趣味人としての西行が、亡霊の妄執と魔道の前に立ちつくす姿を描くことで、彼の「風流」をこそ「呵」そうとするものではなかったか。西行が霧のなかでおびえる箇所も、そうした結末を暗示したものと見ることができる。もちろん、この時の構想が未完に終ったのは事実であり、西行がいかなる理由によって、どのように呵されるはずだったのかは知りようがない。だが少なくとも、「此一日」に描かれている西行が、露伴の理想とする西行像からほど遠いのはたしかなようである。

なんとなれば、前述した「夜半の鐘」において、露伴は西行の恋歌を高く評価し、その人間的な感情の発露を称揚していたのであった。また、これも前述の「一碗の茶を忍月居士に侑む」にも、「西行法師は出家しても妻子に愛され家僕にも愛され」とあって、彼が没人情的な人物ではなかったことが特筆されている。こうした露伴の西行観を視野に入れてみれば、妻子の困窮も考えずに一人出家し、名所や歌枕をめぐる風雅な生活を選んだ「此一日」の西行からは、そのような側面が一切排除されていることに気がつく。それはやはり、露伴が意図的に行ったものと見るべきであり、この点からも本作が、西行を称揚する意図のもとに書かれたと考えることはできないのである。

とはいえ、「二日ものがたり」の段階ではまだ存在していたらしい西行を嘲笑するという「呵風流」の主題が、いま引用したような章句がすべて削除された「此一日」にまで継承されているとは考えがたい。「此一日」の西行は、怨霊の鎮魂にこそ失敗したものの、怪異におびえることはないし、また亡霊の怪奇性も減少させられている。すなわち「此一日」は、「呵風流」という主題が提示されるはずだった「二日ものがたり」の本文に、その主題を抹消するような改稿を加えたうえで、仏教教義をめぐる議論を其六として書き足すことで成立した作品なのであった。

かくして完成した「此一日」には、西行を呵するような記述は見ることができず、とはいえ「白峯」のように西行の優越が描かれているわけでもない。では、本作の結末はどのように捉えるべきなのか。そのことは、明治三十一年に「此一日」とともに発表されるはずだったもう一日の物語、「彼一日」をも視野におさめて考えてみる必要があるだろう。

四

ある秋の暮れ、旅路にあった西行は、長谷寺の観音堂で法施を捧げて一夜をすごそうと思い立った。夜の堂で法華経の品第二十五、観世音菩薩普門品を唱えるうちに心の澄みわたるのを感じ、堂の片隅で静かに趺座していると、一人の尼がやってきて一心に祈りはじめた。おなじ道の友と語りたく思った西行は、尼の祈りが終るのを待って歌を詠みかけると、意外にも彼女はかつての妻であった。こうした舞台設定のうえで、「彼一日」の大部分はやはり、西行と妻との対話によって構成されている。

「此一日」が「雨月物語」中の「白峯」に題材を借りていたように、「彼一日」のこのような物語は、「撰集抄」巻九の「西行遇妻尼事」の逸話に取材したものである。[15] そしてまた、これも「此一日」の場合と同様、「西行遇妻尼事」と「彼一日」との相違は登場人物の対話の内容に存在する。まずは原典となった、「撰集抄」の伝える逸話を確認しておこう。西行と久々の再会をはたした妻の尼は、驚く西行に向って、娘を伯母に預けて自分も出家したことを述べたうえで、夫への気持を次のように語りかける。

扨も又我をさけて、いかなる人にもなれ給はゞ、よしなきうらみも侍りなまし。是は実の道におもむき給ひぬれば、露ばかりの恨も侍らず。かへつて知識となり給なれば、嬉しくこそ。

（「撰集抄」巻九）

「撰集抄」における妻の尼は、夫がほかの女のもとへ走ったのであれば恨みもしただろうが、仏道という「実の道」に入ったのだから、家族を捨てたことを責める気持はまったくないと語る。これを聞いた西行は喜び、彼女が住んでいるという高野の別所を訪ねる約束をして別れたのだった。こうした「撰集抄」の枠組を借りつつ、「彼一日」における両者の対話は、「西行一生涯草紙」をもとに展開されている。[16]

かつての夫の姿を見て涙をこぼした「彼一日」の尼は、その涙のわけを尋ねられ、「其所以（いはれ）は他ならぬ娘の上」と述べて「九條の叔母」に預けてきた娘のことを語り出す。両親が出家したあと、叔母に養女として引取られた彼らの娘は、実の娘とともに可愛がられていた。彼女はたいそう美しく賢い子で、叔母は「生（おふ）したてたるを自（おの）が誇りにして」「真の女（むすめ）をば却つて心にも懸け居ざるさま」であったが、「右の大臣の御子某の少将」が彼女に懸想して以来、自分の娘を少将に嫁がせようと思っていた叔母は、一転して彼女につらくあたるようになった。「奴婢の見る眼もいぶせきまでの振舞を為る」と聞いた母の尼はいたたまれず、還俗して娘を引取ろうと幾度も思ったが、「流石年来（としごろ）頼める御仏に、離れまゐらせんことも影護（うしろめた）くて」どうすることもできず、せめて娘の幸せを願って長谷寺の観音堂に七夜参りの祈願を籠めることにして、今日がその満願の日だと言うのである。

　こう語って娘への愛情を切々と訴える妻の尼に対し、西行はつい「五日ほど前」に、「みづから女を説き諭して」出家させたと打明ける。彼の話によれば、娘は喜んで出家し、「高野の別所に在る由の菩提の友を訪はん」と言って、飄然と去っていったとのことであった。これを聞いた妻の尼は、無言のうちにふたたび涙をこぼす。作品は、月光に照らされながら静かに祈る二人の姿で終っている。

　「彼一日」もまた、とりわけその結末部の澄明さゆえに、西行の悟達の境地を描いた作品とされてきた。(17) だが、本作の結末において、西行の説く仏道は単独で作品の主題となりうるほどの説得力を持っていたのだろうか。

> や、何と仕玉へる、泣き玉ふか、涙を流し玉ふか、無理ならず。菩提の善友よ、泣き玉ふ歟、嬉しさにこそ泣き玉ふならめ。浄土の同行よ、落涙あるか、定めし感涙にこそ御坐すらめ。おゝ、余りの有難さに自分（おのれ）もまた涙聊か誘はれぬ。
>
> （「彼一日」其二）

　無言のうちに祈る二人を描く最終部の直前に置かれた、西行の言葉である。たしかにこの言葉を読むかぎり、仏道による悟達が作品の前面に押出されているように見える。ただしここで、右の西行の言葉から知られるのは、娘の出家を聞いた妻の尼が涙したことだけであるのを見逃してはならない。その心中については、娘が火宅からのがれた嬉し涙だろうという彼の推測が提示されるのみで、実際には彼女は何も語っていないのである。

　こうした描きかたを見てみれば、この西行の言葉に全幅の信頼を置くのは危険であろう。つい先ほどまで、楽しみのない日々を送る娘を思って、「山に花ある春の曙、月に興ある秋の夜も、世にある人の姫等の笑み楽しむには似もつかず、味気無う日を送らせぬる、其さへ既に情無く」と述懐していた彼女が、このあまりに突然な娘の出家を、はたして素直に喜んだだろうか。妻の妄執を解き去る西行の悟達の境地を主題にするのであれば、「此一日」のように対立した意見による論争を展開したうえで、最終的に妻が説得される場面を描いてもよかっただろうし、何よりも妄執が氷解した妻の心情こそが描かれてしかるべきではないのか。そうした記述があえてなされず、妻の涙ながらの沈黙のうちに作品が終っているのは、彼女が「此一日」の崇徳院の亡霊同様、西行の言葉に決して説得されてはいないことを示していると見るべきだろう。

　とはいえ、「此一日」においても対話する両者には優劣がつけられていなかったように、「彼一日」の西行を諷刺されるべき存在と見るのもまた適当ではない。作中には西行に対する批判的な記述は見出せないし、彼に優越する立場も示されてはいないのである。むしろ我々は、彼の澄明な心境がたしかに描かれていることを認めながら、それと同等に印象深く描かれた、妻の尼が語る娘への愛情にも目を向けるべきなのだろう。長谷寺観音堂における西行と妻の尼との邂逅から、両者の対話と結末までを含んで作品の大部分をなす「彼一日」其二のうち、妻の尼の独白はほぼ半分の分量を占めており、そこでは娘への情愛と仏道との板ばさみになって煩悶する心が、切々と語られているのである。

> 昼は心を澄まして御仏に事（つか）へまつれど夜の夢は、女のことならぬ折も無し。若し其儘に擱（さしお）いて哀しき終を余所々々しく見ねばならずと定まらば、仏に仕ふる自分（みずから）は、禽（とり）にも獣にも慚（はづか）しや。たとへば来ん世には金の光を身より放つとも嬉しからじ。思へば御仏に事ふるは、本は身を助からんの心のみにて、子にも妻にもいと酷き鬼の

> やうなることなりけり、爽快(いさぎよき)には似たれども、自己(おのれ)一人を蓮葉の清きに置かん其為に、人の憂きめに眼も遣らず、人の辛きに耳も仮(ママ)さず、世を捨てたればと一口に、此世の人のさま〴〵を、何ともならばなれがしに斥け捨つるは卑しきやうなり。何とて尼にはなりたりけん、如何にもして女と共に経るべかりしに、鈍(おぞ)くも自ら過ちけるよ、今は後世安楽も左のみ望まじ、火坑に墜つるも何かあらん。
>
> （「彼一日」其二）

柳田泉はこうした「彼一日」の妻の独白を評して、「いつでも眼に涙がわくのを禁じない、そこには、詩として批評を絶する至高悠遠のものがある」と絶讃した(18)。植村清二もまた、「西行の妻が、愛児の運命を悲しんで訴へる言葉は、恩愛の情を抒べて哀切を極めてゐる。全篇を通じて恐らくかうした題材をかうした形式で取扱つたものとしては、これ以上に出ることは不可能であらう」と述べ、きわめて高い評価を与えている(19)。すでに見たように、「撰集抄」では妻の尼が残してきた娘をまったく気にかけていなかったのに対し、「彼一日」で語られているのは、それとは正反対の心情なのである。そして、その描写が読者たちにこのような強い感銘を与える、力のこもった文章となっているのは、本作の力点がここにも置かれていたためだろう。

このことをさらに、西行の娘に関する部分を執筆するに際し、露伴が参照したと考えられる「西行一生涯草紙」との比較から検討してみよう。西行が出家したあとの妻と娘について、「草紙」は以下のように記している。

> 御出家の後、その日のうちに御前（西行の妻―注）はさまかへて、一二年は姫君と京におはしまし侍しに、九条の民部卿のむすめ冷泉殿と申人、わかこにしまいらせて、よにいとほしくせさせ給ひしかは、母は高野のあまのにをこなひて（中略）このあねこせん（西行の娘―注）は、上臈女房にまひらせて侍る、あけくれはおこなひのみ

して、神仏に、今生て、父の行衛しらせ給へと申て、なくよりほかのこと侍らす。（後略）　（「西行一生涯草紙」）

このように、「草紙」では娘は虐待など受けておらず、むしろ「上﨟女房」にしてもらっていて、西行（佐藤氏）の家柄としては優遇されていると言ってよい。ところがそうした厚遇にもかかわらず、彼女は出家した父を慕って、朝夕神仏に祈ってばかりいたのであった。それを聞いた西行が、娘のもとに出向いて出家を勧めてみたところ、彼女は喜んで剃髪し、高野山ふもとの天野に住んでいた母の尼のもとでともに修行に励む。彼女の出家を聞いた継親の冷泉殿は、可愛がっていた娘の遁世を歎き悲しんだとされている。

ここから知られるように、露伴は「草紙」の描く仏道発心譚を書換え、典型的な継子談に仕立てあげたのであった。西行を描いた先行作品のなかに、娘が叔母にいじめられたとするものは見当たらず、子を思う母の愛情を効果的に表現するためになされた潤色と考えられる。それは娘の恋愛についても同様で、先行作品には類似の記述が見出せないのに対し、「彼一日」では娘と相思相愛の人として「某の少将」を登場させている。こうした微細な逸話の充実が、両親の出家によって取残された娘の悲劇性を高め、妻の言葉の強さへと結実してゆくのであり、以上のような典拠との相違にかんがみれば、本作が妻の情念にも相当の比重を置いていることは明らかである。

もちろん、先述したように、作中には宗教者としての西行の澄明な心境が描かれていることも看過はできない。「彼一日」では、娘を思う妻の尼の情念と対置される形で、西行が娘を出家に導く話が語られていることから、彼に現世の苦を救う宗教者としての性格が与えられているのはたしかだろう。ただし、西行のそのような性格は決して、妻の情念を否定もしくは解消するためのものではなかった。本作においては、あくまで二人の言葉のなかにしかあらわれない不在の娘を憑りしろにしつつ、妻の側からは情愛に基づく情念が、西行の側からは宗教的な悟達の境地が、それぞれの語りによって対照的かつ対等に示されていたのである。

たとえば、西行の言葉として描かれる「睦ぶべき兄弟（はらから）も無し、語らふべき朋友も持たず、何に心の残り留まるところも無し」と言って出家する娘の姿は、まさに仏法にかなったものと言えよう。この部分の記述を読むと一見、これこそが西行による説諭の功であり、この娘にこそ真の悟達の姿が示されていると思いたくもなるが、それはあくまでも西行によって語られたものにすぎない。逆に妻の尼の言葉のなかでは、娘は「父上御坐（おは）さば、母在らば、と親を慕ひて血を絞る涙に暮るゝ、時もある体（てい）」と述べられており、西行が伝える端然とした姿からはほど遠い。だとすれば、やはり娘は空白の存在として、相対する両者によって語られ、それぞれの見かたによって染められることで、双方の立場を際立たせているにすぎないと言うべきだろう。

以上のように、出家した夫婦の十数年ぶりの邂逅という劇的な要素をはらみつつ、しかしそれに関する感慨はひととおり触れられるばかりで、あとは娘についての長々しい対話があるだけの「彼一日」は、その対話において、両者の悟達と情念とがそれぞれ娘との関係によって緊張を保ちつつ提示されること自体を主眼としている。合掌する二人の姿が月光に浮かびあがる結末においても、実のところ両者の胸中は大きくかけ離れていたと見るべきであって、これは所詮結論にいたるはずもない彼らの対話に、小説としての幕切れを用意しているにすぎないのである。そして、このような「彼一日」の構造を視野に入れて考えるならば、「此一日」もまた同様の構造になっていたことに気づくだろう。すでに述べたように、「二日ものがたり」が有していた「呵風流」という主題は、「此一日」へと改稿された時点で捨てられており、これにかわって作品の中心になったのは、やはり西行の語る悟達と亡霊の語る情念との対比なのであった。

ここでふたたび眼を「此一日」に戻し、「二日ものがたり」から「此一日」へと発展する過程で書加えられた其六について思い出してみよう。この部分において、亡霊は彼の身に起った事件を具体的に挙げながら、怨恨という人間の情念を語っていた。一方で西行は、「二日ものがたり」でも示されていた論理を補うように、仏道に寄せる信念を表白していたのであり、情念を謳いあげる崇徳院を魔だとすれば、彼はいわば仏の側を体現した存在であった。このように、「此一日」の力点はやはり、それぞれに情念と悟達とを語る彼らの言葉自体の対比にあったと考えられ、そうした構図を明確にするため、「呵風流」の構想を継承する「二日ものがたり」に用意されていた、怪異におびえる彼の姿は抹消されねばならなかったのだった。

このような転換は、「此一日」のみならず、おそらく「彼一日」の裏側でも生じていたと推察される。明治二十五年に『国会』に発表された「二日ものがたり」には、「此一日」といった章題こそなかったものの、その題名からはもう一日の物語、すなわち〈原「彼一日」〉とでも呼ぶべき物語が予定されていたと考えるのが自然である。その内容は、前引した予告の文言からわずかにうかがわれるのみであるが、「此一日」の内容にあてはまらない「泣いて罵るの武夫あり、美人は忽然として頑石と化し」、あるいは「瀟洒たる草屋と明滅する孤燈と、解脱を甘んぜざる猛士と流転を免れむとする美人と」という文面から、完成した「彼一日」とは大きく異なっていたことが明らかである。すなわち、「呵風流」というモチーフを有していたであろう〈原「彼一日」〉から、「此一日」にあわせて悟達と情念との対比に主眼を置いた現行の「彼一日」へといたる過程で、この作品もまた大きな転換を経ていた可能性が高いのである。

もちろん、これはあくまで推測にすぎないが、少なくとも完成した「二日物語」の背後に、主題の転換を伴った大幅な構想の変革が見え隠れしていることは疑いない。では、このような変革は、はたして何を意味するのだろうか。ここで想起されるのは、釈迦詩人論の喪失によって別の主題を与えられた、「大詩人」から「縁外縁」への改稿である。この両作は、成立にいたるまでの過程がよく似ているのみならず、「此一日」においては失われた西行を嘲笑するというモチーフ自体、「大詩人」に存在しながら「縁外縁」の段階で抹消された、〈露伴〉を罰するというモチーフに近似しているのである。

こう考えてみると、露伴がはっきりと自覚していたかどうかは定かでないものの、そこには同種の問題を見出すことが可能なのではなかろうか。本書は前章において、露伴が持っていた作中世界への責任感、すなわちみずからの創り出した虚構世界に対して全能を持つ作者は、その全能ゆえのいかなる責任と自己規範とを負い、それをどのような形で示せばよいのかという問題意識の存在を指摘した。そして私見では、このような露伴の意識は実在の人物を扱った歴史小説である「二日物語」において、より切迫した様相で立ちあらわれてきたようである。作品の主題という意味では、単に悟達と情念との対比にとどまる本作の重要性は、まさにこの点にこそ存しているのである。

五

『国会』版「二日ものがたり」の大部分の文辞は動かさぬまま、これを新しい主題を持つ作品とするにあたって、露伴が「此一日」其六で行った作業は興味深い。彼は後年、『註釈二日物語』の著者である沼田頴川に宛てた書翰で、次のように述べている。

此一日の中、西行の往を懐ひ今を悦ぶ段、即ち第一章第二章あたりは、単に想に任せて文を行りたるには無之候て、実は遍照金剛の十住心論に拠りて意を衍べ詞を連ねたるに候。と申すは、本文にも申述べ置きし如く、西行当時大師所縁の地に身を留め居りしをもて、機に触れ縁に随ひては、定めて大師述作などをも眼にし、心にしたる事なども蓋し有り得べき情状なりしならんと思ひて、さてこそ密に右の論に拠りて筆を馳せ申したるにて候。次に崇徳上皇御言葉の中、保元の乱を醸させ玉ひしを悔みて、仏道に帰依せんことを願ひおはしまし、旨を述べたまへる段は、これ亦よりどころ無く詞を構へたるには無之、其の御心中の事は無論歴史に拠り、其の御言葉は上皇が讃岐より都なる藤原俊成に与へたまひし御述懐の長歌に憑りて綴り申したるにて候。[20]

露伴はここで、「此一日」の執筆に際しては単に想像だけで文章を綴ったのではなく、空海の「秘密曼荼羅十住心論」やほかの史書などを参照したことを明かしている。もっとも、この書翰には幾分の記憶違いが含まれており、たとえば露伴の言う「此一日」其一には、「物に定まれる性なし人いづくんぞ常に悪からむ、縁に遇へば則ち庸愚も大道を庶幾し、教に順ずるときんば凡夫も賢聖に斉しからむことを思ふ」という空海著「秘蔵宝鑰」の文言が一箇所に引かれているだけであって、「秘密曼荼羅十住心論」を出典とする文辞はすべて其六に集中している。[21]また「歴史に拠り」、さらには御製の長歌を引いたとされる崇徳院の言葉も、おなじく其六に記されたものである。このように先行作品からの引用を多数含む其六が、すでに述べたように初案「呵風流」の構想を隠蔽し、作品に新たな意味を与える役割を担っていた部分であることを考えれば、ここで採用された方法は、本作における露伴の執筆態度について重要な示唆を与えているのではないか。

そもそも『国会』版「二日ものがたり」に受継がれていた「呵風流」の構想とは、露伴が明治二十年代前半に抱えていた「風流」をめぐる煩悶の過程で、その問題意識のもとに生み出されたものであった。[22]本章で見てきたように、「風流」を「呵」するというその構想は、西行を呵されるべき風流人としてあえて脱俗一辺倒の没人情的人物として描き、亡霊の前でその無力さを露呈させるというものだったと考えられる。こうした設定は〈露伴〉を罰しようとした「大詩人」と重なるものであり、だとすれば「二日ものがたり」の中絶も「大詩人」同様、作中人物に安易にそうした役割を振当てたためだったとの推測も成立しよう。もちろん、それはあくまで推測にすぎないが、その当否はともかくとして、ここで重要なのは「二日物語」に施された改稿のなかに、実在した人物を描くにあたって露伴が選択した態度が示されていることである。

右に示した沼田頴川宛の書翰には、「想に任せて文を行りたる」ことを否定し、執筆に際しての「よりどころ」を重要視する意識が顕著である。それはすなわち、西行の言葉に空海の著作からの引用をまじえるにあたり、彼がそれを読んでいた蓋然性を必要とする意識であった。あるいは、「此一日」のみならず「彼一日」でも、原拠となった「撰集抄」の逸話を脚色するうえで、まったく架空の物語を展開するのではなく、「草紙」の記述にわずかな潤色を施してそのまま転用していたことにも、そうした意識はあらわれていよう。さらには、本作の西行が仏教色に強く彩られた存在とされ、とりわけ真言密教の教義に近しく描かれていたこと自体、「西行一生涯草紙」において、西行と真密との深い関わりが暗示されていたためとも考えられるのである。(23)

これは換言すれば、実在した人物を勝手な想像によって描くことを避けようとする姿勢とも言えるだろう。露伴は「二日物語」において、西行を主人公に空想だけで物語を作ることを避け、先行する作品や資料にもとづき、それらからの引用を縦横に織り交ぜて歴史小説を書こうと試みていたのであった。なかでも「此一日」其六では、初案「呵風流」の構想が隠蔽され、作品の主題が悟達と情念との対比という比較的テーマ性の低いものに置換されるなかで、其五までには用いられなかった新たな文献が援用されることで、西行と崇徳院の立場が作者の恣意的な造型によるものではないと強調される仕組みになっていたのである。『釈註二日物語』の冒頭に掲げられた書翰で、典拠の一部が明かされていたのも、そうした執筆に際しての姿勢を明確にするためだったのかもしれない。

もちろん、読者の大部分が『註釈二日物語』を手にしていないのは当然であり、したがってその巻頭に掲げられた書翰を読んでいるはずもなく、露伴のそうした姿勢は彼らには知られようがない。だが彼は、「大詩人」においても同様に、読者がわかるか否かとは関係なく、作中の〈露伴〉と作者露伴とを重ねあわせようとしていたのだった。それはすなわち、読者に向けられた態度表明というよりも、むしろ作者の自己規範に従った作業と見るべきだろう。

　こうした露伴の姿勢はおそらく、前章において指摘したような、作中世界に対する責任感と密接な関係にある。すなわち、たとい架空の存在であってすら、作中人物を扱うにあたって一定の責任を感じていた露伴は、歴史小説において実在した人物を描くに際し、みずからの勝手な想像によって古人を恣意的に動かすべきではないという、強い自己規範を抱えこんだと考えられる。とはいえ、歴史小説もあくまで小説である以上、そこに何らかの潤色が加わるのは必然であり、本質的に「よりどころ」とのせめぎあいが消えることはないだろう。では、小説という形式の根幹に関わるこの問題は、以後どのように推移してゆくのだろうか。次章では、「二日物語」に即して見出されたこの問題を、おなじように明治二十年代に着想され、三十年代に入って完成した歴史小説、「帳中書」を例に取って、より具体的に考えてゆきたい。

注

（1）幸田露伴「ひげ男」（『読売新聞』明治二十三年七月五日〜十九日）。
（2）この経緯に関して、詳しくは次章を参照されたい。

（3）この中断の詳しい理由は明らかでないが、本文、内容とも「雨月物語」に大きく依拠していたため、読者から剽窃ではないかとの投書を受けたらしいことが一因かと思われる（幸田露伴「慚愧々々」、『国会』明治二十五年五月二十六日）。

（4）なお、「彼一日」が発表された『文藝倶楽部』明治三十四年一月号の口絵は、水野年方がおなじく「西行逢妻」の題のもとに、秋の野で在俗の女が老僧に取りすがる様子を描いている。

（5）鳥井フミ子「幸田露伴と西行―「二日物語」を中心として―」（『実践文学』昭和四十一年十二月）二十五～二十七頁。

（6）柳田泉『幸田露伴』（中央公論社、昭和十七年二月）、岡崎義恵「露伴の風流思想」（『日本芸術思潮』第二巻の下、岩波書店、昭和二十三年六月）、塩谷賛『幸田露伴』上（中央公論社、昭和四十年七月）などは、みな本作の西行を「真風流」の体現者と見なしている。

（7）平田由美「評釈『二日物語』上」（『人文学報』昭和六十三年三月）九十九頁、九十頁。

（8）平田由美は「評釈『二日物語』上」（前掲）において、「『西行物語』『撰集抄』には異本多く、露伴がいずれに拠ったかは現時点では確定は困難である」としている（六十九頁）。

（9）「西行物語」諸本の分類に関しては、小島孝之「「西行物語」小考」（和歌文学会編『和歌文学の世界』第十四集、笠間書院、平成二年九月）を参照した。

（10）平田由美は「評釈『二日物語』上」（前掲）において、「「此一日」で引用される西行歌の中には『山家集』中になく『法師家集』所載のものがいくつかあ」るとして、延宝二年刊『西行法師家集』を粉本の一つに挙げた（七十六頁）。しかし、「山家集」未載の「此一日」における引歌は、人口に膾炙した「何事のおはしますをば知らねどもかたじけなさの涙こぼるる」以外、すべて「西行一生涯草紙」からまかなえる。なお、本論での「山家集」からの引用は、佐佐木弘綱・佐佐木信綱標註『日本歌学全書』第八編（博文館、明治二十四年八月）によった。

（11）岡崎義恵「露伴の風流思想」（前掲）七十五頁。

（12）長島弘明『雨月物語の世界』（ちくま学芸文庫、平成十年四月）七十七～七十八頁。なお『雨月物語』からの引用は、『日本古典文学大系』第五十六巻（岩波書店、昭和三十四年七月）によった。

（13）大鹿卓はこの点について、「西行の縷言のいかに弱々しく区々としてゐる事か。（中略）西行は心魂を懸けて解脱を説くが、到底魔王に歯がたたない」と述べている（「作品の印象Ⅲ　二日物語」、『露伴全集月報』第8号、岩波書店、昭和二十五年一月、五頁）。

(14) 平田由美「評釈『二日物語』上」（前掲）九十頁。

(15) 「撰集抄」諸本のうち、露伴はこの逸話が収められている広本系の本文を用いたことは確実だが、その諸本文には「西行物語」ほど大きな異同がなく、露伴が参照した本を特定することはできない。本論では慶安三年刊本（東京大学史料編纂所蔵本）を用いた。

(16) 以下「彼一日」において語られる、西行が娘を出家させた話は、「西行一生涯草紙」のほかに「発心集」にも見えている。露伴が「発心集」にも目を通していた可能性は低くないが、内容的には「草紙」の本文と大差ないので、本論では特に言及はしない。

(17) たとえば鳥居フミ子は「幸田露伴と西行―「二日物語」を中心として―」（前掲）において、「子を思い、妻の涙にさそわれて思わず落涙する西行……それは人間西行のいつわらざる姿である。しかもその人間の情に執せず、端然として合掌する月光の中の西行は、露伴の求める真風流の姿である」と評している（二十五頁）。

(18) 柳田泉『幸田露伴』（前掲）三百一頁。

(19) 植村清二「「二日物語」「椀久物語」「風流魔」」（『露伴全集月報』第14号、岩波書店、昭和二十五年十二月）六頁。

(20) 沼田頼川『註釈二日物語』（東亜堂、明治三十九年六月）巻頭所載。

(21) 「秘蔵宝鑰」は十巻の「秘密曼荼羅十住心論」の要旨を三巻にまとめた空海の著作で、「広論」と呼ばれる「十住心論」に対して「略論」とされる。露伴は「秘蔵宝鑰」からの引用に際しては、『合刻袖珍十巻章』（豊山長谷寺蔵版、明治十一年四月）の本文を用いたと推測される。なお、「十住心論」からの引用箇所の詳細については、平田由美「評釈『二日物語』上」（前掲）を参照されたい。

(22) この経緯については柳田泉『幸田露伴』（前掲）と岡崎義恵「露伴の風流思想」（前掲）が、「風流」の煩悶の内実を考察しながら詳しく扱っている。

(23) 露伴は後年、「西行には真言臭い処がある。真言には苦行と云ふことが伴ふが、西行は前に述べた通り随分苦行をしてゐる。大師の出生地である処の讃岐へ行き、白峯にも詣してゐる」とも述べている（「西行と芭蕉」、『潮音』大正六年二月、五頁）。

第四章　歴史小説をめぐる問題系――「帳中書」／「風流魔」論――

一

柳田泉は明治三十年代前半の幸田露伴の作品について、次のように評価している。

わたしの考へでいふと試案的な写実的作品の続いた何年かの間に、少くとも二つは、いかにも露伴らしい芸術的光彩をもつた作品が発表されてゐるが、これは吾等露伴党にとつて限無い喜びだ。すなはち『二日物語』と『椀久物語』とがそれに当るが、わたしはこれに『帳中書』を加へて、三つとしたい。(1)

ここで柳田は、この時期に露伴が書いた秀作として、「二日物語」（明治三十二～三十四年）や「椀久物語」（明治三十二～三十三年）とともに、「帳中書」の名を挙げている。この「帳中書」は、明治三十一年の八月から十二月にかけて、雑誌『新小説』に発表された作品である。まずその梗概を述べると、名古屋の鏨工である安堂平七は、恋人であった仲買問屋の娘お浜を、彫金流派の大家である後藤家の後藤金乗によって、無理に江戸へと連れ去られる。平七は金乗への恨みから、後藤家代々の名作を見返すべく修行に励むが、思うように技倆が進まぬうちに盲目となり、失意のなか、逃げ戻ってきたお浜と心中するという物語である。

本作は、のちに明治三十四年十一月、単行本『長語』（春陽堂）に収められたおりに「名古屋だより」と改題され、さらに昭和二年十二月の『現代日本文学全集』８「幸田露伴集」（改造社）への収録にあたって、「風流魔」とふたたびあらためられた。現在ではこちらの題のほうが知られているが、以下の議論では作品の成立過程に焦点を当てる意味で、「帳中書」と呼称する。

この二度めの改題が行われた『現代日本文学全集』８において、本作は「風流仏」とならんで巻頭に置かれており、そこには両篇を対置しようとする意図が明瞭にあらわれている。「風流仏」は、恋人お辰を奪われた仏師珠運が一念をこめて仏像制作に励み、風流仏の来迎によって救済される物語であって、右に記したような本作の設定や展開とは、たしかに多くの共通点を有している。これについては、露伴自身が後年になって、柳田泉の問いに答えて次のような経緯を明かしている。

> 『風流魔』は、この題の方が初案で、最初から安藤（ママ）平七のことを書くつもりであった。つまり『風流仏』に対する趣向として、『仏』の方が思ふ力のつよさで誠が通つたのに対し、『魔』の方は、いかに思ふ力がつよくても何ともならぬことがあり、それが平七の悲恋の場合であるといふので、さういふ腹案を立てた。その腹案は、大体後に発表された『帳中書』と同じことである[2]（後略）

ここから「帳中書」は、「風流仏」を書上げた露伴がその物語の骨組を借りながら、結末だけを反転した悲劇を書くというもくろみで立案されたことが知られる。とはいえ、両者の相違はそうした結末の趣向のみにとどまるものではない。たとえば、「帳中書」は話者「おのれ」が受取った手紙のなかで物語が語られるという枠構造を有しており、これは「風流仏」には存在しないものであった。また、本作は実在した人物を主人公にした歴史小説であり、その冒頭には典拠となった文献が掲げられていることも忘れてはならない。

そして何よりも、発表当初から傑作の呼び声高かった「風流仏」に対し、「帳中書」の評価はあまり芳しくない。本章冒頭に引用した柳田の評言のなかでも、本作は「二日物語」と「椀久物語」に「加へ」られた形で言及されており、いささか扱いが異なっている。これは、後述するように、「帳中書」には執筆を中途でやめて投出したようなふしがうかがえるためであろう。しかしながら、本作はまさにそれゆえに、当時露伴が抱えていた問題意識の所在を明らかに浮びあがらせているのである。

本章では、以上のような特徴に「帳中書」の問題性を見出し、その構想と成立にいたる経緯を手がかりとしつつ、前章に続いて歴史小説を執筆するに際しての露伴の意識について考えてゆきたい。まずは、本作が発表までにたどった過程を、周辺の資料から追ってゆこう。

二

露伴は柳田泉が書きとめた右の直話において、本作がもともとは明治二十四年に発表された「艶魔伝」[3]と一体のものであったとも述べている。

（江戸に連れてゆかれて―注）お浜は人を呪ひ世をのろひ、憎い男に仕返しの腹をかため、処女から脱兎の大毒婦にならうとする。そこでその頃世に聞えた老艶魔ともいふべき人物に男たらしの秘伝を問ふ、その一節の先づ成つたのが、上記の『風流艶魔伝』なのである。（中略）『艶魔伝』は、すらすらとなつたが、そのあとがうまくゆ

かず、何としても腹案通り書けない。それで、『風流魔』の全体がのびのびになつて、三十年代になつたのである。(4)

「艶魔伝」は、老色魔が若い女に男たらしの色道を伝授する書翰体小説である。人物の境涯はほとんど語られず、また手紙の受取り人になっている女も「蘆野花子」という名前で、「帳中書」のお浜とは異なるが、この作品が「帳中書」の原構想から分離したものとする作者の言明は重要である。

この原〈風流魔〉とも言うべき構想が持たれた時期は、具体的には明らかでない。ただし坪内逍遙の日記、明治二十三年二月十九日の条に、「露伴の悪婦男たらしの手を工夫するうち、終に善人にならざるべからざるを感ずるといふ趣向、面白し」とあって、(5)ここから中野三敏は、「艶魔伝」の腹案が「明治二十三年二月頃にはあった」と推定している。(6)だとすれば、「艶魔伝」がその一部をなしていたらしい原〈風流魔〉の構想もおおむね同時期、「風流仏」発表以後の明治二十二年秋から翌年春にかけて着想されたと見てよいだろう。ところが、「『風流仏』に対する趣向」を指すはずだった「風流魔」という題名は、明治二十三年の初夏には「艶魔伝」の腹案だけを指すものに変化したらしく、依田学海の日記『学海日録』六月十八日の条には、次のように記されている。

藤本真を訪ひしに、幸田露伴が作の風流魔といふ書を示さる。（中略）これは聊斎志異なる妖狐が或人の妻に教し媚術によりて、西鶴が一代女及文反古の体にならゐて作りしものなり。(7)

また、森田思軒の「偶書　『帰省』と『風流魔』」にも、「『風流魔』は全篇、只だ是れ一通の手紙なり。而して蕩子の状、娼婦の態、裏面側面正面より抉出爬羅、殆ど余す所なし。誳罵痛快、謂はゆる読み畢りて舌を吐く三寸」とある。[8] 彼らは何らかの形で発表以前の原稿を見たものと考えられるが、ここに言及されている「風流魔」が、現行の「艶魔伝」の内容を指すことは明らかだろう。すなわち、露伴の直話にあった原〈風流魔〉の構想は、明治二十三年六月ころまでに分裂し、そのうち現在の「艶魔伝」にあたる部分が、単独で「風流魔」と題されていたと推定できるのである。

さらに柳田泉の指摘により、同年九月の尾崎紅葉『此ぬし』（春陽堂）の木版奥附広告に、「風流魔」が「近日発行」とあることが知られ、[9] 出版の予定が立ったとわかる。だが結局、春陽堂からの出版は見送られ、この作品は「艶魔伝」と改題のうえで明治二十四年二月の『しがらみ草紙』に掲載された。同作の自筆原稿でも、「風流魔」という題が抹消され、「艶魔伝」にあらためられていることが確認できる。[10] もっとも、露伴はこの作品をなお「未完」としており、[11] たしかに原稿にも「上篇」としか記されていない。

一方、「艶魔伝」の分離独立によって取残されたのが平七の悲恋の物語であり、こちらについても明治二十三年のうちに発表の予定が立てられたらしい。これも柳田泉の指摘によって、吉岡書籍店が明治二十三年十二月刊行の『日本人』第六十二号に、露伴の「安藤信俊」を収録予定とする『新著百種』号外（十二月下旬刊行）を広告していることが知られる。[12] 後述するように、「帳中書」の作中では平七の名前が、提示された二資料によって「安堂信時」とも「安藤信俊」ともされているから、この広告が平七の物語を指していることは疑いない。それ以前、『新著百種』第十一号（同年十一月）所載の広告には、この号外について「紅葉山人／露伴子　両大家　各々得意の傑作を掲載す」とあるだけで、作品名が記されていなかったから、「安藤信俊」を執筆する意志はこの間に固まったとわかる。

ところが、この時の執筆も頓挫したらしく、広告されていた『新著百種』号外は紅葉の「新桃花扇」と「巴波川」

のみを収めて刊行された。当該号に附された「愛読者へ謹告」という文章には、「本月に至り、突然露伴君より今回の間にはあはぬ故、当号外へ著作掲載致す事はゆるしてくれ」と断られたことが記されている。(13) この発表中止のあと、翌二十四年二月の「艶魔伝」発表をはさんで、露伴はふたたび「風流魔」という題で作品を計画したらしい。たとえば、同年四月の山田美妙『猿面冠者』（春陽堂）には、先述した『此ぬし』とおなじ版木の広告が、「近日発行」という部分だけ「五月上旬発行」に彫りなおされて掲載されているのだが、この刊行の予定もついにはたされることはなかった。

続いて、翌明治二十五年九月の尾崎紅葉『夏小袖』（春陽堂）の広告において、今度は『新作十二番』シリーズの第十番として、「風流魔」が「近刻」とされている。(14) 管見のかぎり、この広告は同年十二月の春陽堂刊行物にまでは確認できた（福地桜痴『天竺徳兵衛』など）。しかしながら、翌二十六年二月の小杉天外・斎藤緑雨『反古袋』を見ると、『新作十二番』の広告は既刊の幸堂得知『蓬莱噺』までで打切られており、執筆がみたび断念されたことがわかる。これらの広告は、「風流魔」の内容にまでは言及していないが、前後の事情から、平七の物語であったと考えるのがおだやかであろう。

ところが、この「風流魔」という題名は以後姿を消し、平七の物語は新たに「恋の伃（とりこ）」なる題名を与えられた。柳田泉は『新小説』明治二十九年十二月号に、「恋のとりこ」の広告が掲載されていることを指摘したが、(15) この広告からは作品の内容が明確でない。これに関してはむしろ、川崎三郎『藤田東湖』（春陽堂、明治三十年四月）のころから掲載されるようになった、「幸田露伴著述目録」の記述が参考になる。

恋の伃　渡辺省亭画／実価廿五銭／郵税六銭／恋の伃は彫刻師某の物語にして、露伴子が近業中の白眉なるもの、其想や神、其文や妙。
（『藤田東湖』広告十三頁）

さらに、同時期の「遅塚久則、久徳、」（『新小説』明治三十年五月）には、「恋のとりこを草せんとして雑書を渉猟」していた時、彫金に長じていた遅塚久則を知ったとある。これらから、「恋の俘（とりこ）」が平七の物語にあたると推定できる。この「幸田露伴著述目録」は、当時の春陽堂刊行物の多くに附されており、確認できた範囲では、塩井ふく子『日本女子百傑』（明治三十一年二月）が最も下った例である。また、これも柳田泉の指摘によって、『新小説』明治三十年十二月号に、翌一月号掲載予定の小説として「恋の俘」が予告されていることがわかっている。(16)

その『新小説』明治三十一年一月号を見てみると、渡辺省亭が口絵に、髷を結った金工の男と獅子に乗った女の幻とを描いている。これは、完成した「帳中書」の其七、平七が連れ去られた恋人お浜を思って一心不乱に制作に没頭し、ついに先人の傑作や恋人の幻を見るクライマックスの場面と完全に符合しているし、また続いて巻頭に設けられた図版の頁には、口絵から両人の姿が抜き出されたうえ、「恋の俘　平七」「恋の俘　おはま」と説明も加えられている。すなわち、この時点で作品の構想はほぼ固まっていたと見てよく、露伴も当該号に全篇を発表する意志を持っており、その予定に従って省亭に口絵が依頼されたのだろう。ところが、これほどに準備が整いながら、急に発表が取りやめられたために、描かれた口絵だけが掲載されることになったと推定でき、こうした経緯は前章にて詳述した、翌月『文藝倶楽部』に「二日物語　此一日」を発表した時の事情とよく似通っている。

以上のような度重なる発表の企図にもかかわらず、平七の物語が「帳中書」の題でようやく『新小説』に掲載されたのは、前述のとおり明治三十一年の八月から十二月のことだった。すなわち本作は、明治二十三年ころに立案されながら、発表までに九年近くの歳月を要したことになる。しかも、はじめの着想どおり「風流魔」の題が与えられたのは、立案から実に三十七年も後の、昭和二年のことなのであった。
早くは「艶魔伝」の分離にはじまる執筆や発表までの難航、あるいは題名の転変などにうかがわれる逡巡は、はたして何に起因していたのだろうか。そこには小さからぬ問題の存在が推察されるものの、露伴はその詳細を一切明らかにしていない。しかしながら、発表された「帳中書」を詳細に検討してゆくと、そこにはいまだ多くの不安定さが残されていることに気がつく。そして、そのような不安定さこそが、当時露伴が抱えていた問題、とりわけ歴史小説の執筆にあたっての問題を物語ってくれるのである。

三

「帳中書」の冒頭には、典拠とされた二つの文献が提示されている。まずはじめに引用されるのは、稲葉通龍『装剣奇賞』の一節である。(17)

信時、安堂氏、平七と称す。尾州名護屋大津町の住人なり。赤銅地磨高象嵌むく入など、甚見事にして、結構なる事、蜀錦にまされり。人あらそひて是をもとめ、たのみ来る人、門前に市をなすがごとし。生得一癖あるをこにて、これをいとひ、のがれて京師に遊び、終に其名をかくせり。其作物たま〳〵に出れば、価必ず貴し、最も惜むべきは此人なり。（其一）

ただし本作の物語に、この「信時」という名は登場しておらず、また彼が京に移ったという記述もない。むしろ作品の骨格をなしているのは、続いて記される次の資料である。

また、ある書には、信時といふ名、信俊とありて、此人おのが技のおもふ如くに上達せざるを恨み憤りて、舌を嚙み死せり、と記しあり。

（其二）

この「ある書」とは、内容から田中一賀斎の『金鍔奇掇』のことと考えられる。当該箇所を示そう。

信俊　安藤氏。尾州住上手。此人、細工心ノ侭ニ出来サルガヨエ（ママ）、世ヲ思ヒキリ、舌ヲ喰テ死ス。心セマキ人カ、彼地ノ人ヲシム多ク見ス。(18)

本作の主人公にはこちらの「信俊」という名が採用されており、技倆が思うように上達しないため自死したという この逸話が、「帳中書」の核になったことも明らかである。露伴がこの書物を見た時期はわからないが、前述した『日本人』第六十二号の広告に「安藤信俊」とあったことから、相当に早い時期と推定される。前掲した露伴の直話にもかんがみて、「帳中書」は『金鍔奇掇』の簡単な記述のなかに、「風流仏」の物語構成を借りつつ、その結末だけを悲劇にした趣向を盛込むという企図で構想されたものであろう。

ところが、発表された「帳中書」には、話者「おのれ」が実際には物語に生かされない『装剣奇賞』の人物、すなわち安堂平七信時について調査したという設定が加わっている。以下「其一」においては、はかどらない調査と、名古屋の友人「亡是子」から手紙を受取るまでの経緯が記される。「亡是」とは「烏有」と同義で、実体がないという意味であるから、その存在は虚構と考えてよいだろう。物語の枠となるこうした設定が、「風流仏」には存在しなかったことはすでに述べたとおりである。

この設定により、本作の「其二」以降はすべて、平七の逸話を伝える「亡是子」からの手紙という体裁になっている。だが、実際に平七の物語が語り出されるのは「其三」からで、「其二」は一節の全体が、物語の出処についての説明に費やされている。それによれば、平七の物語は執筆者の「亡是子」が、「此頃碁敵にいたし候老人」から聞いたとのことである。すなわち、書翰体という枠のなかに、もう一つ伝聞という枠が設けられた形だが、実は作中に仕組まれた構造はさらに複雑なものであった。

その老人は、平七の話を「かつて若き折」に「美濃屋と申候店のふるき伴頭にて、才兵衛と申候ひしもの」から聞いたにすぎず、さらに「才兵衛は何人より聞き知り居り候や、それは別に尋ねも致さで済ませ候ひしとの事」として、物語の出処は朧化されてしまう。また、老人は平七作とされる目貫も持っていたとのことだが、「廃刀後売払ひ候ため」、その現物が作中に登場することはない。しかも、目貫の「銘は信俊とこれあり、信時とはこれ無く、御たづね相成り候信時とは同人なりや否やは」わからないとして、冒頭に掲示された『装剣奇賞』との関連性は周到に排除されている。そして、あまつさえ本文には、次のようにも記されていたのだった。

随分商估（あきうど）は、時によりて、いつはりをも構へ候もの故、自然右才兵衛出まかせを申候歟とも疑はれ候（中略）事実のたしかなるところは、猶後の考へを俟つべき事、勿論に候。才兵衛は、なか〳〵弁舌よろしく、世なれきつたる者なりしと老人の噂に候へば、仮令こと〴〵く虚構に出でずとは致すとも、潤色のあるべき事は、勿論と存じ申候。（其二）

　このように、才兵衛の話が「出まかせ」かもしれないとして、その信憑性への疑義が繰返し述べられているのである。これは、虚構の物語を本当らしく見せるため、意図的に伝聞構造を設けるような手法とは明らかに異質であろう。あえて一節を立てて物語の出処を朧化し、「いつはり」や「潤色」の介在を示唆し、資料中の人物のこととは同定できないとまで述べる。露伴は作品の冒頭に、参照した文献をわざわざ引用しておきながら、そのうえであらためて物語と資料との関連を否定しているのである。

　しかしながら、このような迂遠な作業を行うまでもなく、物語に何らかの潤色や虚構が介在するのは当然である。本作においても、細かな場面設定や発話などはもちろんのこと、平七の母や恋人お浜など登場人物の多くも架空の存在と考えられる。この点について、西川貴子は「後藤金乗に関しては『装剣奇賞』をはじめ他の書にも見られず、架空の人物であると思われる」と述べ、「露伴は実在の書（『装剣奇賞』、『金鍔奇捉』など）の記事を基に、安堂平七に直接関わる話は仮構したといえるだろう」と結論づけている[19]。これは、文献資料に乏しい安堂平七を主人公にして小説を書く以上、決して避けられないことであった。

　無論、露伴がこのことを認識していなかったはずはないし、またその気になれば、明治二十年代に書いた諸作品と同様、はじめから三人称文体を採用して平七の物語を書くことも十分に可能だっただろう。にもかかわらず、物語の信憑性の低さをあらためて強調するかのように、こうした多層構造からなる枠が設けられたため、結果として本作にはいくつもの不安定さが残ってしまった。たとえば、「其一」と「其二」は「其三」以降の物語との内容的な関連がほとんどなく、作品の展開にはたす役割が判然としないことである。この部分は、今述べたとおりかなり周到に物語の外枠を張りめぐらしているのだが、一方で作品の結末はといえば、発話者の不明な「萌えて秀でざるものあり、秀でゝ実らざるものあり、才人美女多くは薄命、既に此才を愛す、誰か彼の天を恨まざるものあらんや、噫」という一文が置かれているのみで、それらの枠構造が十分に閉じられているとは言えないのである。

また、本作の文体においても、同様の事態は見受けられる。「其三」から語りはじめられる平七の物語は、「亡是子」からの書翰という設定に従って、原則として候文で記されている。一例として、「其三」の冒頭を示そう。

右老人物語り申候。才兵衛物語により候へば、信俊は安堂平七と呼び候ものにて、何者の子なるや定かならず、されど其母貞恵（ていゑ）と申し法体致し居り候ものゝ人品もまことに宜敷、平七ならびに妹おとしと申候も、いやしからぬ立振舞に、むかし床敷相見え申、当時の人皆、いづれ平七父は京の出にて、歴々に召し使はれ候青侍にても候ものゝ、浪人致したる果かと噂致し候ひしとの事に候。

（其三）

ところが、こうした候文は次第に影をひそめ、文体に変化が生じてくる。たとえば、後藤金乗によって窮地に追込まれた平七とお浜の胸中を描いた、次のような箇所を見てみよう。

平七絶体絶命の地に陥り、若し我が身二つあらんには、一方には母妹を養ひ、一方にはお浜と共に奔りもし、又は死しもせんと思ふのみ。答ふべきところを知らで、茫々然と力無き眼を強て睜開しつ可憐のお浜を視れば、お浜もまた口には男のために親を顧みざらんとこそ云ひたれ、良心の責め鼓の音胸の底に轟き渡りて、不孝の女たらん其咎の怖ろしさを覚ゆること切なるまゝ、同じく茫々然として力無き眼を強て挙げて、福相無き我が情人を視るのみ。

（其六）

さらに、お浜に去られて盲目となった平七が見る幻想は、次のように記述されている。

> 時あつて後藤氏の祖先等が佳作の獅子は暗黒の空に躍り、又時あつて龍は暗黒の空に躍り、而して各々其爛たる技術上の光を放つて誇るが如くに縦横すれば、無限の感情を以て平七は之を打護(うちまも)り候が、末には恋ひ人の姿の想像に浮ぶと同時に、或は獅子あらはれ或は龍あらはるゝに至り、また或は獅子或は龍をおのづから眼前に認むると同時に、お浜の姿を認むるに至つて、平七終(つひ)にみづから此世に長く生くべくもあらぬを感ずるに至りたる或夜の事、（後略）
>
> （其七）

このように、「帳中書」は作品が後半部に進むに従って、文体のうえでもその書翰体というよそおいを失ってゆくのである。

これまで、本作が未完の状態に近いと評価されてきたのは、こうした不首尾のゆえと考えられる。たとえば、柳田泉は本作を「材料のまゝ、素描にして投げ出した」ものと評し[20]、植村清二もまた「いはゞ小説の梗概若しくは素描として扱はれたもの」と述べて、作品としての完成にはいたっていないと結論した[21]。しかしここで注目したいのは、作品としての完成度よりもむしろ、本質的には枠を必要としていない物語にあえてそれを施し、しかも破綻したままの状態での発表を決断した露伴の問題意識である。

このことを考えるうえで重要なのは、「帳中書」の長きにわたる構想期間である。おそらく、露伴の問題意識の詳細は、本作の着想から成立にいたるまでの同時期の発言から明らかにすることができるだろう。そしてそこには、

「帳中書」をめぐる一連の複雑な動きが、彼の抱えていた創作上の悩みを反映していたことが見えてくるのである。

四

明治二十三年の夏をひとつの頂点として、露伴が創作上あるいは実生活上の悩みから、深い煩悶に陥っていたことはよく知られている。同年七月、彼はひとり赤城山中で日を送り、坪内逍遙に宛てた長文の手紙でその悩みを吐露した。「造化と文学」と題され、『郵便報知新聞』に転載されたこの書翰では、[22]「風流」という言葉がキーワードとして多用されており、その概念規定について早くから議論が繰返されてきた。しかしながら、露伴の用いた「風流」の内実を総合的に検討した岡崎義恵が言うように、その意味はきわめて多義的であり、露伴文学の展開を見通しうる一貫した概念としては捉えにくい。[23]本書が彼の問題意識を考える出発点として重視するのはむしろ、冒頭の近況報告に続いて記された次の部分である。

髯男のつゞきも、筆を取りさへ致せば議論めかしくばかり相なり、とても事実を記するの文は癇癪にて煩はしくおぼえ、直ちに一念の乱麻をたゝき付けたく、むしやくしや致し候故、無是非中絶、ます〳〵一悶を加へ申候。

文中に見える「髯男」とは、『読売新聞』に連載中だった歴史小説「ひげ男」のことである。この作品は明治二十三年七月五日から十九日にかけて、五回分が発表されたのみで中絶し、明治二十九年の暮れになってようやく完成された。[24]その原因は引用箇所によれば、歴史上の出来事を題材にした「事実を記するの文」が「議論めかしく」なってしまったことについての焦躁、すなわち歴史小説の方法をめぐる膠着であったらしい。こうした観点に立ってこの時期の露伴の発言を見てみると、こと歴史小説に対する態度が、煩悶の先後で大きく転換していることに気がつくのである。

たとえば前年の明治二十二年十一月、露伴はシャクシャインの戦いを扱った「雪紛々」を『読売新聞』に連載するにあたって、「読者諸君に予じめ告ぐ」と題して次のように述べていた（本書では「雪紛々　前書」と表記する）。

> 時代物語りは多少の事実を取りて是を潤色し、又は是より話頭を起す事普通の例なるが如くなれど、雪紛々は然らず、全く予の随意に書き流す積りなり。（中略）雪紛々全体を挙げて露伴の放談と御見做し下されたく御眼古からざるだけを取り柄に、事実相違無法乱暴などの点を御ゆるし下されたく（後略）(25)。類の少な

序文のつねとしていささか誇張めくものの、露伴はこの時「雪紛々」を「事実」を離れた「放談」と表現し、またそのことを肯定していた。「雪紛々」の展開は、たしかに史書から大きく逸脱しているものの、後述するように、なかには史書に基づいた記述もないわけではない。しかし露伴は、それに関しても次のように述べるばかりで、決して詳細を明らかにしようとはしないのである。

> 人物の名称等は有名なる者を其儘用ふるもあるべく、出来事の幾分、風俗習慣の記事等に於ても、実際に近き者少からざるべしといへども、前述の次第故に是とても殊さらに為す積りにはあらず、唯思ひ出るまゝに書き流す訳（後略）

このように、露伴は明治二十二年に「雪紛々」の筆を執りはじめた時、自作と史書との符合にはさして重きを置かず、むしろ作者の想像による物語であることのほうを強調していたのである。ところが、このような姿勢は明治二十五年の時点になると、次のように変化する。

仮設の話を実在の人に托してなさむに、事邈古に属すれば、妄を以て真を乱り、虚を以て実を攪するの虞無きにあらざるを思ひ、しばらく読者に負きて該小説の稿を廃するに及びぬ。(26)

かねてから予告していた「因明縁起」なる小説の執筆を、露伴はこのように述べて中止した。この作品は、いくつかの別の話を「商羯羅塞縛彌菩薩の一身に附会し、以て一篇の小説を搆へ成さんと」したものであったらしい。「商羯羅塞縛彌菩薩」とは商羯羅主、シャンカラスヴァーミンとも書き、「因明入正理論」を著した古代インドの学者である。こうした露伴の態度、すなわち「実在の人」を利用して「仮設の話」を展開することへの慎みが、「雪紛々前書」の時点と大きく異なっているのは明らかだろう。

明治二十三年夏の「造化と文学」は、こうした変化の中間に位置する文章であった。この書翰は「ひげ男」の執筆をめぐる逡巡から書き起されたあと、小説一般における「実」と「妄想」との関係に敷衍してゆくが、その原点に位置していたのは歴史小説の執筆にまつわる懊悩にほかならない。(27)そして、まさに煩悶に前後する原〈風流魔〉の執筆中断と、「艶魔伝」の分離独立とは、こうした露伴の意識の変化に重なっていたのである。

たとえば、この作品は前述のとおり、『金鍔奇掇』の記述をもとに「風流仏」の結末を反転した物語を展開するという意図で着想された。実在の人物を扱いながら趣向を優先するこうした発想は、歴史小説を「随意に書き流」した「放談」とする「雪紛々　前書」の態度に通じている。原〈風流魔〉の着想は明治二十三年の春以前と推定されたから、時期的にも「雪紛々　前書」と近い位置にある。ところが、露伴はそのような歴史小説の方法に疑問を抱き、煩悶の結果、「仮設の話を実在の人に托」すことを忌避するという結論にいたったのであり、だとすれば原〈風流魔〉の執筆拋棄も、その過程で生じた「雪紛々」や「ひげ男」の相次ぐ中絶と性質をおなじくすると見てよいだろう。

さらに、原〈風流魔〉から「艶魔伝」を独立させた作業もまた、「造化と文学」で述べられた「ひげ男」の問題とおなじ構図になっている。露伴は「ひげ男」の難点として、歴史小説の題材とは無関係な「議論」を含んでしまったことを挙げていたが[28]、原〈風流魔〉においても、平七の物語のなかには男を骨抜きにする秘策を講じる部分が包含されていた。このように考えてみれば、原〈風流魔〉の構想と挫折、さらには「艶魔伝」の独立に、露伴の歴史小説をめぐる問題意識が反映していたことがわかるだろう。

では、これらの歴史小説を中絶させた露伴は、明治三十年代にはいかなる態度を取るようになったのだろうか。また、露伴の言う「事実」とは、はたしてどのようなものだったのか。それについて詳しく知るために、弟子の堀内新泉が露伴の構想によって「雪紛々」を書き継ぎ、合作として単行本化したおりの露伴の序文を見てみよう（本書では「雪紛々　自序」と表記する）。

此物語はもと、全く虚空裏よりのみ得来りたるものにあらず。想像の区域の広濶ならんことゝ、想像の核心の強大ならんことゝを悦びたりし当時（連載中の明治二十二年――注）の予は、実にみだりに粗大なる想像を馳せて、寛文の蝦夷乱を一悲劇として描かんことを企てたりしなり[29]。

露伴はじめて「雪紛々」の筆を執った明治二十二年当時を、このように回想している。そのうえで彼は、「人の誤つて、此物語全部を予等の想像に成れりとせん虞も無きにあらねば、今聊か之を弁じて事実と想像との区劃を試みん」と述べて、作中の出来事や登場人物について、「真の事実に基づけること」と「予と新泉との想像に成れること」との区別を詳細に明かしてゆくのである。

もっとも、こうした記述からは、露伴の言う「事実」が、かならずしも精密かつ客観的な考証を経た史実を意味していたわけではないことが知られる。露伴は、少なくともこの「雪紛々　自序」において、「事実」を単に史書の記載事項を指す言葉として用いている。たとえば、「雪紛々」の作中では沙具沙允（シャグシャイン）とともに戦っている恩菱（オンビシ）が、史書によれば沙具沙允の協力要請には応じていないことを明かしつつ、「其性質をのみ事実に依りて存したれど、其事実をば甚だ更へたり」と述べている箇所がわかりやすい。この時、用いた資料自体の信憑性はさして検討されていないのであり、またおなじ文中の「小説は事を叙するものにあらず、情を伝ふるものなり」という記述からも、露伴が執筆にあたって史実の考究を必須要件としていなかったことは明らかである。

とはいえ、かつての「みだりに粗大なる」想像力の行使を批判的に捉え、「事実」と「想像」との弁別をはかるこうした態度は、「妄を以て真を乱り、虚を以て実を攪する」ことを忌避した「因明縁起おことはり」と基本的にはおなじである。実は、この単行本『雪紛々』において、露伴自身の執筆にかかる冒頭の十四回分は、明治二十二年発表の本文をほぼそのまま流用したものだったのである。にもかかわらず、前書だけをかくも対蹠的にあらため、何が「事実」で何が「想像」だったかを明確にする作業を必要とした点に、史書の記載をまげるような物語を無節操に展開することを避けようとした露伴の姿勢が見て取れよう。そして、「帳中書」の不安定さは、まさにこのような自己規範によって引き起されたと考えられるのである。

たとえば、あえて幾重にも伝聞の構造を設け、その物語自体「出まかせ」かもしれないと出処を朧化したのは、それが実際にあった、あるいは文献に記された出来事ではなく、架空の話であることをしるしづける作業であった。また、話者「おのれ」の「信時」についての調査に対し、「信俊」の逸話を提示するという複雑な設定も、物語がどちらかの資料につながって見えてしまうことを避けるためであろう。[30] 結末部では失われてしまうこうした不自然な枠の設置は、平七の物語の外側で資料の文言を示しておき、そのうえで物語の大部分は資料に基づかない「想像」であることを明示するという、「雪紛々　自序」と同様の意図で行われたと考えられる。しかしながら、これらの設定は「『風流仏』に対する趣向」として企図された物語にとって、かならずしも不可欠なものではなかったため、前述したような文体の変化を生んでしまったと推察されるのである。

右のような露伴の意図は、本作が大正五年に作品集『白露紅露』に収められた際の改稿からも明らかである。収録されたほかの作品とは違って、[31] 本作についての改稿は、大部分が些細な行文上の改変や誤植の訂正にとどまる。そのなかで唯一、「其二」の末尾に次のような一文が附け加えられていることは見逃せない。

　人去り時過ぎて、真実知るべからず、巫言覡談（ふげんげきだん）、古人を誣（し）ふるのみとして御聞取りあり度候。

物語の内容を事実を偽った「巫言覡談」にすぎないと言放ち、古人の「真実」を覆いかくしたものだとするこの言葉は、いわば伝聞の信憑性に疑義を呈する「其二」の内容の繰返しにすぎない。だがそれだけに、あえて加筆されたこの言訳めいた言葉には、露伴の意識が強くあらわれていると見るべきであろう。この「帳中書」には、彼がすでに手にしていた小説の方法と、実在した古人を描くに際して持していた自己規範との相剋が顕在化していたのである。

五

では、歴史小説執筆にあたって露伴が持していたこのような自己規範は、いかにして形成されてきたのであったか。前章までの論旨をふまえつつ、そのことを詳しく考えてみよう。

露伴は書物を読むにあたって、何らかの歴史観の獲得よりも、むしろ等身大に捉えた古人の人間性の把握を重視していたようである。それはたとえば、次のような文章に顕著に見て取れる。

皮籠摺或は七部集其他に、所々散見するたつといへる者の句あり。（中略）句の面白きよりは、作句者を風流温藉の好人物ならむと想像して面白がるなりけり。（「愛護精舎快話」其六、『国会』明治二十三年十二月二十六日）

黄巻を把て、勤めて之に親しむに当り、身の倦み憊れざるを覚え、又嘗て知り得ざりし趣味の古人が、詞賦文章中より湧出し来つて、我を襲ふが如きを覚ゆ。（同第十四、『国会』明治二十四年八月一日）

ここには、主として古人の人物像に関心を示す露伴の姿があらわれていると言えよう。

一方、前章までにおいて、露伴が早くから、作者は作中の虚構世界に対しても一定の責任を負うべきだとする一種の倫理観を持っていたことを指摘した。とりわけ、その作家活動の最初期になされた「大詩人」から「縁外縁」への改稿には、たとい架空の作中人物であってすら、作者はその全能を恃んで何をしてもよいわけではないという意識が示されていた。まったくの虚構たる作品については、こうした厳格な意識がいつごろまで存在したものか定かではないが、少なくともかつて実在した古人を描こうとした時、それがふたたび大きな意味を持ちはじめるだろうことは疑いない。すなわち、想像された虚構にすぎないはずの作中世界が大きな存在感を獲得し、その結果として、古人のありようや人物像を一方的に覆いかくしてしまうことへの忌避を呼んだと考えられるのである。

このように、実在の人物を題材に勝手な想像を展開すべきでないとする露伴の自己規範は、古人を遠い歴史上の存在としてではなく、一人の人間と見て相対する姿勢から生れたものだったと考えられる。ところが、歴史小説をめぐるこうした試行錯誤の一方で、露伴は随筆作品においては、早くから古人を自在に描き出してきた。「帳中書」とほぼ同時期に発表された作品から、一例を挙げてみよう。

　項羽は気の勝ちて思の足らぬ人なり。書を学んで成らず、剣を学んで成らざりしは猶可なり、兵法を教へられて大に喜びながら、又肯て学を竟ふることをせざりしは、口惜き心のもちかたの人ならずや。気象は則ち濶大雄抜、工夫は則ち空疎儱侗、終りを善くせざるも宜なりといふべし。(32)

露伴はここで、自分が書物から想像しえた項羽の人物像をきわめて平滑に述べている。こうした自在さは、「事実」と「想像」との峻別にこだわるあまり破綻を招いていた「帳中書」とは、明らかに異なっている。おそらくその相違は、両作における言説の提示方法の違いに起因するものであった。

右の文章で、項羽の人物像は「ならずや」「いふべし」など、書き手の判断や推測がまじることを示す言葉とともに綴られている。その判断は、さしたる抵抗なしに、作者である露伴によってなされたものと読むことができよう。

ところが小説においては、それが独自の虚構世界を指向する形式であるため、言葉が作者を離れ、作中の論理に従って展開しているかのように見えてしまう。ゆえに、描かれた世界の存在感が古人の姿を塗りこめてしまう危険性を、つねに持っていたのだった。

実在した人物を描くにあたって、露伴はこのように、小説と随筆という二つの方法の間を揺れ動いていたと言ってよい。全体を見れば小説としか言いようのない「帳中書」もまた、『新小説』掲載時には「小説」欄ではなく「雑録」欄に入れられ、冒頭には話者「おのれ」による資料の引用が置かれて、一見随筆とも思えるように偽装されていたのだった。そして、こうした露伴の試行錯誤はやがて、明治四十年代に入ると歴史小説という形式そのものを抛棄し、独特の史伝形式の採用へと推移してゆくのである。詳しくは次章で論じることにするが、ここで本章のまとめとして、以後の露伴文学の展望を簡単に示しておこう。

露伴は明治四十年代以降、おそらくはそれまで随筆に用いていた筆法を発展させ、書物に記された「事実」を引きながらそこに見出した古人の人物像を談じてゆく、新たな方法を採用した。いわゆる「史伝」への移行である。作者である露伴自身が語っているかのような文体によそおわれ、文献資料の記述と作者の想像の範囲とを明確に区分することのできるこうした方法を用いて、露伴は本格的な長篇の第一作「頼朝」（東亜堂、明治四十一年）を皮切りに、次々と作品を手がけていった。それらは被伝者も執筆時期も異なるものの、基本的な姿勢に大きな変化は見られず、たとえば最晩年の「連環記」にすら次のような一節を見出すことができる。

此以下少しばかり出たらめを描くが、それは全く出たらめであると思つていたゞきたい。但し出たらめを描くやうにさせた、即ち定基夫婦の別れ話は定基夫婦の実演した事である。(33)

ここでも、作者露伴の談話を思わせる文体によって、「出たらめ」すなわち想像の区域と、その「出たらめ」が史書に依拠していることとが明示されているのがわかるだろう。歴史上の人物を描くに際し、早くから露伴が抱えていた問題は、史伝と呼ばれるこうした方法の採用にいたるまで決着をみることがなかった。すなわち、本章で詳述したような露伴の自己規範が、虚構世界の創出という小説の原理と本質的に牴触していた以上、小説形式を採用するかぎり問題が十全に解決されることはありえなかったのである。

露伴の文学に関する見取り図をこのように描いてみれば、彼が明治三十年代前半、次々と書上げていった歴史小説の位置づけは明らかだろう。すなわち、それら一連の作品が意味しているのは、歴史小説に内在する「事実」と「想像」との緊張関係にいかにして折合いをつけるかという、早くから抱えてきた問題に本格的に取組みはじめた、試行錯誤の季節の到来にほかならない。自序という形式で作品の外から解説を加えようとした単行本『雪紛々』も、作品内に資料と物語とを峻別する機構を設けようとして破綻を招いた「帳中書」も、そうした試みの一環と見ることができる。そして、この長きにわたる試行錯誤の結果、露伴はついに小説形式の拋棄と史伝形式の採用という結論を出すことになるのだが、それについては章をあらためて論じることにしたい。

注

（1）柳田泉『幸田露伴』（中央公論社、昭和十七年二月）二百九十七頁。本章では、以下この本を「柳田初刊本」と称する。
（2）柳田泉『幸田露伴』（真善美社、昭和二十二年十一月）百三十八頁。本章では、以下この本を「柳田再刊本」と称する。

これは、前記「柳田初刊本」の前半三分の一程度を、増補のうえで独立させたものである。
(3) 幸田露伴「艶魔伝」(『しがらみ草紙』明治二十四年二月)。
(4) 柳田再刊本、百三十九頁。なお、文中に「風流艶魔伝」とあるのは、「艶魔伝」が『露伴全集』第五巻(岩波書店、昭和五年七月)に収められた際、そのように改題されたためである。
(5) 『坪内逍遙研究資料』第三集(新樹社、昭和四十六年十二月)八十三頁。
(6) 中野三敏による脚注(『新日本古典文学大系明治編』22「幸田露伴集」、岩波書店、平成十四年七月)三百二十二頁。
(7) 依田学海『学海日録』第八巻(岩波書店、平成三年一月)九十四〜九十五頁。
(8) 森田思軒「偶書 『帰省』と『風流魔』」(『郵便報知新聞』明治二十三年七月六日)。
(9) 柳田初刊本、百十頁。おなじ広告は、山田美妙『嫁入り支度に教師三昧』(春陽堂、明治二十三年十月)にも掲載されている。
(10) 「艶魔伝」の自筆原稿は現在、天理大学天理図書館の所蔵にかかる。この原稿の詳細と改題の状況については、中野三敏「『艶魔伝』注続貂」(前掲『新日本古典文学大系明治編』22所収)に詳しい。また、「艶魔伝」関連の資料については、二瓶愛蔵『露伴・風流の人間世界』(東宛社、昭和六十三年四月)を参照した。
(11) 柳田初刊本、百九頁。
(12) 柳田初刊本、三百四頁。なお、柳田が『日本人』第六十一号としているのは誤りで、正しくは第六十二号である。
(13) この時の掲載中止の理由は明らかでないが、露伴はおなじ時期に急遽、作品の舞台である名古屋へと赴いている。

去十二月二十九日、猛然として思ひ立つ事あり、汽車に乗じて直ちに名古屋に到り、歳を超て帰家す。
(「愛護精舎快話」第十一、『国会』明治二十四年一月十四日)

このおりについての回想と推定される文章に、次のようなものがある。

或る年の初め、我おもふところありて名古屋に遊び、頻りに其地に関せる雑書をもとめ読みし(後略)
(「其初め」、『伊那青年』明治三十三年二月、十六頁)

これらから、露伴は当時資料の蒐集を必要としていたと考えられ、資料不足が掲載中止の一因となった可能性がある。

（14）書下ろし小説のシリーズである『新作十二番』は、この時点で第八番の幸堂得知『浦島次郎蓬莱噺』（春陽堂、明治二十四年十二月）までが既刊であった。当該広告には第十番の露伴作「風流魔」とならび、第九番として須藤南翠「一夜妻」が記されているが、こちらも結局出版されることはなく、『新作十二番』は第八番をもって終了となった。

（15）柳田初刊本、三百四頁。この広告は『新小説』の明治三十年一月号にも掲載されたほか、いくつかの単行本、たとえば小栗風葉『亀甲鶴』（春陽堂、明治三十年九月）などにも認められる。なお、これとは別の広告であるが、『新小説』明治三十一年三月号・四月号に掲載された「春陽堂近刊　小説雑書予告」にも、露伴の「恋の俘」が挙げられている。

（16）柳田初刊本、三百四頁。

（17）稲葉通龍『装剣奇賞』（天明元年）。当該箇所は巻之三、二十九オに見える。本章では東京大学総合図書館蔵本を参照した。

（18）田中一賀斎『金鍔奇掇』（天保十年序）十二オ。本章では国立国会図書館蔵本を用いた。

（19）西川貴子「「美術」をめぐる〈物語〉―幸田露伴「帳中書」を軸として―」（『同志社国文学』平成二十年三月）四十一頁。

（20）柳田初刊本、三百四頁。

（21）植村清二「「二日物語」「椀久物語」「風流魔」」（『露伴全集月報』第14号、岩波書店、昭和二十五年十二月）七頁。

（22）「造化と文学」は『郵便報知新聞』（明治二十三年七月二十一日～二十三日）に掲載されたが、本稿では本間久雄『明治大正文学資料　真蹟図録』（講談社、昭和五十二年九月）所載の影印版を用いた（五十九頁）。

（23）岡崎は露伴の作品で用いられている「風流」の意味を詳細に検討したうえで、「（作品間で―注）すべて幾分その意味を異にしてゐるのであつて、これを統一してみることはかなり困難なことのやうに思はれるのである」と結論している（岡崎義恵『日本藝術思潮』第二巻の下、岩波書店、昭和二十三年六月、百三十一頁）。

（24）当時、露伴が「ひげ男」の執筆に深く悩んでいたことは、山中から七月十四日付で遅塚麗水に宛てた書翰に、「ひげ男はとても微力及ばず、第一いやにて堪らぬ故こまり候。洒落にあとを引うけらるれば、かつぶしつけておゆづり申すべく候」とある点からも知られる（『露伴全集』第三十九巻、岩波書店、昭和三十一年十二月、十九頁）。

（25）幸田露伴「読者諸君に予じめ告ぐ」（『読売新聞』明治二十二年十一月二十五日）。
（26）幸田露伴「因明縁起おことはり」（『庚寅新誌』明治二十五年十二月十六日）。
（27）この時の露伴の煩悶は、実生活上の恋愛問題から創作上の行きづまり、また宗教的な悩みまで多岐にわたり、その時期も明治二十三年の間にはかぎらないようである。本書では歴史小説執筆に関する問題を中心的に取上げたが、かならずしもそうした多様な側面を否定するものではない。
（28）塩谷賛はその「議論」を、「醍醐庵の僧の円観」が語った「生死の説」のことと推定している（『幸田露伴』上、中央公論社、昭和四十年七月、二百七十三頁）。
（29）幸田露伴「雪紛々引」（春陽堂、明治三十四年一月）九～十頁。なお、この「引」は『新小説』明治三十三年五月号にも掲載されているが、単行本収録時に若干の加筆が認められるため、本書では単行本を用いた。
（30）西川貴子は「「美術」をめぐる〈物語〉―幸田露伴「帳中書」を軸として―」（前掲）において、露伴が執筆の際に利用したと考えられる『古今金工便覧』（弘化四年）に、「「信時」と「信俊」の二者それぞれの記事がある」ことから、「露伴は「信時」と「信俊」が別人であることは知っていたと思われる」と述べている（四十一頁）。
（31）『白露紅露』に収録された「対髑髏」「奇男児」などの作品に、大幅な改稿が加えられていることは、笛木美佳「幸田露伴の大正五年―名家傑作集第五篇『白露紅露』における改稿をめぐって」上・下（『学苑』平成十一年三月・十一月）に詳しい。
（32）幸田露伴「読史戯言」（『新小説』明治三十一年六月）雑録三頁。
（33）幸田露伴「連環記」（『日本評論』昭和十六年七月号掲載分）三百三十六頁。

第五章　露伴史伝の出発――「頼朝」論――

一

幸田露伴の六十年にもおよぶ文筆活動のなかで、明治四十一年九月に東亜堂から刊行された「頼朝」は、一つの里程標と目されている。

それより先の明治三十八年五月、『読売新聞』に連載していた長篇小説「天うつ浪」を中絶させた露伴は、次第に小説というジャンルから遠ざかりつつあった。当初こそいくつかの小品を手がけていたものの、やがてそれらは影をひそめ、明治四十一年以降は長きにわたる空白期が訪れる。この書かれなくなった小説にかわる露伴文学の柱が、歴史上の人物を題材とした中長篇史伝と見られており、その第一作に位置するのが「頼朝」なのである。

たとえば山本健吉は、こうした見解を取る論者の代表的存在である。氏は、「天うつ浪」中絶以前の露伴を「何よりもまず小説家」であると述べ、対して中絶以後の仕事のなかでは史伝こそが核になったと主張したのちに、「『天うつ浪』の蹉跌の後、彼の史伝物が本格的に始まった」ことへの注意をうながしている(1)。ここで明快に提示されている、露伴が明治四十年前後を境に小説から史伝へ移行したという見取り図は、一部ではすでにその生前から唱えられていたものでもあった(2)。

ただし、ここで見落してはならないのは、露伴が早くから歴史上の人物に強い関心を寄せていたことである。彼はそれまでにも、忠臣蔵に題材を取った明治二十二年の「奇男児」をはじめ、いくつもの歴史小説を発表していたし、なかでも明治三十年代の諸作においては、前章までで見たように、多数の文献を用いて一定の考証も行っている。(3)そのような資料の渉猟と考証こそが、「頼朝」にはじまる史伝の基礎的な方法であることを考えれば、一連の歴史小説がその執筆を準備したことは明らかであろう。

加えて柳田泉は、「頼朝」に関して次のように述べている。

事実を客観的に考証して、それを積み重ねて一つの問題を解決するといふ歴史家のやるのとはちがふので、むしろ人情を蹈まへ、人情に即して歴史的人物の性格なり、事件なり、問題なりに新解釈を試みたものだ。そこは、頗る歴史小説の行き方と似てゐる。(4)

柳田はこのように、本作の比重が古人の「人情」にあることを指摘し、歴史小説との共通性を見出した。氏はまた本作を「史伝」ではなく「史論」と呼んでいるが、ほかにも作者の生前に刊行された第一次『露伴全集』が「人物評論」という呼称を用い、(5)高島俊男は「史談」と呼ぶことを提唱するなど、(6)歴史研究を連想させる「史伝」という語を避けようとする判断は少なくない。すなわち、露伴の歴史小説と史伝との間には明らかな連続性が認められるのであり、明治四十年前後における両者の交代劇は、その一貫した流れのなかで捉えられるべきだろう。

ところが、これまで大勢を占めてきたのは、作品性質上の変化であるはずの小説から史伝への遷移をそのまま、小説家から学者へという作者露伴の転身の指標と見なす解釈であった。たとえば福田清人は、「天うつ浪」中絶以前を「小説時代」、以後を「学究的態度をもって、広く文学一般に関心を持った」「文学時代」と位置づけているし、(7)先の山本健吉も史伝における露伴の態度を、「人間性を喪失して行こうとする近代史学の圏外に立って、古英雄の事蹟を論じようと」したものと高く評価し、しかも決して安易な捏造や仮託を選ばなかった点に「学者露伴の自恃」を見た(8)。また近年の研究でも、川西元が露伴を「文学者としての物語構想力や詩的感受性などが、深い学識に基づく考証性・批判性などの学者的洞察力と融合し、かつ相互に支え合っている」作家と定義し、大正十四年の「蒲生氏郷」に「歴史叙述者の無反省さに対する」批判すら見出している(9)。すなわち、露伴史伝はしばしば、古今の文献に広く通じて高い見識を備えた「学者露伴」の研究成果と捉えられ、対してそれまでの歴史小説は、先述のとおり一定の考証が行われているにもかかわらず、そうした評価は与えられてこなかったのである。

かかる状況はおそらく、作者露伴を連想させる話者が、資料を示しつつ古人について語る史伝に対し、原則として三人称を用いる歴史小説では、語り手が物語世界に介入することはほとんどなく、また典拠となった資料も一々明示されないことが多いという形式上の相違に影響されたものと考えられる。しかしながら、近代アカデミズムの外に立つ碩学という作家理解を、作品評価へと直接に投影するばかりでは、露伴史伝の特質と、明治四十年前後における転回の意味とを十全に把握することはできないのではないか。本章ではこうした見通しのもとに「頼朝」を取上げ、その方法的特徴を考察することによって、本作が持っていた劃期性と、露伴文学における史伝の位置とを明らかにしてゆきたい。まずは史伝を学究露伴の研究の産物とする、従来の評価の当否を検討するところからはじめよう。

二

「頼朝」は、多くの資料を参照しながら、源頼朝の生涯を追った作品である。ただし、本作で扱われるのはおもに、頼朝が伊豆にて平氏に叛旗を揚げるまでの前半生であり、以後鎌倉幕府を開くにいたる彼の洪業は、随所で挿話として言及されるにとどまっている。作品の全体は「判官贔負」「鬼武者」「英気」「生死の関」「優美」「機運」の六章に分れるが、[10] まずは平治の乱での敗北から伊豆配流までを描いた「生死の関」以前の四章について、典拠となった資料を探ってみよう。

作品の前半部にあたるこの部分は、おおむね「平治物語」に沿って展開されているが、しかし露伴が近世期に刊行された製版本「平治物語」、いわゆる流布本を参照したとするには問題が多い。たとえば「生死の関」の、平治の乱に敗れて落ちてゆく源氏の一族から、頼朝がひとりはぐれてしまった場面を見てみよう。

> 或る谷川のほとりの石に腰を下して一ト休みしたが、扨考へて見ると（中略）何処を何処とも知らぬ此の様な山路の雪に凍えて、末には山賤里人の手に捕はれ、縄目の恥を見て打首の最期を取るやうな事に立至りさうな、と思ふと何様しても辛抱し切れ無くなつて、思はずも小刀の柄に我が手を掛けるに至つた。（百九頁）

頼朝が谷川のほとりで死を思うこの逸話は、流布本には記載されていない。しかし、「平治物語」諸本に関する笠栄治の調査によれば、複数の写本におなじ場面が描かれ、なかでも静嘉堂文庫蔵八行書写本と水戸彰考館蔵杉原本には、頼朝の心内語までがほぼ同様の文辞で記述されている。[11] ただし、露伴がこれらの写本を閲読できた可能性は低く、おそらくは近世から板本として流通していた「参考平治物語」を利用したものであろう。

「参考平治物語」は元禄年間、水戸光圀の命により編まれた「大日本史」編纂のための資料である。「平治物語」流布本を基本に、彰考館に集められた諸本との対校がなされており、流布本と大きく異なる箇所については全文が引用されている。右の場面は巻二「義朝落二着ク青墓ニ一事」の段に、京師本・杉原本・鎌倉本・半井本にある本文との

注記で次のように記されている。(12)

アル谷川ノハタナル石ニ腰カケ休テオハシケルカ、刀ヲヌキテ、此ニテ自害ヲヤスル、如何セント思ヒワツラハレケル（後略）　（巻二、七十二オ～ウ）

さらに、右の文中「刀ヲヌキテ」のあとには、杉原本のみの独自異文として、次のような文章が割注で示されている。

杉原本云、石ニ腰ヲカケテマシ〳〵ケルカ、心ニ思ハレケルハ、イツクヲイツクトモシラヌ山路ノ雪ノ中ニ惑テ、終ニハ里人山カツノ手ニ捕ハレヌヘシ。トテモ遁レヌ身ノ、何クヲサシテ行ヘキ。此ニテ自害、云々。

これらの文辞は、先に引いた「頼朝」の本文とほぼ重なっている。また本作には、ほかにも頼朝を見失った父義朝が落胆して自害しようとした逸話（八十七～八十九頁）をはじめ、「平治物語」流布本には見えない場面が多数存在するが、それらはすべて、「参考平治物語」に収められた異本の本文からまかなうことが可能である。以上から、露伴は執筆にあたり、「参考平治物語」を用いたと推定できる。(13)

続いて、これも利用頻度の高い、「平家物語」について考えてみよう。「平家物語」は異本の多さで知られているが、本作には「盛衰記や何ぞで見れば」（百九十九頁）などの文言があり、異本の一系統である「源平盛衰記」を用いたとわかる。一例として、源行家が以仁王の令旨をたずさえ、諸国の源氏のもとを経廻った箇所について、「頼朝」

と「源平盛衰記」とを対照してみよう。

近江の国には山本、柏木、錦織。美濃尾張では山田、河辺、泉、津野、葦敷、関田、八島。信濃で岡田、平賀、木曾。甲斐の国では武田、小笠原、逸見、一條、板垣、安田、伊沢。伊豆の国では源氏の総本家の前の右兵衛佐頼朝に知らせ（後略）

（「頼朝」二十七頁）

先近江国ニハ山本、柏木、錦織ニ角ト知セテ、令旨ノ案ヲ書（ママ）与テ、美濃、尾張へ越。山田、河辺、泉、津野、葦敷、関田、八島ニ触廻リ、又案書ヲ与テ信濃へ越。岡田、平賀、木曾次郎ニ相触、又案書ヲ与テ甲斐へ越。武田、小笠原、逸見、一條、板垣、安田、伊沢ニ相触テ、案書ヲ与テ、伊豆国北條ニ打越テ、右兵衛佐殿ニ角ト云。

（「源平盛衰記」巻第十三）

行家の旅程を詳細に伝えるこうした記述は、ほかの「平家物語」諸本には存在せず、また内容的にも完全に一致していることから、「源平盛衰記」が参照されたのは明白である。

ただし、「頼朝」で言及される逸話のいくつかは、「源平盛衰記」以外の本文にしか記載されていない。たとえば、行家が文治二年の五月、謀叛の嫌疑で討たれた場面（三十一頁）である。「源平盛衰記」にはこの場面が存在しないうえ、延暦寺の僧昌命と組みあう行家の額を大源次宗安が石で割ったこと、その首から脳を出して塩を詰めたことなど、「頼朝」の記述内容と一致するのは、「平家物語」諸本のなかでも長門本をおいてほかにない。当時、長門本の翻刻はすでに出版されていて入手は容易であったが、露伴が用いたのはその翻刻ではなく、「参考源平盛衰記」であった可能性が高い。

この「参考源平盛衰記」も、「参考平治物語」と同様の経緯で編まれた本であり、「源平盛衰記」の本文をもとに「平家物語」諸本との対校が行われている。用いられた異本には長門本も含まれ、行家最期のくだりは巻四十六に全文が引用されている。近世期の流通状況に関しては、松尾葦江が「恐らく市中には出回らなかった」と推定しているが、(14)明治十七年に『史籍集覧』に収められて以来、一般の閲読が可能になった。露伴はすでに明治二十五年、「二日物語」で『史籍集覧』所収の「西行一生涯草紙」を利用しており、(15)また大正十四年の「蒲生氏郷」でもこの叢書を活用しているので、(16)「頼朝」執筆時にも利用されたと見て不自然ではない。

以上の二資料は、おもに本作の前半にあたる「生死の関」までの四章で多用されている。とりわけ「平治物語」は、おおむねこれに沿って作品が展開しているうえ、後年の逸話にいたるまで幅広い情報を提供した、中心資料の一つである。ところが、これらの文献には伊豆配流時代の頼朝の生活が詳しく描かれていないため、続く作品後半部の典拠資料はおのずと異なっているのである。

三

「頼朝」の後半は「優美」と「機運」の二章からなるが、「優美」は様々な逸話によって、信仰心に篤く優しかった頼朝像を語った章であるから、伊豆での生活を描くのは「機運」のみである。その梗概を述べれば、流人となった頼朝は伊東の地にて、伊東祐親の三女八重との間に千鶴丸をもうけたものの、怒った祐親によって子は殺され、彼自身も命をねらわれる。伊東を脱出した頼朝は北条氏に身を寄せ、政子と通じるうちに、以仁王の令旨を受けて挙兵にいたるというのが、「機運」で描かれる内容である。

こうした筋書はおおむね「曾我物語」に依拠しているが、注目すべきは伊東における頼朝の居処について、「当にはならぬ日義本の曾我物語に、北ノ小御所と有る」（二百三十二頁）と記した一節である。この「日義本」とは、現在「本門寺本」の名で知られる、真名本系の一本のことであろう。

村上学は真名本「曾我物語」の諸本について、「現存の真名本は実質的には妙本寺本を淵源とする」と指摘したうえで、「妙本寺本を書写し、多数の傍訓と反点を加えたものに本門寺本がある」と述べている。これは「天文二十三年（一五五四）に日義が書写したもの」で、転写本も多数存在する。[17] 昭和期に確認された妙本寺本にくらべ、本門寺本の存在は早くから知られており、明治十八年には彰考館蔵の転写本が『存採叢書』第十編として翻刻されているので、露伴もこれを用いた可能性が高い。解題は附されていないが、各巻の巻末に「日義」という署名があることから、日義本の呼称をもってしたと考えられる。

一方、「曾我物語」の流布本たる仮名本は、ほとんど利用されていない。これは、頼朝の伊豆時代に関する記述が、真名本にくらべて少ないためであろう。仮名本に依拠したことが明らかなのは、頼朝が伊東を脱出した一段（二百三十四頁）と、そのおり頼朝を救った伊東祐清が後年、篠原の役で討死したことを伝える記述（二百五十三頁）、また頼朝と政子との縁について記したくだり（二百六十二〜二百六十八頁）の三箇所にすぎない。[18] 作品後半の骨格となった資料は、やはり真名本「曾我物語」と見るべきである。

また本作には、挙兵以後の頼朝の活躍を詳細に記した「吾妻鏡」も用いられている。前述のとおり、本作はおもに挙兵以前の彼の前半生を扱うが、作品全体の随所に「吾妻鏡」から取材した後年の逸話が差挟まれ、「平治物語」や「曾我物語」の不足を補っている。そのため、参照された回数は最も多いが、利用された本の特定にはいたらなかった。当時、入手が容易だった『続国史大系』第四巻（経済雑誌社、明治三十六年二月）などを用いたものであろうか。[19]

ただし、この両書はどちらも、伊豆時代の頼朝の生活をさほど詳しく記しているわけではない。そこで、露伴はさらに別の資料を用いて作品の充実をはかっている。蛭が小島に流された頼朝の生活に関する、次の一節を見てみよう。

一の旧記に、蛭が島の地、もと大蛭島小蛭島和田島の三島が有つて、頼朝は初め大蛭島に住んで居たが、余り蛭が多いので小蛭島に移り、又山木判官に詫びて和田島に居て耕作して居たので、今其の畠を「ほむ山畠」といふ、と伊豆の萩原正夫といふ人が記して居る。

（二百九～二百十頁）

文中には「萩原正夫」という名が挙げられており、また別の箇所には、「鎌田村に居た鎌田新藤次俊長といふのは（中略）豆州志稿には鎌田政家の子とある」という記述も見える（二百三十三頁）。これらはともに、明治二十一年から二十八年にかけて栄樹堂より刊行された、『増訂豆州志稿』の利用を示唆した箇所である。『増訂豆州志稿』とは、寛政年間に秋山富南が編纂した稿本を、萩原正平と正夫の父子が増補のうえで公刊した、伊豆に関する地誌である。土地の伝承や口碑が多数記録されており、そのなかに次のような箇所が見受けられる。

称二蛭児島一、（中略）一ノ旧記ニ云、大蛭島、小蛭島、和田島ノ三島有リ。頼朝初大蛭島ニ住セシニ、蛭多シトテ奉行ニワビテ小蛭島ニ移リ、又平兼隆ニワビテ和田島ニ居テ耕作ス。今其畠ヲほむ山畠ト称スト云ト。

（巻十二、四十六ウ～四十七オ）

鎌田俊長新藤次〇父政家相州ノ人。尾州ニ於テ長田荘司ニ殺サル。俊長本州伊東ニ来住ス。其居所ヲ鎌田ト云。

（巻十三、四十二ウ）

これらは右に示した「頼朝」の本文と符合し、露伴が『増訂豆州志稿』を利用したことは明らかである。この本にもとづいた記述はほかにも数多く、なかには作中で重要な役割をはたす事がらも取材されている。たとえば、以下の箇所である。

> 祐親の三女の名を八重子と云つた事は、別に古い書には見当らぬのであるが、伊豆に今猶存して居る伝説で有つて、伊東の竹の内の音無しの杜にある音無明神の、祭神は不詳であるが、相殿は八重姫と云ふ事なのである。
> （二百十八頁）

この部分は『増訂豆州志稿』巻九上の、「音無明神同村竹之内［増］村社音無神社祭神不詳、相殿八重姫」（十七オ）という記述に依拠している。露伴はこのように、『増訂豆州志稿』に録された伊豆の伝承にもとづき、「古い書には見当らぬ」祐親三女の名を「八重」と断定したうえで、さらに本書を活用して頼朝との恋愛を記してゆく。すなわち「頼朝」では、真名本「曾我物語」を補うに際し、鎌倉幕府が編纂した史書「吾妻鏡」と、頼朝の時代から七百年ものちにまとめられた民間伝承の記録『増訂豆州志稿』とが、ひとしく扱われていたのである。

しかも「頼朝」では、さらに出処が曖昧な事がらも参照されている。たとえば、次の記述を見てみよう。

> 逆川といふ地の左側に甘酒屋が有る。それも頼朝と八重姫とが何様とやら為たといふので、「恋の甘酒」などゝ土地の人が洒落を云つて居る。
> （二百二十一頁）

方言で榊の事をばシバと云ふので有るが、宇佐美の尽頭（ハヅレ）に「頼朝の隠れシバ」などゝいふのさへ遺つて居て、

（伊東を脱出したおり—注）頼朝公其のシバの下蔭に（中略）息を休めて御座つたのである、なんのかんのと云はれて居るので有る。　（二百四十二頁）

こうした記述は『増訂豆州志稿』のみならず、管見したかぎりでの伊豆に関する古文献には見られなかった。また、作中の『増訂豆州志稿』を参照した部分では、原則としてそのことが明記されたり、あるいは文末が「といふ事だ」などの伝聞形式になっているのに対し、右の箇所にはそうした標識が存在しない。おそらくこれらは、塩谷賛の言うように、露伴が実際に伊豆で取材した記事であろう。[20] 彼はこうして、土地の言伝えを利用した商売であることが明らかな甘酒屋[21]までを引合いに出し、次のように断定するのである。

一体此の頼朝と伊東の娘との事は、正しいものには見えて居ないで、盛衰記や曾我物語に出て居るばかりなのであるが、事実は必らず有つた事に相違無いので、然も無ければ吾妻鏡に見えて居る「祐親法師欲㆑奉㆑誅㆓武衛㆒」といふ事も所以の無い事になつて、解釈の出来ない奇異な訳になるのである。　（二百二十一〜二百二十二頁）

ここには、客観性を重んじた厳密な考証を展開するのではなく、むしろ様々な資料を取込みながら一つの作品へと織りあげてゆく、本作の基本的な方法が示されている。右の文中に見て取れる、「正しいもの」おそらく正史「吾妻鏡」と軍記物語とを区別して扱う認識も、かならずしも作品に生かされているわけではなく、次節にて詳述するように、性質の異なる資料を等価に接続した箇所も数多く存在する。すなわち「頼朝」の作中では、史書や軍記物語から口碑伝承にいたるまでのあらゆる資料が、ほぼ同等に扱われていたのだった。本作に描かれた頼朝像とは、様々な資

料を幅広く包含するなかに生み出された、史実を離れた一つの虚像にほかならない。(22)

以上から、従来しばしば行われてきた、露伴史伝を学究としての研究成果とする見かたが適当でないのは明らかだろう。先に簡単にふれたように、かかる見かたはおそらく、歴史小説とは大きく異なる本作の特徴的な形式に影響されたものと見られるが、注目すべきはむしろ、本作がこうした形式によって、歴史小説とは異なる新たな作品世界を開示しえたことである。次節ではこれまでに明らかにした典拠資料をふまえ、形式への着目から「頼朝」の持っていた劃期性について考えてゆきたい。

四

「頼朝」は、取立てて明示せずに資料を取入れる歴史小説とは違い、露伴自身を思わせる話者がまず資料の記事を示し、それにもとづいて頼朝のことを語るという体裁になっている。たとえば「判官贔負」では、おもに「平治物語」に拠って義経の生涯を簡単に振返ったうえで、「判官贔負の余りに人は頼朝を甚しく悪く言ふが、頼朝といふ人は一体まあ何のやうな人で有つたらうか、といふ緒を発くまでに判官贔負といふ語を仮(ママ)りて来たまで」(十三〜十四頁)と述べられ、話者こそが言説の統御者であることが顕在的に示されている。彼はまた時に、「(梶原景時は—注)著者の如きも矢張り何様も好かぬ」(十一頁)、あるいは「実際の予の中年以後の経験を白状すると」(百二十四頁)のように作中に顔を出すこともあり、全篇にわたって大きな存在感を持っていると言ってよい。

そして、このように話者や典拠資料の存在を際立たせた結果、作中ではしばしば資料を扱う話者の手つき、すなわち様々な文献を比較する作業や、そこから導かれた判断にまで踏込んだ言及がなされている。前節に引用した「曾我物語」に関する言及で、「日義本の曾我物語」が「当にはならぬ」と批判されていたのはその一例だが、別の箇所には次のような指摘も見ることができる。

（頼朝が伊東から逃げた年は―注）真字本の曾我に治承元年とあるのが、前後の事情に罣礙せぬのである。（中略）真字曾我の頼朝政子と通ずるを記せる段に安元二年三月中半の頃よりとあるのは、笑ふ可き自語相違で、恐らくは吾妻鏡に一寸縋つた過失なので有らう。

（二百三十九～二百四十頁）

これは真名本「曾我物語」において、頼朝が伊東を脱出したのちに北条政子と通じたという展開にもかかわらず、前者が治承元年（一一七七年）、後者が安元二年（一一七六年）のこととなっている矛盾を指摘した箇所である。続いて「吾妻鏡」に関する批判を見てみよう。

吾妻鏡は実録だ〱と云ふけれども一概には信ずる訳には行かぬものである。（中略）吾妻鏡は何様も北条氏が勝利者になつて居るので北条氏側に利益の有るやうに書かれて居る歟、或は初は然のみ北条氏に利益のやうに書かれて居ら無かつたのも、後に至つて改竄訂正されて居るか何様歟知れぬことゝ思はれるのである。

（二百三十四～二百三十六頁）

「吾妻鏡」が北条氏寄りの立場から書かれているとするこうした批判は、現在でも十分に首肯できる見解である。ほかにも、たとえば文覚上人が伊豆に流された年について、「源平盛衰記」と「百練抄」とを照合して考察した部分

（百九十九～二百頁）など、執筆に先立って行われた資料の校勘や考証を示唆する記述は数多い。

おそらくは作中の随所に見られるこうした記述が、「頼朝」を露伴の研究成果とする見かたを導く一因になったと考えられる。すなわち、かかる言説が呼び起す博識の学究という作者露伴のイメージが、作中の話者へと重ねられることで、そのイメージに従って作品が読まれてしまったわけである。だが前節までに述べたように、そうした評価はかならずしも正確ではない。一般に流通する作家の印象を安易に参照するのではなく、むしろ露伴が明治三十年代に試行錯誤していた歴史小説との関わりのなかで捉えることによってこそ、本作の持つ意義や可能性が正しく明らかになるのではなかろうか。

前章までに述べたことをあらためて振返っておけば、露伴は早くから、史書などに記された古人の人物像を放恣な想像によって歪曲すべきでないとする自己規範を有していた。だが、小説という形式は通常、場面設定や発話などを含む虚構の物語世界の創出を要求するため、その虚構世界の存在感が典拠資料の内容を逸脱もしくは凌駕してしまうことは避けられない。彼はこのような資料と想像との緊張関係に折合いをつけるべく、歴史小説の一作ごとに様々な方法を試みていたが、その一方で両者の区分を明確に示しえる「読史戯言」（明治三十一年）などの随筆においては、自身の捉えた古人の姿を自在に描いていたのだった。本作の形式もこの随筆に近く、資料にもとづきつつも、語られているのはほかならぬ作者の見た頼朝像だと印象づけることが可能であり、これによって右のような問題はひとまずの解決をみたものと考えられる。

ただし、露伴が忌避していたのはあくまでも、資料から逸脱した記述をあたかも事実であるかのように展開することであって、歴史的史実という意味で誤った事がらを記すことではない。ゆえに彼は本作において、頼朝にまつわる資料を一定の判断とともに次々に示すという方法を取る一方で、その資料の信頼性自体にはさして注意を払わず、厳密な考証によって史実を考究しようとはしないのであった。「頼朝」の方法について以上のように考えてみると、ここで注目すべきは、このような形式で書かれた本作が歴史小説ではなしえなかった広がりのある作品空間を生み出していることである。

たとえば「優美」は、単に酷薄なだけでない、人間味を持った頼朝像を示した章であるが、その末尾近くに次のような一節がある。

佐那田の余一が墓の前に泣き、摩々の局の旧事の話に泣き、土佐房昌俊が老母を見て歎いて居るが、仏神を崇敬する真心の深いところから、建久の二年三月の四日に鎌倉の大火で八幡宮も焼けて仕舞つた時、同じ月の六日には其の礎石を見て涕泣して居る。（百九十一頁）

これは頼朝の亡父や亡臣を思う心について、「源平盛衰記」や「吾妻鏡」などに記された逸話を挙げて語ったあとで、おなじく「吾妻鏡」の建久二年三月六日の条にもとづき、彼の神仏を尊ぶ心へと筆を進めた箇所である。露伴はこの八幡宮の焼跡を見た頼朝の落涙を、「敬神の念の厚い」ためだと述べ、次のように結論する。

十四の春に都を逐ひ立てられた時建部の宮に通夜を仕た抑々から、正治元年正月の十三日に死んだ其の二日前に剃髪した迄、物心おぼえて居る頼朝は、殆ど敬神奉仏の事実を以て一生を埋めて居て、そして其の神仏を尊崇するのが決して自利の為で無い、清らかな高い信念より出でゝ居ると認むべき事実も少なからぬのである。（百九十二頁）

引用部冒頭の「建部の宮」での逸話とは、すでに「生死の関」の章で「平治物語」に依拠して語られていたものであり、また死の二日前に剃髪した話は「愚管抄」にもとづく。露伴はこのように、複数の資料から時間的にも内容的にも直接つながらない逸話を次々と取出すことで、冷酷な為政者という一般的な印象とは違う、「胸の広く心のやさしき」人柄を提示してみせるのである。逸話を組合わせて人物像を立体化するこうした方法は、歴史小説とは違ってストーリーや場面設定などの限定を受けないため、多彩な資料を自在に接続して露伴の見た頼朝像を語ることが可能なのだった。もう一箇所、頼朝と伊東祐親の三女八重との間に生れた、千鶴丸の運命に関する記述を見てみよう。

祐親は一徹短慮の頑固老爺だから赫然として怒つて、商人修行者なんどを聟に取りたらば是非無しとも勘忍せん、今時「世に無し源氏」を聟に取りて平家の咎めを受けんには伊東の家の滅亡である、といふので、情無くも伊東の松河といふ川の奥、鎌田といふところの轟が淵といふのに沈めを付けて投げ込ませて仕舞つたのである。

（二百二十七～二百二十八頁）

千鶴丸が殺されるこの場面は、「といふので」以前の前半が「源平盛衰記」および「曾我物語」に、後半が『増訂豆州志稿』巻六に拠ったものである。しかしながら、本作の記述はこれのみにはとどまらず、続いて「伊豆には此の譚は伝はつて居らぬ」と断ったうえで、行脚の僧が笈に隠して千鶴丸を連れ去り、「出羽国に於て之を養ひ育てたといふので、出羽の本堂内膳は即ち其の末だといふ説」が示される。この逸話の出典は明らかでないが[23]、露伴はここから本堂家が近世に「名門華冑の末」である高家に次ぐ交代寄合の家の扱いを受け、その家紋が「源家の笹龍膽」であることへと筆を進める。そして、「幕末の本堂内膳といふ人の室」が、「伊東祐親一系の工藤祐経の後裔」たる日向飫肥の伊東家の出であることを「由有りげ」と評し、さらには「吾妻鏡」文治五年八月九日および十二日の条に記された、頼朝が藤原泰衡を攻めたおりに河村千鶴丸という少年に目をとめ、呼出して元服させたという逸話を示したうえで、「これ等も千鶴の二字が何となく響くやうな気がする」と述べるのである（二百二十九〜二百三十一頁）。

本作の記述はこのように、千鶴丸の運命から幕末の本堂氏へと、そして河村千鶴丸の話にまで融通無碍に展開してゆく。史実であることにとらわれず、時には客観性を度外視してでも、ある話柄に関わる逸話を連綿と連ねてゆくこうした語り口は、その背景にある、頼朝にまつわる広大な言説空間を浮かびあがらせるだろう。「頼朝」とは、その言説空間から続々と引出される多くの逸話が、話者の言葉のなかでつむがれることにより成立した、頼朝をめぐる物語についての物語なのであった。

しかも本作は時おり、頼朝の生涯とはさして関係のない言説にまで発展してゆく。たとえば平治の乱での敗戦後、わずか十五歳だった頼朝の兄の朝長が、父義朝から甲斐信濃で援軍を集めるよう命ぜられたことについての評語を見てみよう。

今の十五六の若蔵は（中略）無駄口や駄高慢は甚しく達者で、頼朝は鼻毛が長いの、家康は嫌な奴だのと、シャンペンサイダなど飲みながら好きな熱は吹くでも有らうが、第一に親から碌な使一つ命ぜられるだけの信用も有りは仕まい（中略）そこらを照らし考へて見ると義朝の此の命令は実に無理無体で、朝長の身体には余つて居るのである。（九十八〜九十九頁）

比較項として登場するのは、話者の身を置く明治時代の、「十五六の若蔵」である。頼朝の時代を離れた同様の比喩や冗談は、作品の各所に見ることができる。このような、様々な話題をなだらかにつなぐ自在な語り口によって、本作は頼朝を主人公とした小説では言及できない多種多様な逸話や、時には突飛な冗談までまじえながら、時空を超えて展開する座談のような面白さを実現した。いかに資料から逸脱することなしに歴史上の人物を描き出すか、長らく試行錯誤を繰返してきた露伴は、この「頼朝」において一つの達成をみるとともに、史実や単一の物語世界にとらわれることのない、さらなる広がりを持った作品空間を生み出したのである。

五

露伴が以上のような、かならずしも史実に拘泥せず、多様な資料に記された逸話を組合わせて古人を描く方法を意識的に選び取っていたことは、発表時に附された「引」によって知られる。

歴史家は文明の歴史を供給するに於て其の重大の任務と責任とを有して居る。歴史家に対つて古の野史氏の為せるが如き興味ある小話を供給せんことを要求するのは大に間違つて居る。（中略）然し古英雄の個人としての事蹟は之を談ずる価値が無いのでは無い、少くとも其の興味ある点に於て之を抛棄し去る可からざる者が有る。此の頼朝は然様いふ点から書いて見た。事実は皆本づくところが有つて、捏造や仮託は全く為さぬのである。けれども無論歴史家の領域に入つて其の真似を為たのなどでは無い、言はゞ頼朝に関した一夕話を試みたといふ可き迄のものなのである。

この発言の眼目は、執筆にあたって露伴が選択した、「歴史家」からの距離の取りかたにある。

右の定義によれば、「歴史家」とは「文明の歴史」を明らめるべき存在であり、それに対して古人に関する「興味ある小話」を扱うのが「古の野史氏」である。そして露伴自身は、「古英雄の個人としての事蹟」に価値を見出し、また自作を「頼朝に関した一夕話」と称するなど、その「野史氏」に近い立場を選んだものと解しえよう。ただし、ここで留意すべきは右の文中において、史実の究明をめざす「歴史家」と架空の物語をも扱う「古の野史氏」という、一般に考えられるようなわかりやすい二項対立が採用されていないことである。すなわち、露伴はみずからの位置を、かつてあった真実と完全な空想という二極点を結ぶ直線の上に定めようとはしていないのであり、史実かそうでないのかという問い自体に没交渉な態度を、自覚的に選択したと見てよい。

また「引」では同時に、「捏造や仮託は全く為さぬ」とも言添えられ、つねに何らかの資料に依拠することが、閑却できない要件と認識されていたことも知られる。以後露伴は、原則的にこうした姿勢のもとで、多数の史伝作品を発表していった。以下に示すそれらの自序が、「頼朝」の「引」とほぼ同内容であることは、一読して明らかだろう。

脚を伝記家歴史家の領域に立てゝ、其の態度風神を学ばんとするを願はずと雖も、亦肯て妄りに捏空揣鬼の言を為すを欲せず、筆を駆り墨を使ふや、皆依拠するところ有り、たゞ其材料を考覈するに於て厳密足らざる有る也。是れ自ら目して閑人放談の書と為す所以と云爾。

（『蒲生氏郷平将門』引、大正十四年十二月）

実在したる人の実名に被らするに、夢にも存せぬ事相と心術とを賦与するの傾向あるは、古人に取つては甚だ迷惑な事であり、来者に取つては虚妄を注入さるゝ事であるとして、自分の喜ばざることである。それ故に自分は

> 拠るところ無しには古人の上を描写せぬことにしてゐるので、（中略）大体に於ては何処までも拠るところ有る事実に本づいて、尠少の伝彩補筆を加へて、そして事を叙し情を伝へんことを欲するのが自分の希望である。
>
> （『龍姿蛇姿』序文、昭和二年一月）

無論、個々の方法はかならずしも一様ではないが、どの作品でも伝存する逸話を組合わせ、古人の人物像を表現している点に変りはない(24)。そして右に引いた『龍姿蛇姿』序文中の「事を叙し情を伝へん」としたという言明、これは前年の『名和長年』の「引」（大正十五年）にも見られる表現だが、この言葉からは彼が、「頼朝」以来の形式によって、歴史上の人物の事蹟を題材に彼らの心情を描く方法を手に入れたと考えていたことが知られるのである。

明治三十年代の歴史小説にはじまる露伴の方法的模索は、かくして一応の決着をみたのであったが、これとほぼ同時期、かつて明治二十年代に露伴と相前後して出発した幾人かの作家が、ともに歴史を文学化する試みに着手していた。たとえば、乃木希典の自死を契機に「興津彌五右衛門の遺書」（大正元年）の筆を執った森鷗外は、歴史小説から三部作を中心とする史伝を経て、最晩年の「帝謚考」（大正十年）「元号考」（遺稿）へと進むにつれて、露伴とは対照的に厳密な考証への傾斜を強めていった。また、しばらく文壇から遠ざかっていた山田美妙が、「二郎経高」（明治四十一年）に代表される歴史小説の力作を相次いで発表したのも、明治末年のことである。そうした歩みにはそれぞれ別個の事情があるにしても、近代文学の胎動期に文筆生活を開始した彼らが、期せずしておなじような道程を辿っている事実は興味ぶかい。

その背景にはおそらく、近代文学の誕生に強い影響を与えた、坪内逍遙「小説神髄」（明治十八年）に内在する問題があった。すなわち、「奇異譚（羅マンス）」と「尋常の譚（小説）」とを区別する有名な分類を行った逍遙は、

「小説(ノベル)」をさらに「現世(いま)（世話(ソシヤル)）」と「往昔(むかし)（時代(ヒストリカル)）」とに二分して、歴史上の出来事や人物を素材に「脚色を構へ」たものが「時代小説」であると定義した（上28オ〜ウ）。しかしながら、本来散文の世界にはほかにも、たとえば幕末に大きな支持を集めた頼山陽「日本外史」のような、歴史を叙述する別のスタイルが流通していたはずである。ところが、彼はそれらを「正史」の類として考察の対象とはせず、また時代小説には「風俗史の遺漏を補ふと、正史の欠漏を補ふと」という素朴な「目的」を見出すにとどまったのだった（下39ウ）。

このような史書に隷属した時代小説の位置は、「小説の主脳は人情なり、世態風俗これに次ぐ」（上19ウ）という逍遙自身の定義に従ったものと考えられる。そして、まさにこの点において、やがて近代小説が歴史を扱おうとした時に、史実との関係をいかに処理し、物語を囲繞する時代をどのように叙述すればよいのかという問題が、解決されぬままに残ってしまったのであった。明治後期以降、露伴・鷗外・美妙といった作家たちが、それぞれのやりかたで歴史を扱った文学を試みはじめたのは、「小説神髄」と彼らの世代が積み残した課題への取組みだったと見ることができよう。当の逍遙自身もまた、「役の行者」（大正二年執筆）にはじまる一連の史劇で、あらためて歴史ものの世界に挑戦していったことも見逃すべきではない。

しかも、美妙を除く三者が小説以外の形式を選択したように、文学と歴史との関係にまつわる彼らの模索は、小説という形式そのものを考えなおすことにもつながっていたのだった。おそらく草創期から近代文学にたずさわっていたゆえの、小説の優位にとらわれないこうした自由な試みを通じて、彼らは近代小説がその発展途上で失ってしまった、文学の可能性を実現してみせたのである。そしてそのなかにあって、露伴の創出した史伝の世界は、晩年の「連環記」において次のような地点にまで到達することになる。

此の源信と寂心との間の一寸面白い談は、今其の出処を確記せぬが、閑居之友であつたか何だつたか、何でも可なり古いもので見たと思ふのである。記憶の間違だつたら抹殺して貰はねばならぬが。（中略）斯様な話の事実が有つたらうが、無かつたらうがそんなことは実は何様でもよい、ただ斯様いふ談が伝はつてゐるといふだけである。いや実はそれさへ覚束ないのである。

（『日本評論』昭和十六年四月、三百九十六〜三百九十七頁）

これは主人公である寂心と、友人の源信とのあいだに伝わる逸話を紹介した部分であるが、その話が実際にあったことかどうかが「何様でもよい」とされるばかりでなく、逸話の伝存すらも不確定なままに終っている。様々な逸話が話者によってつむがれ、しかし何らかの歴史的事象を明らかにするわけでも、また新しい物語世界を創り出すわけでもなく、あくまでもその語りのなかだけに立ちあらわれ、語りおさめられると同時に消えてゆく、幻としての物語。「頼朝」にはこのような、時代や世界を融通無碍に往還し、時の流れとそこに生きる人間たちのいとなみとを描き出した作品にまで発展してゆく方法の端緒が示されており、その意味でこの作品は、露伴文学の劃期をなす記念碑的な位置にあると言えるのである。

注

（1）山本健吉『漱石　啄木　露伴』（文藝春秋、昭和四十七年十月）百七十六頁、百九十八頁。

（2）木下杢太郎「幸田露伴論」（『日本文学講座』第十二巻、改造社、昭和九年四月）など。

（3）この点に関しては、本書の第三章や第四章を参照されたい。

（4）柳田泉『幸田露伴』（中央公論社、昭和十七年二月）四百十八頁。
（5）『露伴全集』第十巻（岩波書店、昭和四年十二月）。
（6）高島俊男「幸田露伴と支那―『運命』と建文出亡伝説―」（『文学界』平成十二年二月）百八十八頁。また、露伴自身も「頼朝」を「史伝」ではなく、「伝記と評論とを兼ねて、其の人と為りを描いた一種の物語」と述べている（『頼朝・為朝』引、改造社、大正十五年四月）。ただし、現在これらの作品は一般に「史伝」と称されており、本書でも便宜的にこの呼称を用いた。
（7）福田清人「幸田露伴の人と作品」（『近代文学鑑賞講座』第二巻「幸田露伴／尾崎紅葉」、角川書店、昭和三十四年八月）十二頁。
（8）山本健吉『漱石　啄木　露伴』（前掲）二百二頁。
（9）川西元「幸田露伴「蒲生氏郷」論」（『国文論叢』平成十年三月）五十七頁、五十九頁。
（10）初出の段階では「英気」がさらに三分割、「生死の関」が二分割されていた。
（11）笠栄治『平治物語研究　校本篇』（桜楓社、昭和五十一年三月）八百十八～八百十九頁。
（12）本稿では「参考平治物語」からの引用に際し、東京大学総合図書館蔵元禄六年刊本を用いた。
（13）露伴はのちに、「保元物語」と「平治物語」について「参考本最も佳なり」と述べ、諸本の異同に関しては「参考本に就て各本の佳処を取るべきなり」としている（「保元物語平治物語に題す」、明治四十四年執筆）。本稿では引用に『日本文藝叢書』第二期第十五巻「保元物語／平治物語」（金星堂内日本文藝叢書刊行会、昭和二年二月、題言一頁）を用い、文末に「明治辛亥秋日」とあるのによって執筆年を推定した。
（14）松尾葦江「『参考源平盛衰記』について」（水原一『新定源平盛衰記』第一巻、新人物往来社、昭和六十三年八月）十八頁。
（15）第三章を参照されたい。
（16）川西元「幸田露伴「蒲生氏郷」論」（前掲）五十二頁。
（17）村上学「曽我物語の諸本」（『曽我物語の作品宇宙』、至文堂（『解釈と鑑賞』別冊）、平成十五年一月）三十三頁。

（18）これらの箇所は真名本「曾我物語」にも言及があるが、本作とは細かな文辞や人名が異なっている。また頼朝と政子との恋愛については、本作に採用された多くの逸話が仮名本にしか存在しない。

（19）なお、本作にはさらに別の資料も用いられている。たとえば曾我兄弟の仇討の際、頼朝の弟範頼も謀叛を疑われたという逸話（二十頁）は「保暦間記」にもとづき、そのあと範頼麾下の寺田太郎と志賀摩五郎が「何かまづい事を仕た」（二十四～二十五頁）とは、「北条九代記」に見える記事である。「保暦間記」は『群書類従』所収であり、「北条九代記」も製版本が流通していて入手は容易であったが、こうした周辺資料によって「吾妻鏡」を増補した文献などが存在した可能性もあり、これらが直接参照されたとは断定できない。

（20）「露伴が京へ入るまえにしばらく伊豆に行っていたのは実地に就いてそのこと（頼朝と八重との恋愛―注）を考えるためだったのに違いない」（塩谷賛『幸田露伴』中、中央公論社、昭和四十三年十一月、五十四～五十五頁）。

（21）同時代のガイドブックである中内蝶二編『伊東案内記』（文泉堂、明治四十四年六月）には、「頼朝と八重姫が此処で相思の情を語つたと云ふ伝説から、こんな艶な甘酒を醸したとのことだ」と紹介されている（七十二頁）。

（22）なお、本章とは着眼や論旨が異なるものの、斎藤礎英が「露伴の史伝が、何らかの歴史的事実を解明することにあるのではなく、こうした人間性（古人の強靱な精神や人間的な大きさ―注）を描きだすことにこそあったこと」に着目した評価を行っている（『幸田露伴』、講談社、平成二十一年六月、二百三十八頁）。

（23）同様の伝承が「大日本史」や「寛政重修諸家譜」などに記載されているが、本作ほどに詳細ではなく、また内容にも若干の相違がある。

（24）たとえば「蒲生氏郷」について、川西元は「幸田露伴「蒲生氏郷」論」（前掲）において「複数史料を合成し、さらに自己の想像までを総合化して構成された叙述」の存在を指摘しており（五十四頁）、また井田卓は「『蒲生氏郷』―露伴の方法について―」（『比較文学研究』昭和四十九年十一月）において、「歴史家の最初の仕事である史料の選択・批判、そして論理と根本史料による考証が行なわれていない」としながら、「語り手の想像力によって各史実が具体化されると同時に、その場その場で語り手の意見や評価、それにほかの時代や場所などの史実が思い付くまま付加されている」と述べている（八十七頁、九十二頁）。

Ⅱ

第六章　根岸党の文学空間

一

明治二十年代の半ば、「露団々」（明治二十二年）によって華々しいデビューを飾った幸田露伴は、「風流仏」（同年）「一口剣」（明治二十三年）「五重塔」（明治二十四〜五年）と立て続けに力作を発表する一方で、時に享楽的とすら見える遊びを繰広げた、年長の文人たちの集団に加わっていた。下谷区の根岸周辺、現在で言う山手線鶯谷駅から日暮里駅にかけての一帯に住んだ文人たちを中心とする集団、根岸党である。露伴が谷中天王寺の墓地に隣接した家に移り住んだのは、明治二十三年の暮れのことであり、これより彼は名実ともにこの集団の中心的な存在として、その遊びに積極的に参加するようになっていった。田山花袋は「東京の三十年」において、明治二十年代半ばの文壇を「硯友社派、早稲田派、千駄木派、国民文学派、根岸派、女学雑誌派、概してこの七つ（ママ）にわけることが出来た」と述べたうえで、[1]「根岸派」の構成員として幸田露伴や饗庭篁村、森田思軒らの名を挙げ、その特徴を「道楽的乃至交遊的であつた」と回想している。

ところが、花袋の挙げているほかの五派とは異なり、根岸党の実態は十分に知られているとは言いがたい。単にその活動の全容が不分明であるばかりか、構成員の詳細や成立と解散の時期すら、正確にはわかっていなかったのである。もっとも、私的な人間関係を基盤に活動した彼らが、実際にどのような交遊を展開していたのかについては、ややまとまった調査がいくつか存在する。[2]しかしながら、根岸党の残した作品自体に取組み、彼らを文学史のなかに位置づけようとする考察はほとんどなされておらず、彼らはあくまでも遊楽性の強い、特殊な集団として扱われてきたのだった。

その理由はおそらく、「文学上同一歩調をとるとか、同一運動を起すとか、他派に当るとかいふ野心は少しもなかつた」(3)という、彼らの性質のゆえと考えられる。すなわち、「根岸派」と目されてきた人々の作風はまるで多様であるし、各々の思想の間に明白な共通性が見出せるわけでもない。当然、彼ら個々人の様々な作品を、画一的に一つの派の作品として統括する意義は薄いうえに、集団としての固有の立場を謳った評論すら、ほとんど存在しないのである。その意味で、彼らをいわゆる文学上あるいは思想上の結社と見なすことは適当ではなく、花袋の挙げるほかの五派との対比によって、その性質を同定することは困難と言わざるをえないだろう。

文人集団としては、近代文学史上に特異であるこのような彼らの特徴は、研究の遅れを招来するに十分であった。その呼称すらも定まらず、「根岸派」あるいは「根岸党」の語が論者によって恣意的に用いられてきたこと自体、その状況を象徴している。本書では右のような特徴から、彼らを一つの「派」とするのは不適当であると判断し、彼ら自身が名乗っていた(4)「根岸党」の呼称を用いることにする。これにはまた、のちに正岡子規を中心として結成された根岸短歌会の通称、「根岸派」と区別する意図もある。

とはいえ、根岸党について論じる有意性は、右のような特徴によっていささかも減じられるわけではない。なんとなれば、ほかならぬ根岸党によると目すべき作品は、たしかに存在しているからである。たとえば、党員たちの合作紀行である『草鞋記程』(学齢館、明治二十五年十二月)や「足ならし」(『狂言綺語』明治二十六年三月)を見てみれば、前述した露伴や篁村、思軒に加え、幸堂得知、須藤南翠、久保田米僊など、本来まったく異なった作風や文体を持つ文筆家たちが、興の向くまま自由に文章を書き継ぐなかに、おのずと生じたある均質性が看取されるだろう。そして、このような合作のみならずとも、彼らがそれぞれに根岸党の友人との交遊を描いた作品には、程度の差こそあれ、ある通有の空気が感じられるのである。

すなわち、根岸党とは一つの文学現象、あるいは文化現象だったのであって、そのような彼らの活動やそこから生れた作品について考えることは、その独特な性質ゆえに、明治二十年代の文学や文化状況を捉えなおすことにつながるはずである。そして、幸田露伴もまた、根岸党にあっておなじように遊び、同様の筆調によってその遊びを作品化した一人であった。露伴はそこで、江戸の空気を濃厚に残した文人たちと親しくつきあううちに、自分たちの遊びを滑稽な筆調で作品に描くという発想や方法を手に入れることになる。そうした若き日の経験は、彼がみずからの文学の方法を確立するに際し、大きく影響せずにはいなかっただろう。

本章では以下、序章で紹介したデビュー前後の山田寅次郎との交友のなかにもすでに見ることのできた、〈遊び〉の精神に着目して、露伴が根岸党との交友を持つことでいかなる影響を受け、それをどのように自身の文学に生かしていったのかを探ってみたい。だがそのためには、不明な部分の多い根岸党の全容を明らかにし、あらためて文学史上に位置づけることが不可欠である。そこで、本章ではまず、明治文学史における一つの謎となっていた根岸党の実態を解明し、その文学について考えるところからはじめよう。

二

草創期の根岸党の姿をうかがわせる資料に、次のようなものがある。

岡倉（天心―注）が根岸に住つてゐる頃、近所に小説家の饗庭与三郎（篁村）と、死んだ高橋健三とが居て、三人が大層仲が善かつたので、自ら根岸の三三（さんぞう）（覚三健三与三郎）と号して意張りちらして騒いで居たことがあつた。(5)

また、後年刊行された高橋健三の追悼文集『自恃言行録』にも、同様の逸話が収められている。

高橋健三が根岸に住まつて居た時、同じ根岸党の藤田隆三郎、岡倉覚三、饗庭与三郎と都合四人で重箱肴を拵へ、大きな瓢簞を提げ、闇の夜に上野の杉の森の中に往つて、提燈も点けずに酒宴を開いた。すると誰が言ひ出したか、今夜は実に佳人の奇遇だ、それ与三郎だろう、隆三郎だろう、覚三だろう、健三だろう、四人の名に残らず三の字が附て居るナンゾは頗る妙ではないかといふ話から、大に興に入つて皆んな酔ふて仕舞ひ、帰りに饗庭篁村抔は墓地道の崖つ椽から落ちて、手や顔へ怪我をしたことがあつた。(6)

ここに出てくる高橋健三とは、当時内閣官報局に勤務し、のち局長となった人物である。また、言論人としても自恃庵の号を持ち、雑誌『出版月評』『国華』などの創刊にたずさわったほか、官報局退職後は『大阪朝日新聞』『廿六世紀』の論客として活躍した。

一方、藤田隆三郎はそのころ、東京始審裁判所の評定官をしていた判事で、のちに奈良地方裁判所長や名古屋控訴院長をつとめた。高橋健三とは開成学校の同窓で、親しい間柄であった。『自恃言行録』のなかで彼は、高橋との根岸での交際について、「高橋君が根岸に転じた後に、私も人の勧めに依ツて根岸に移ツて、高橋君の近傍に住んだから、又屢々接する機会を得ました」と回想している。(7)なお、明治十九年十一月の『官員録』には、藤田の住所が「金杉村（根岸の町名―注）二十二番地」とされており、高橋が根岸に住したのもこのころであろう。また、岡倉天心が根岸に居を構えたのは、明治十七年の冬から明治十八年の初夏にかけてのことであった(8)。さらに、明治十八年ころから根岸に住していた篁村も、この年の夏、杉浦重剛によって高橋健三と引合わされ、以後親しく往来するようになったと語っている(9)。年月の多少の曖昧さは差引くとして、彼らはおおむね、明治十八年から十九年のころに交際を持ったと見てよいだろう。

明治二十年以降、彼らの交際を軸として、のちに根岸党を構成する人々が徐々に集ってくる。たとえば、明治二十年八月には画家の川崎千虎が根岸に転居してきたし(10)、また依田学海の日記『学海日録』には、彼らと作家の須藤南翠や宮崎三昧らとの交流の様子が記されている（明治二十年十一月二十日・明治二十一年一月二十九日など）(11)。篁村の旧友で、三井銀行の青森支店長としてしばらく東京を離れていた俳人の幸堂得知が、退職して帰京し、根岸にほど近い下谷に住んだのも明治二十一年のことである(12)。このうち、得知、南翠、三昧の三人は、のちに根岸党の中核となる人物であった。

このころ、池ノ端の天心宅に亡霊が出るという噂を聞いて、篁村や得知が泊りに来たものの、みな酔って寝てしまったという逸話が残っている(13)。しかし、これらの交遊は私的で規模も小さく、何よりも作品に結実していないという点で、文学現象としての根岸党の成立を見ることはできない。篁村はのちに、「浜尾新氏も高橋徳蔵氏も根岸党の一員であつた」と述べているが(14)、明治二十一年までに幅広い分野の人士によって形成されたゆるやかな人脈が、根岸党の母体となったと考えるべきであろう。

こうした彼らの交遊が、主として篁村による作品化を経ることで、あるまとまった性格を外部に発信しはじめるのは、明治二十一年の下半期からである。とりわけ七月の「塩原入浴の記」(15)は、それまで案内記的な記述に終始してきた篁村の紀行文が、自身の戯画化による滑稽味を獲得した最初の作品として注目される。この作品には、篁村と得知が不慣れな旅先の地理について「心得顔」をしたあげくに失敗したり、暮れがたに露天の温泉に入ったところ、ぬるすぎて、ふるえながら飛出したりするなどのユーモラスな姿が描かれている。ほかにも、芝居の登場人物を気取ったり、沿道の風物に勝手気ままに名をつけたりするなど、以後の根岸党の作品に特徴的な行動は、おおむねここに出揃っていると言ってよい。

こうした作品の基調をなすのは、ありふれた事柄を角度を変えて捉え、そこに一風変った興趣や興味を見出し、さらには他人のせぬことをあえて試みて失敗するという身振りであった。おそらく、彼らが旅中実際に行ったと思われるこうした行動の下地は、平生の交遊のなかで醸成されてきたものだろう。だが、根岸党という集団について考えるうえで重要なのは、それが作中の人物のしぐさとして言語化され、作品化されて読者に提示されるようになったことにほかならない[16]。かくして、彼らの遊びを作品に描いて発表するようになるにいたり、文学現象としての根岸党が出現したのだった。

爾来、篁村は同様の筆法で紀行を書き続け、その方法は同行者の作品へも伝播してゆく。たとえば明治二十一年の七月末、隣家の宮崎三昧や新聞記者仲間とともに上州霧積温泉に出かけた時の作品や[17]、九月から十月にかけて『読売新聞』で同僚の中井錦城らとともに、数度の郊外漫遊に出かけた時の作品などが、その例として挙げられるだろう[18]。また十一月下旬、得知と二人で伊豆を旅行したおりには、得知が宿の女をひそかに連れ出したことをほのめかした篁村の文章に対し、得知が反駁文を書いたこともあり[19]、根岸党の特徴の一つである、作品のうえでのやりとりの先駆が見られる。

翌明治二十二年に入ると、参加するメンバーはさらに増え、作品も旅の紀行だけでなく平生の交遊も題材とするようになる。特に、雑誌『少年園』の編集者で、後には少年文学も書いた高橋太華が、根岸党の人々と親交を深めていったのは重要である。二月には、太華や得知とともに三河島漫遊に出かけた様子を篁村が作品にしているほか[20]、七月ころの彼らの親密な交遊を描いた太華の「影まつりの記」には、十一月に催される甲州旅行の計画がすでに持上がっていたことが記されている[21]。この「影まつりの記」には篁村の書翰も引用されているが、そこには南翠とともに王子に出かけて「大騒ぎをやらかし」たむねが記されており、彼らの頻繁な往来がうかがわれる。

また、それより以前の六月には、前年から大阪毎日新聞社入社のため下阪していた三昧が一時帰京したのを受け、篁村・南翠・思軒らが懇親会を開いて、その席で箱根旅行の計画が持上がっていた。結局、この旅行に参加したのは篁村と三昧だけだったが、数日後には二人を追って得知が国府津に向っており、篁村と得知が紀行を残している[22]。「箱根ぐちの記（一名五日の恥）」と題された篁村の紀行に対し、得知の「箱根ぶちぬ記（一名国府津初納涼）」は、その題名のうえからも、また篁村の紀行の舞台裏を描くという内容からも、呼応して書かれていることが明らかである。これもまた、根岸党の文人たちが新聞紙上で繰広げた、作品によるやりとりの一つであった。

以下、作品に描かれた彼らの遊びを挙げれば、九月重陽の節句、篁村の誕生日祝いを兼ねて、高橋健三、藤田隆三郎、天心の三人が根岸の料亭鶯花園で園遊会を催し、得知と千虎も参加した[23]。同月中旬には篁村と千虎が「雨見会」を催し[24]、下旬には篁村、得知、太華が下町漫遊に出かけ（南翠も参加の予定だったが欠席）[25]、十月下旬には篁村と得知が「滝の川の紅葉と染井の菊」を見物にいった[26]。さらに十一月はじめには、篁村と太華が写真師の鶴淵とともに、甲州旅行に出発している[27]。この時の紀行は篁村と太華の合作で、二人が交互に一回分を執筆しているが、この方法は以後根岸党の作品において、幾度か見られるものである。

本書では、「塩原入浴の記」における作品化の開始からこの甲州旅行まで、すなわち明治二十一年の下半期から明治二十二年末までを、根岸党の前期と考える。この時期は、篁村を中心に様々な人士が出入を繰返すなかで、次第に公私にわたる結びつきを深めていった時期である。雑誌『新小説』（明治二十二年一月）や『国華』（明治二十二年十月）の創刊などで仕事をともにすることも多く、プライベートでは天心（明治二十二年七月ころ）や思軒（同年末）が根岸に移転してきた。そうしたなかでの日常的な往来に培われ、得知と篁村によって確立された独特の筆法、すなわち戯画化を基調として自他の失敗をことさらに描き出すやりかたは、周囲の文筆家へも伝播し、同種の色彩を持った作品が生み出されるにいたったのである。

もっとも、この明治二十二年の時点では、彼ら自身にも周囲にもいまだ、彼らを一つの党と見なす認識はない。しかしながら、いま見てきたような作品群の存在は、実質的に文芸上の党の成立と見るに十分であろう。以上が、文学現象としての根岸党誕生までの道程である。

三

明治二十二年十一月上旬、根岸党の人々が中心になり、『読売新聞』紙上において「緞帳巡り」が開始された。これは官許を得ていない芝居小屋、いわゆる緞帳芝居の合評で、肝煎となったのは得知と、のちに黙庵とも号した劇評家の関根只好である。只好が根岸党の文人たちと交際を持った直接の契機は不明だが、前述の甲州旅行の際には得知と二人で見送りに出ており、すでに党の人々と親しかったことが知られる。その第一回は柳盛座評で、二人のほかに篁村、思軒、学海が参加し[28]、また第二回の盛元座評には、露伴や詩人の中西梅花らも加わっている[29]。

この「緞帳巡り」は翌年三月までに合計四度催され[30]、また得知と只好はおなじころ、それとは別に二人で芝居の合評を幾度も行っている。[31]こうした催しが頻繁に行われているところからもわかるように、元来根岸党の文人たちは演劇に造詣が深く、劇評の筆を執ることも多かった。明治二十二年八月発足の日本演藝協会には天心、思軒、篁村、南翠が参加しており、また明治二十五年一月の『歌舞伎新報』の改革に際しては、三昧や得知らが編集の任にあたったうえ、天心、篁村、思軒、南翠らが特別寄書家に迎えられている（のちには只好と太華も加わった）。また、合評こそ残っていないものの、彼らがしばしば連れだって観劇に出かけていたことは、各人の劇評中に記されているところである。[32]

劇評以外にもこの時期、明治二十二年の年末に篁村、太華、得知らが大宮の氷川神社に出かけたことや、翌二月に福引大会が催されて、篁村、得知、千虎らが参加したことが作品に描かれている。[33]そして、このような親密な交際と積極的な作品化の気運のなかで行われたのが、根岸党の活動の典型とも言うべき、明治二十三年四月の木曾旅行であった。参加したのは篁村、太華、露伴、梅花の四人で（得知も同行する予定だったが不参加）、篁村は自分の紀行の第一回に次のように記している。

木曾街道を西京さして上る間の記を、平ったく木曾道中記とはなづけぬ。これは此行四人とも別々に紀行を書き、幸田露伴子は独得（ママ）の健筆を大阪朝日新聞社へ出して「乗興記」と名づけ、梅花道人は「をかしき」といふを読売新聞へ掲げ、太華山人は「四月の桜」と題して、沿道の風土人情を細に観察して東京公論へ載するにつき、まぎれぬ為にしたるなり。（篁村「木曾道中記」一）

これらの紀行から彼らの足跡を辿ってみると、一行は横川から中仙道を進んで木曾路に入ったが、上松において篁村と梅花が、露伴と太華からはぐれてしまう。足を痛めた篁村は単身岐阜から帰京し、一方で梅花は露伴らと合流、京阪にしばらく滞在した。ふたたび梅花と別れた露伴と太華が、四国・九州とめぐって鹿児島まで足をのばす一方で、篁村は三昧の上京を受けて思軒、得知、南翠らとともに宴会を催した。旅の出発前、篁村が「帰りは（三昧と—注）一所に落合ふやも知れず」と梅花に語っていたところを見ると（「をかし記」其一）、彼にはもともと上京の予定があったらしい。その後、篁村と三昧は帰途についた露伴と太華を迎えるために箱根まで出かけ、四人が落ちあって旅は終りである。(34)

この旅行を描いた彼らの紀行にはどれにも、若干のぎこちなさは残るものの、根岸党前期に確立された行動様式や筆法の継承が見られる。たとえば露伴が、「平坦(たひら)な新道があるに古道が風流」（「乗興記」第一）と記している点には、ありふれた新道を拒み、あえて古道をゆくことで、普通とは変った面白さを見出そうという姿勢が見て取れる。また梅花による、「いでや足まへの程をあらはして、三人が旅通の鼻を捻り呉れんずものを」（「をかし記」其二）との記述には、みずからを高しと気取るポーズの滑稽さが、戯画的に表現されている。このほかにも、「通」を自称しておたがいに張りあったり、旅行中いくつかのグループに分れて行動したりするなど、以後の根岸党の作品に典型的な特徴が出揃っているのである。

このように、旅行に参加する各人が別々に紀行を書きながら、しかもある筆調が共有されるようになったその時に、文学集団としての根岸党の存立は確定したと言えよう。この旅行以降、彼らがこぞって「根岸党」を名乗りはじめたことは、おそらく偶然ではない。(35) ほかにも、七月には露伴と梅花が内田魯庵をまじえて赤城山ですごす約束をしており、結局旅先では会えずに各人で旅することになったとはいえ、その経緯をそれぞれが作品に書いたことなども、(36) 木曾旅行のもたらした波及と見てよいだろう。

明治二十二年末の「綴帳巡り」から明治二十四年の暮れまでを、本書では根岸党の中期と考えたい。この時期は、党の性質が固まるとともに、メンバーが大きく入れ替り、活潑な交流が明治二十五年以降の盛況を準備した時期にあたる。すなわち、党での遊びを題材にした作品が頻繁に書かれるようになった結果、そうした作品化に加わることができ、また描かれるに値する大規模な遊びを行う自由を持つ人々、すなわち作家や画家などの文人たちが、次第に中心的な役割をはたすようになってきたのである。そうした傾向は、三昧が明治二十三年夏に東京朝日新聞社入社に伴って帰京したこと、[37]また同年末には露伴も谷中に転居したことなどを受けて、ますます拍車がかかることになる。

他方、前期根岸党を構成したメンバーのうち、文人以外の人々は徐々に党の活動から遠のいていった。たとえば、藤田隆三郎は奈良へと転勤になったため、明治二十三年十月に東京を去って、以後の往来は途絶えてしまう。また、同年の二月から九月まで渡仏していた高橋健三は、帰朝後も作品に描かれることは少なくなる。実際、彼らの職務は忙しさを増していたようだが、しかし高橋の壮行会や帰朝祝いについて、行われた資料はあるにもかかわらず一度も作品化されることはなく、また「幾度もやつた」とされる藤田の歓送会も、篁村が最大規模のものを一度描いているだけであることを考えると、[38]そこには根岸党の文学上の特質が浮び上がっている。

すなわち、現実の彼らのサークルには多くの人士が含まれていたものの、作品化されるのは文人同士の交遊が主であったと考えられる。彼らはみな筆墨のなかに身を置き、何らかの形でみずからの像を演出することを生業としていたのであり、根岸党において遊ぶ顔の演出もその延長として可能だったうえ、時には前述したように他人の文章に駁することもできた。その一方、官吏の高橋や判事の藤田はみずからを演出する機会を持たないし、また文章を発表して自由に応答することもできないわけで、文人たちはそうした人々の像を、作中で勝手に造型することを避けていたようである。根岸党の最晩期まで親しく往来を続けた天心や、このころ彼らに接近した福地復一、あるいは篁村が先に「根岸党の一員であつた」と断言していた浜尾新や高橋徳蔵らが、作品にはほとんど登場してこないのはそのためであろう。

これに対し、文筆家である石橋忍月は、党の人々との交遊を筆にすることで、根岸党の一翼を担っていた存在だった。彼は明治二十四年一月に得知とともに大宮に出かけたり、得知、三昧、露伴と向島の探梅に出かけたりしたこと、三月に篁村と寿座観劇に行ったことなどを作品にして発表している(39)。また篁村はこの年、三月はじめに露伴と二人で杉田の梅見に出かけたことや、六月に千虎と歌舞伎座に出かけたこと、八月中旬に太華、梅花と本所の萩寺に出かけたこと、十一月に太華、露伴と小石川の馬琴の墓に詣でた時のことなどを作品化している(40)。ほかの作家たちについても、得知の戯作風の作品「洒落幸兵衛」には根岸党の人々が登場しているし、露伴の「当世外道の面」のうち、「大通外道」の条は、彼らの平生の交遊を戯画的に描いたものである(41)。

こうした作品群はすべて、たとえばみずからを「三太夫」と卑下して他を「御前」と崇めてみせたり、あるいは変ったものを見つけ出しては「通」と称して喜んだりする、同質の筆法を有している。前年から続く、このような作品の相次ぐ発表によって、やがて党の存在は批評にものぼるようになっていった。

○根岸党　其尊崇する処は近松巣林子、建部綾足、上田秋成、柳亭種彦、其喜ぶ処は時代的院本及小説、其言ふ処は駄洒落、其楽む処は酒、其嘲る処は半可通、其罵る処は俗物、其得意たる処は浮世画の鑑識、其珍襲する処は松花堂猩々坊亜流の筆跡、其任ずる処は明治の大家、其夢みる処は天明の大通世界(42)。

現代の小説家、おのづから党をなし、派をなせり。吾人の相知れる批評家の茶話によりて、左の部わけを作りつ。／根岸派　〔饗庭篁村／宮崎三昧／鈴木得知／森田文蔵(43)

かかる評論の存在は、根岸党が一つの文学集団として、広く受けとめられるようになった証左にほかならない。

四

明治二十五年から二十六年にかけて、根岸党の活動は最も活況を呈した。本書ではこの時期を、根岸党の後期と考える。

明治二十五年の一月から三月の間、高橋太華が約三ヶ月間にわたってつけていた日記が、慶應義塾図書館貴重書室に残されている。その大略は塩谷賛が『露伴と遊び』において紹介しており(44)、また筆者も現在、全文の翻印と注釈を発表中であるが(45)、その記述からは彼らが連日おたがいを訪ねあい、酒を酌みかわす親密な交際を持っていたことが知られる。また、この日記にはしばらく根岸党から遠ざかっていた関根只好の名前も見ることができ、なかでも二月二十三日には太華、三昧、思軒、南翠、只好、得知、篁村と画家の久保田米僊が、下谷の料亭忍川で一堂に会している。これは、深野座初春狂言の合評会を催したのであり、その時の合評は『東京朝日新聞』に掲載されている(46)。

さらに三月二十八日には、おなじく根岸党の面々が歌舞伎座で観劇し、その合評は単行本として歌舞伎新報社から刊行されている(47)。この合評会は党の人々を中心に、以後劇評家の三木竹二や落語家の談洲楼燕枝ら、周辺の文人たちもまじえて七月まで催された(48)。只好はこの合評会が催されることになった契機として、次のような思軒の言葉を伝えている。

劇場当事者の招待を受けて、その饗応酒（ふるまひ）に食ひ酔つた上に、俳優からは手拭その他の贈物を貰つたり、又は時に待合などで飛んだ御馳走に預かつたりするやうなことで、何で真面目な劇評ができるものか。（中略）真箇（ほんとう）に演劇の批評をしよう（ママ）といふのなら、必ず自前で、必ず手銭で芝居を見て、情実を離れた公平な態度を以てしなければならぬ(49)

右の人々はこの思軒の言葉を受け、「公平なる衆議評」を実現すべく集ったのであった。もっとも、彼らのことだから酒と失敗はつきもので、たとえば横浜の港座で観劇したおりには、旅館で行われた合評会のあまりの騒々しさに、警官まで呼ばれる騒ぎとなった。やむなく中断したこの夜の合評は、翌朝場所を移して続けられたのだが、その結末を只好は次のように伝えている。

翌朝起き出ると、直ちに杉田の梅林へ席を移して、寒い寒い吹曝しの水茶屋で、冷酒をあほりながら、漸く衆議評を畢つたなどの苦しみは、恐らく歌舞伎新報の読者も知らなかつたであらう(50)。

こうした逸話にも、根岸党の持っていた遊びの要素がうかがわれるだろう。

これらの合評会に参加している久保田米僊は、京都出身の画家で、明治二十三年二月の『国民新聞』創刊に際し、絵画主任に聘せられて上京していた。同紙で劇評の筆を取っていた得知とは同僚にあたるが、根岸党の文人たちと本格的に親交を持ったのは、右の合評会のころらしい。四月には得知と二人で関西旅行に出かけており、未完ながら得知が紀行を残している(51)。

また太華の日記には、蔵書家として知られる楢崎海運の名前も見出せる。海運は本名を正三郎または正兵衛といった紙商で、日本橋区阪本町の海運橋のたもとに店を構えていたことから、このあだ名がある。海運の蔵書は近世の戯作を中心に厖大な量にのぼり、根岸党の人々は彼の蒐めた本を借覧することで、稀覯となっていた作品も読みえたようである。この太華の日記にも、彼から本を借りた記録が見えている。

これら中期根岸党を構成した人々に米僊や海運などが加わり、月一回程度、一泊二日の旅行に出かけたのが「二日旅行」である。[52] 初回である二十五年五月の船橋行以後、七月の多摩川での鮎狩り、十月の佐野唐沢山登り、翌年二月の杉田の観梅などが作品として残っている。[53] また十一月の旅行は、南翠が大阪朝日新聞社入社のために下阪する送別会として、拡大されて二泊三日で妙義山に出かけた。この妙義山旅行以降、雑誌や小説の挿絵画家として活躍していた富岡永洗が、根岸党の遊びに加わるようになった。

この妙義山旅行では、南翠への餞別として合作紀行『草鞋記程』（学齢館、明治二十五年十二月）が制作されている。これは党員が持ちまわりで書き継いだ本文に対し、執筆者以外の面々が鼇頭注の形式で自由にコメントを入れた、特徴的な作品である。挿絵も同行した米僊と永洗とが担当し、党員と親しかった高橋省三が経営する学齢館によって、非売品の単行本として二百部が版行された。この『草鞋記程』については、第七章であらためて成立経緯や内容、意義等を詳しく検討することにして、いまは続いて根岸党の動きを追ってゆこう。

彼らはこの『草鞋記程』と同様の形式で、もう一つ作品を書いている。翌明治二十六年三月、「楽々会」を名乗って企画した雑誌『狂言綺語』掲載の「足ならし」で、題材になったのは二月に催された隅田川両岸の漫遊であった。この『狂言綺語』は『草鞋記程』とおなじく、高橋省三の経営する学齢館から発行されたが、編集にあたった露伴がその任を抛棄したため、[54] 一号のみで廃刊になったようである。出版人になった高橋省三は、もと太華が編集していた雑誌『少年園』の営業をしていた人物で、独立して学齢館を創業したあと、雑誌『小国民』の原稿依頼などを通じて根岸党の文人たちと深いつながりを持っていた。

さて、明治二十六年三月二十八日、米僊がシカゴ博覧会への国民新聞社特派員として渡米する送別会の席上で、早くから予定されていた月ヶ瀬旅行の日程が、四月一日出発と決められた。この旅行は根岸党の全行事中、最も大規模なもので、参加者は篁村、露伴、思軒、只好、得知、永洗、太華、海運と、途中で合流した南翠、高橋省三である。篁村、得知、思軒がそれぞれ紀行を執筆したほか、発表はされなかったものの太華の旅行記も残されている。(55)これらの作品には、たがいに「抜作」や「鈍太郎」などのあだ名、彼らの言葉を借りれば「愚名」をつけあったり、先に行ったグループが道に落書きし、あとから来る仲間をからかったりして活潑に遊ぶ、旅の様子が描かれている。

このように、根岸党後期の作品にはどれにも、人生や社会における問題の追及を重視するその後の近代文学からは失われてしまった、遊びと笑いを基調にした明るい精神が横溢している。ところが、この月ヶ瀬旅行を境として突然、根岸党の作品は完全に跡を絶ってしまう。このことは、文学現象としての根岸党の解体を意味するが、かかる変化を実在した彼らのサークル自体の終焉と捉え、「根岸党の人々が〈遊び〉から醒める時」の到来と位置づけるのは、(56)かならずしも正確ではない。というのは、明治二十六年の夏以降も、彼らの交遊は依然として続いていたことが、いくつかの資料から知られるからである。

たとえば十一月十四日に依田学海が明治座へ観劇に出かけたところ、露伴、得知、篁村が来ているのに会ったし、(57)十二月には清国出張から帰った天心の帰朝祝いを篁村と露伴とで企画し、思軒に相談した書翰が残っている。(58)わけても最も注目すべきところでは、明治二十七年三月十六日、帰国した米僊を迎えて、月ヶ瀬旅行に参加しなかった彼の愚名命名式が行われている。(59)発起人になったのは露伴と太華で、得知と永洗、篁村も参加しており、また欠席ではあったが、思軒と海運も列席する予定だったらしい。旅行から一年近くも経っていながら、なお米僊の愚名が必要とされたのは、彼らのなかでいまだそれが用いられていたからにほかならない。

旅行にもたびたび出かけていたらしく、米僊の「富士見西行」には、「この夏（明治二十七年の夏―注）には例の竹の舎（篁村―注）、森田諸氏の一行と甲府行を思立居ることとなり、勿論、子も同行の頭数のうちに加へあり」という得知の言葉が記されている。[60]また、明治二十八年二月に篁村、得知、米僊らが出かけた水戸旅行も、篁村が坪内逍遙に「二日旅行」であると書き送っている。[61]こうした資料の背後には、記録に残らないさらに多くの催しと、それを支える日常的な交遊の存在がうかがわれよう。すなわち、月ヶ瀬旅行以降の作品の杜絶は、実際に即せばサークルの様態の変化と見なすべきなのである。

しかしながら、根岸党を文学現象として捉える立場からすれば、やはりそれは明治二十六年夏以降、たしかに消滅したと言わねばなるまい。その背景としては、すでに述べた雑誌編集にまつわる露伴の不満や、緑雨の伝える月ヶ瀬旅行での「失体」[62]など、彼らの人間関係における問題が隠見しており、そうした要因の介在を否定することはできない。だが、根岸党の作品が合作紀行のような大がかりなもののみならず、かくまで完全に滅失するにいたった理由は、最終的には作品に内在するものとして考えられるべきであろう。

根岸党後期に書かれた作品の特徴として、作中に党員同士を意識して、相互に演戯する場が形成されたことが挙げられる。まずは比較のため、前期に書かれた作品の方法を見ておこう。まだ遊びに参加する人数も少数だったそのころの作品では、基本的に数人の登場人物が一体になって失敗したり、愚かしくふるまったりする様式が主になっていた。たとえば、次に挙げるのは明治二十一年の「塩原入浴の記」の一節である。

斯る絶景の滝も木の枝に支へられ、落葉巌を包むを見れば、未だ名も付けられずにあるならん。是より先、いかなる絶景の所あらんも知れず、記臆（おぼえ）よきやうに仮に名を命ずべしと心得顔に、此滝は両人一所に妙の声を発したれば、両妙の滝と称すべしと、高慢を極めて進む。（中略）亭主に道々の滝の事を話せば、ヘエ昔から皆な名がござりますといふに、両人顔を見合たり。其の説く所に拠れば、両妙と名づけしは見返りの滝、（中略）嗚呼、物を侮どると斯るスコタン多しと心に恥て、互に無言（だんまり）。

（篁村「塩原入浴の記」一）

このように、彼らの失態はいささか誇張気味ながら、直接読者に向けて演出されていた。こうした読者との近しい関係は、根岸党以前に新聞記者として篁村が書いていた、読者のための案内記的な紀行文の姿勢と共通するものである。ところが、中期から後期のころになるとそれが変化し、登場人物たちがおたがいを意識して気取りあうような描きかたが主流となる。一例として、明治二十五年の「二日の旅」の記述を見てみよう。

早くも只好氏、草鞋の横を踏み切りて足付悪し。（中略）太華氏旅通がりて懇（ねんごろ）に穿きやうを教へ、渡船場（わたしば）手前にて草鞋をもとめ、船中の徒然にゆる〳〵と講釈付で穿くことにしたり。

（篁村「二日の旅」一）

作品自体が最終的に読者に向けられているのは当然としても、「旅通」がった「講釈付」で草鞋のはきかたを教える太華は、一義的には只好やほかの党員たちを意識している。すなわちここでは、「通」を自称する登場人物の気取りが、同行する仲間に対する意識によってなされているかのように、描きかたが変化しているのが見て取れよう。このように、ともに旅する仲間同士を意識し、相互に演戯する場が作中に形成されたことが、根岸党後期の作品の特徴である。

こうした変化は、根岸党の遊びのありかたからすれば、必然的なものであった。彼らは元来、一風変った面白みや新しい興趣を見出すことを行動原理としており、そうした発見は「通」と呼ばれてもてはやされた。さらには、その「通」を気取って突飛なことをしでかし、あるいはそうした気取りによってほかの党員を揶揄してみせ、そしてしばしば失敗する滑稽さが、作品上に戯画的に描かれている。露伴はその様子をからかって、「無暗無法に通がつた外道」と評しているが（「当世外道の面」第二　大通外道）、そこにはより新奇で突飛な「通」を競いあう傾向が、はじめから内在していたと言えるだろう。

そのような傾向は、やがて旅行への参加人数が増えるにつれて、旅中いくつかのグループに分れ、たがいを意識して行動するようになった影響で加速してゆく[63]。その結果、洒落やうがちの難化、複雑化がうながされ、また楽屋落ちも増えていったらしい。根岸党の作品のほとんどが紀行であり、まったくのフィクションではない以上、現実のサークルのかかる変化は、当然作品の上にもあらわれずにはいない。

長家と長家の間に墓場ありて、苔に錆びたる石塔数多を積み累ね、今にも火を掛けん景色ありき。篁村子は米僊子に囁やいて、得てこういふ中には堀出し物があるものなりといへば、左様です、能く探したら光る君の法名なども分るかも知れませんと米僊子が答ふる様子に、何事にやと余は問へば、ナニ一枚十五円になるのだ、一ヶ月百円貰つて、其上四号文字で広告に載せられると云ふ名誉職だ。君などの意匠のない人には話しても分らぬと、何が何やら一向分らぬ楽屋落ち。（「足ならし」只好担当箇所）

「足ならし」における只好の執筆部分である。篁村と米僊がかわす会話は、おそらく新聞の死亡広告に関する冗談ではないかと思われるが、その詳細は読者ばかりか、仲間の只好にとってさえ「楽屋落ち」に類するものであった。永洗もまた「足ならし」の担当箇所で、彼らの洒落が難解であったことを、「諸先生の名洒落（これを駄洒落と評する人もあるよしなれども、我等の耳には何だか更に分らざること多かりし故、名洒落といふものなるべしと考へたり）」と、揶揄まじりに記している。こうした記述の出現は、党の爛熟と、それに伴う閉鎖性とを端的に示すものと言えるだろう。

そしてさらに、新聞に掲載している月ヶ瀬旅行の紀行を、参加した仲間内でしか通じない愚名で記すにいたり、彼らの作品は一般読者に向けて開く態度を失ったのであった。彼らのその後の交際も、得知の洒落を米僊が「我々仲間内でも十に八九は解り兼る」と評しており、[64] もはや一般読者を想定した作品の供給は不可能だったと考えられる。このような様式の変化は、大衆的であることを拒絶した閉鎖的な党内の論理や美学をよりどころにしつつ、一方では作品化にあたって一般読者もそれを理解できるように配慮せざるをえない、そうした二重性の間を揺れ動いていた根岸党の文学の特質を明瞭に映し出している。そして党の爛熟に伴ってそのバランスに亀裂が入り、両者の均衡が崩れた時、彼らの文学活動は次第に終熄していったのであった。

根岸党としての作品が書かれなくなって以後も、篁村は数多くの紀行文を発表しているが、それらが根岸党の人々との旅行ではなく、石田寅彦との道中を題材にしたものであることも、こうした事情を暗示している。その意味で根岸党後期は、彼らの特殊な遊びがおのずから持っていた滑稽さが、その文学に最も純粋な形で結晶化された貴重な時期なのであった。

五

内田魯庵は『きのふけふ』のなかで、「根岸党の中心となつてるものは大抵旧作家の系統に属し、硯友社に比べては清新の思想と活動の元気とを欠き、文壇の花形となるには余りに老成し過ぎてゐた」と記している。(65) たしかに、草創期から根岸党の中心的存在であった得知や篁村は、早く明治初年代から高畠藍泉や南新二といった戯作者たちと親交を持っていたし、(66) 米僊も京都にいたころから西沢仙湖のような好事家たちと、「咄珍社」なる集まりを作って遊んでいたらしい。(67) そういう視点から根岸党の作品を読むと、おたがいを戯れに「三太夫」「御前」などとからかいあい、あるいは好男子や田舎者、通人や愚者などを様々に気取って笑いを生み出してゆくその感性や方法は、旧時代の戯作者たちのありかたを受継いだもののようにも思える。こうした同時代人の証言と、彼らの作品の与える印象とが相まって、これまで多くの論者が、根岸党を時代に取残されようとしている既成大家たちの享楽、あるいは頽廃的な抵抗と捉えてきた。

たとえば、塩谷賛は「根岸党の人々にとっては明治の時代は敗残の時代であった」と断じ、「みんなの思うところは今よりも江戸の時代のほうがよかったとみるのであった」として、根岸党を懐旧の集団と位置づけている。(68) また、木下長宏は根岸党の遊びに、唐朝への忠節を曲げずに殺された顔真卿同様の「悲痛な厳しさ」を見出し、彼らもまた失われゆく旧時代に殉じたものと論じた。(69) さらに、藤井淑禎は明治二十三年の木曽旅行を例に、上野で開催中だった第三回内国勧業博覧会に背を向けるようにして旅立った彼らの姿勢を、次のように論じている。

博覧会におけるある種の偏向とも通う機械文明・物質文明優先の近代化は、むろん篁村らの望むところではない。むしろ、そうした近代化によって失われゆくものへの哀惜の念が彼らをさまざまな旅へと駆り立てていたのだった。（中略）徐々に根岸をも侵食しつつあった近代化の集中的かつ象徴的表われとして博覧会は位置づけられるのであって、それゆえにこそ彼ら根岸党の木曽路への旅は、単なる博覧会への反発・拒否の域にとどまらず、機械文明優先の日本の近代化に対する一つの態度の表明として受け取ることも可能なのである。[70]

だが、篁村の「勧業博覧会素人評」[71]や梅花らの「博覧会余所見記」などからは[72]、開催直後の博覧会が根岸党の人々にも一定の魅力を持っていたことが見て取れる。藤井はまた、「彼らの根城ともいうべき根岸のすぐかたわらを上野駅発着の汽車が轟然と走り抜け、そのすぐ横の上野公園内で博覧会が催されるというのもずいぶんと皮肉な話である」と述べているが[73]、篁村自身がその一年前に、尾久のあたりから根岸を遠望して、「此辺より眺れば、森の中を現れつ隠れつ、汽車の煙を引いて通るさま風情あり。故に此田甫を今日より汽車見田甫と名づく」と書いていることを考えれば[74]、彼らの姿勢を単に近代化への批判的ないしは逃避的態度のあらわれとするのは、正確ではないだろう。彼らは新しい文物をも積極的に取上げ、作品のなかに描き込んでいるのであって、決して新時代を拒絶し、江戸をなつかしむだけの固陋な集団ではなかった。そもそも、根岸党の人々が「大抵旧作家の系統に属」するという先に引いた魯庵の指摘自体、そこにまだ新進であった太華や露伴、梅花らが大きな存在感を持って加わっていた以上、そのまま肯うことはできないのである。

こうした見かたはおそらく、彼らが作中で「六遊老」を名乗ったり（篁村「さきがけ」）あるいは「いざや昔の旅をせん」（篁村「二日の旅」）と宣言したりしたように、しばしば老いをかたどっていることに影響されたものだろう。しかしながら、根岸党の人々はその近世文芸や文化に関する該博な造詣ゆえに、彼らが夢みたとされる「天明の大通世界」[75]との断絶を、誰よりもよく知っていたはずである。そうした老いのかたどりはむしろ、本章で述べてきたような彼らの遊びの方法、すなわちありふれた事物を別の角度から捉えなおし、それを異化することでなにがしかの面白さを見つけ出そうとする、そのための方途の一つではなかったか。篁村はおなじ「二日の旅」のなかに、「世の中便利に過ぎてオツならず、あはれ古(いにし)への如く（中略）不自由がしたや、憂ひ辛い(ママ)目に出会ふて見たや」と記しているが（一）、そのようにしてかたどられたまなざしを通じて捉えられ、異化され、演出される世界こそが、根岸党の文学空間だったのである。

このように、根岸党は新旧の文化が混淆する明治二十年代にあって、急速に変化する時代を受入れつつ、それを旧き感性と融和させて捉えることで、忘れられつつあるささやかな興趣の文学化に成功したのであった。つねに新奇な事物に目を輝かせる彼らは、大勢の訪れる場所やみなの行うことを「俗」として斥け、むしろありふれていたり古くなったりしたため等閑視されがちなことにこそ、新しい興味や面白さを見つけようとしていた。もっとも、そうした姿勢は見出した興趣の新しさを消費し続け、別の発見を次々と要請せずにはいないため、先に述べたように洒落や冗談の複雑化、難化を呼ぶ傾向を孕んでいたことは事実である。だが我々は、一見すると時代が完全に移り変り、江戸とは異なる相貌の新しい時代が到来したかのように見える明治中期、流行の作家や画家、翻訳家から上級官僚まで、新時代にあって活躍する様々な人々の集まった根岸党が、決して新旧を断絶させるのではなく、むしろ両者をゆるやかに接続させて楽しみ、その遊びを作品に描いていたことにこそ注目すべきだろう。そこには、近世と近代の接合点であり、文化的な混淆期であった明治という時代の性格が、きわめて明瞭な形で映し出されているのである。

こうした彼らの文学は、西欧の影響を受けた新文学の気運とは方向を異にしており、それゆえに転変の激しい近代文学の流れのなかで、いつのまにか忘れ去られてしまった。だが、その後の近代文学が主たるテーマとして取上げる苦悩や煩悶とは一定の距離をおいた、彼らの作品の明るいユーモアは、今日的に見ても十分評価に値するものである。次章ではそうした彼らの文学的達成について、合作紀行『草鞋記程』に即して具体的に考えてみたい。

注

（1）田山花袋『東京の三十年』（博文館、大正六年六月）百三十八頁。

（2）塩谷賛『露伴と遊び』（創樹社、昭和四十七年七月）、藤井淑禎「根岸党における露伴」（『解釈と鑑賞』昭和五十三年五月）、槌田満文「根岸派における幸田露伴」（『武蔵野日本文学』平成十年三月）などが代表的である。なお、筆者は先年、本書に収めた論考およびその他の調査研究の成果をより詳細に解説した、『幸田露伴と根岸党の文人たち―もうひとつの明治―』（教育評論社、平成二十三年七月）を刊行した。

（3）柳田泉『幸田露伴』（中央公論社、昭和十七年二月）百七十二頁。

（4）明治二十三年八月、岡倉天心が米国人ガハードを招いて宴会を開いた時のことを篁村が作品化したなかに、「一（ひとつ）の船へ飛び乗れ□（欠）是は不思議（中略）皆□（欠）根岸党なり」という記述があり（饗庭篁村「今紀文」三、『東京朝日新聞』明治二十三年九月二日）、また森田思軒と推定される人物も「一舟に投ず、載する所殆ど皆な根岸党」と記している（「墨田川上一夕の佳話を伝ふ」、『郵便報知新聞』同年八月二十三日）のが、管見のかぎりでは「根岸党」という語の最も早い使用例である。

（5）執筆者不明「一ぷく」（『新潟新聞』明治三十三年十月二十日）。

（6）執筆者不明「逸事の二十五」（『自恃言行録』、川那辺貞太郎版、明治三十二年八月）百三十四頁。

（7）藤田隆三郎「逸事の六」（前掲『自恃言行録』所収）四十一頁。

（8）岡倉一雄『父天心』（聖文閣、昭和十四年九月）三十八～四十頁。

（9）饗庭篁村「逸事の十」（前掲『自恃言行録』所収）五十七～五十八頁。篁村はこの文章において、高橋健三と知りあったのを「十四年さきの夏」としており、この書が刊行された明治三十二年から十四年前であるとすると、明治十八年のこととなる。
（10）「画家転居」（『読売新聞』明治二十年八月二十三日）。
（11）依田学海『学海日録』第七巻（岩波書店、平成二年十一月）百八十六頁、二百十二頁。
（12）「幸堂得知翁逝く」（『二六新報』大正二年三月二十三日）。
（13）岡倉一雄『父天心』（前掲）五十五～五十六頁。
（14）饗庭篁村「根岸時代の岡倉覚三氏」（『美術之日本』大正二年十月）七頁。
（15）饗庭篁村「塩原入浴の記」（『読売新聞』明治二十一年六月十四日～二十日）。
（16）藤井淑禎は「根岸党における露伴」（前掲）において、「『読売新聞』に書き継がれていた篁村の紀行文が、特に得知を相棒とすることによって次第に〈遊び〉の要素を色濃くしてゆく」と指摘している（四十三頁）。
（17）饗庭篁村「霧積温泉」（『読売新聞』明治二十一年八月一日～九日）、宮崎三昧「二日一夜の記」（『新文学誌』同年十月、未完）。
（18）饗庭篁村「郊外漫遊の記」（『読売新聞』明治二十一年九月九日）、中井錦城「第一回近郊漫遊之記」（『読売新聞』同年九月三十日）、饗庭篁村「抜まゐり」（『読売新聞』同年十月十九日）。なお、「第二回近郊漫遊之記」の附記には次回から川崎千虎も加わるとあるが、このあと近郊漫遊を描いた作品が発表されていないため、詳細は不明である。
（19）饗庭篁村「箱根修禅寺伊東熱海駆めぐりの記」（『読売新聞』明治二十一年十二月一日～十五日）、幸堂得知「駆巡記中幕鳥追爺々」（『読売新聞』同年十二月八日）。
（20）饗庭篁村「燈台下明しの記」（『読売新聞』明治二十二年二月二十四日）。
（21）高橋太華「影まつりの記」（『読売新聞』明治二十二年九月二十七日）。
（22）饗庭篁村「箱根ぐちの記（一名五日の恥）」（『読売新聞』明治二十二年六月十九日～二十五日）、幸堂得知「箱根ぶちぬ記（一名国府津初納涼）」（『読売新聞』同年六月二十七日～二十九日）。

(23) 饗庭篁村「観月園遊会」（『読売新聞』明治二十二年九月十三日）。
(24) 饗庭篁村「雨見の記」（『読売新聞』明治二十二年九月二十五日）。
(25) 饗庭篁村「七墓巡り」（『読売新聞』明治二十二年十月二日〜五日）。
(26) 饗庭篁村「紅葉と菊」（『読売新聞』明治二十二年十月二十九日）。
(27) 饗庭篁村・高橋太華「山めぐり」（『読売新聞』明治二十二年十一月二十日〜十二月七日、未完）。なおこの旅行についても、得知が「甲府道中想像記」（『読売新聞』同年十一月十四日）を書いて、「山めぐり」に呼応している。
(28) 関根只好・幸堂得知「純帳（ママ）巡り（初日）」（『読売新聞』明治二十二年十一月十二日〜十三日）。以下、作品では「緞帳」の表記がすべて「純帳」とされているが、本書では「緞帳」とした。
(29) 饗庭篁村「純帳（ママ）めぐり（第二回目）」（『読売新聞』明治二十二年十一月二十八日〜二十九日）。
(30) 幸堂得知・関根只好「純帳（ママ）めぐり（第三回目）」（『読売新聞』明治二十二年十二月六日〜七日）、幸堂得知・関根只好「純帳（ママ）巡り　第四回目（常磐座）」（『読売新聞』明治二十三年三月二十四日〜二十五日）。
(31) 得知と只好による合評には、「歌舞伎座劇評」（『読売新聞』明治二十二年十一月二十九日〜十二月一日）、「新富町桐座劇評」（『読売新聞』同年十二月二十三日〜二十六日）、「寿座劇評」（『読売新聞』明治二十三年三月七日〜八日）、「新富町桐座劇評」（『読売新聞』同年三月九日〜十五日）などがある。
(32) 須藤南翠「桐座芝居評判記」（『改進新聞』明治二十二年十一月一日）、幸堂得知「歌舞伎座慈善会三日演劇の評」（『国民新聞』明治二十五年五月四日〜五日）など。
(33) 饗庭篁村「雁は八百矢は三本」（『東京朝日新聞』明治二十三年一月七日）、饗庭篁村「大福引」（『東京朝日新聞』同年二月十一日）。
(34) 饗庭篁村「木曾道中記」（『東京朝日新聞』明治二十三年五月三日〜七月三日）、幸田露伴「乗興記」（『大阪朝日新聞』同年五月十八日〜六月五日）、中西梅花「をかし記」（『国民新聞』同年六月十二日〜十八日、未完）、依田学海『学海日録』明治二十三年五月二十三日（第八巻、岩波書店、平成三年一月）七十九頁、中西梅花「坪内逍遙宛書翰」年不明五月十六日（『坪内逍遙研究資料』昭和四十四年九月）九十九頁、幸田露伴「まき筆日記」（『枕頭山水』、博文館、明治二十六年九月）。

篁村が「四月の桜」という題だけ伝えている太華の作品は、当該時期の『東京公論』が所在不明のため、未見である。

(35)　注（4）参照。そのほか、中西梅花は十月に内田魯庵に宛てた書翰で「根岸党は如何」と記しており（本間久雄「梅花伝拾遺」、『明治大正文学研究』昭和二十五年五月、百十二頁）、幸堂得知の文章にも「例の我根岸党打連立て」「我根岸党が遠慮なしの素人評を掲げん」（「寿座演劇略評」一、『国民新聞』明治二十三年十一月二十日）などの使用例が認められる。

(36)　中西梅花「梅花道人、地獄谷よりの来翰」（『国民新聞』明治二十三年七月二十二日）、中西梅花「旅徒然」（『国民新聞』同年八月十日～二十七日、未完か）、内田魯庵「滝見物」（『国民新聞』同年八月十日）、幸田露伴「地獄渓日記」（『城南評論』明治二十五年六月）。なお梅花は赤城山を下ったのち、磯部温泉に滞在していた篁村のもとを訪れており、篁村がそのことを作品に書残している（饗庭篁村「入浴一週間」（『東京朝日新聞』明治二十三年七月三十日）。

(37)　宮崎三昧「口上」（『東京朝日新聞』明治二十三年九月二十七日）。

(38)　饗庭篁村「七草見」（『東京朝日新聞』明治二十三年十月十日～十四日）。これらの歓送迎会の資料としては、岡倉一雄『父天心』（前掲）七十～七十七頁、饗庭篁村「一二三の思ひ出」（『天心先生欧文著書抄訳』、日本美術院、大正十一年九月）追想録一～三頁、饗庭篁村「陸羯南宛書翰」明治二十三年十一月十四日（『陸羯南全集』第十巻、みすず書房、昭和六十年四月）九十五頁などがある。

(39)　石橋忍月「新年前後の諸作」九（『国会』明治二十四年一月二十五日）、石橋忍月「四天狗探梅の記」（『国会』同年一月二十七日～二月三日）、石橋忍月「寿座狂言評」（『国会』同年三月十日～十三日）。

(40)　饗庭篁村「徳利の行方」（『東京朝日新聞』明治二十四年三月六日）、饗庭篁村「女旅」（『東京朝日新聞』同年三月七日～二十一日）、饗庭篁村「歌舞伎座劇評」（『東京朝日新聞』同年六月九日～二十五日）、饗庭篁村「ぶらつき初め」（『東京朝日新聞』同年八月二十三日～二十六日）、饗庭篁村「曲亭翁の墓に詣づ」（『東京朝日新聞』同年十一月二十二日～二十五日）。

(41)　幸堂得知「洒落幸兵衛」（『東京朝日新聞』明治二十四年七月十二日～二十一日）、幸田露伴「当世外道の面」第二　大通外道（『国会』同年八月十八日）。得知の作品は『金々先生栄華夢』など、黄表紙の仕立てを強く意識している。また紀行は書かれなかったが、三昧が「偶筆（国民之友附録を読む）」其一（『東京朝日新聞』同年八月十八日）で、八月中旬に天心、露伴、太華、篁村と一泊で熊谷まで鮎釣りに出かけたことをおおやけにしたような例もある。この旅行については、後年の露伴による回想が残っている（岡倉一雄『父天心』（前掲）七十九～八十頁）。

(42) 執筆者不明（内田魯庵か）「文学一班」（『日本評論』明治二十四年五月）十四頁。

(43) 執筆者不明「時文評論」（『早稲田文学』明治二十四年十一月）二十六頁。

(44) 塩谷賛『露伴と遊び』（前掲）四十四～四十九頁。

(45) 拙稿「高橋太華『雅俗日記』（明治二十五年）翻印と注釈」（『東海大学紀要文学部』平成二十三年三月～）。この稿は現在も継続連載中である。

(46) 宮崎三昧・須藤南翠・饗庭篁村・幸堂得知・関根只好・久保田米僊・森田思軒「深野座初春狂言評判記」（『東京朝日新聞』明治二十五年三月十日～十八日）。

(47) 関根只好・森田思軒・須藤南翠・高橋太華・久保田米僊・宮崎三昧『評判記』（歌舞伎新報社、明治二十五年五月）。

(48) 関根只好・森田思軒・幸堂得知（推定）・須藤南翠・談洲楼燕枝（推定）「港座評判記」（『歌舞伎新報』明治二十五年六月一日～七日）、幸堂得知「横浜湊座観劇並道の記」（『国民新聞』同年六月七日～九日）、饗庭篁村「春木座評判記開口」（『東京朝日新聞』同年六月七日）、饗庭篁村・関根只好・森田思軒・久保田米僊・幸堂得知・談洲楼燕枝（推定）「春木座評判記」（『東京朝日新聞』同年六月八日～十八日）、関根只好・森田思軒・高橋太華・久保田米僊・須藤南翠・幸堂得知（推定）・「黙庵主人」（不詳）「歌舞伎座評判記」（『歌舞伎新報』同年六月十日～二十三日）、三木竹二・「高帽外道」（不詳）・「へこ帯外道」（不詳）・「通がり外道」（不詳）・「天保外道」（幸堂得知と推定）・「猪尾助外道」（関根只好と推定）「若竹亭評判記」（『歌舞伎新報』同年七月四日～十日）。

(49) 関根只好「劇評家の今昔」（『新演藝』大正七年四月）九十六頁。只好のこの回想には、先年の「緞帳巡り」や合評会の展開が詳しく記されている。

(50) 関根只好「劇評家の今昔」（前掲）百頁。

(51) 幸堂得知「畿内桜日記」（『国民新聞』明治二十五年四月二十六日～二十七日、未完）。なお、得知は後年、米僊の追悼文

に「友と親密なる交際を結ぶは、相対の旅行に優れるものなし。予が翁と旅行したるは廿五年の春なりき」と記している（「米僊翁との交際」、『東京朝日新聞』明治三十九年五月二十一日）。

(52) ただし、かならずしも厳密な月例ではなかったようである。たとえば八月には、党員がそれぞれ別々に旅に出ており、残っている作品としては、太華との旅を描いた幸堂得知「塩原の大滝」（『国民新聞』明治二十五年九月十五日〜二十二日）などがある。また、露伴が東北を旅行したおりの紀行、「易心後語」（『国会』同年七月十四日〜八月三十日）には、単独の旅であったにもかかわらず、根岸党の人々への言及が幾度も出てくる。これについて、詳しくは第八章を参照されたい。

(53) 饗庭篁村「二日の旅」（『東京朝日新聞』明治二十五年五月十一日〜十七日）、幸堂得知「四季をりく〵　玉川の鮎狩」（『国民新聞』同年七月六日〜二十日）、饗庭篁村「茸不狩の記」（『東京朝日新聞』同年十月七日〜十六日）、饗庭篁村「さきがけ」（『東京朝日新聞』明治二十六年二月十四日〜十八日）。なお、得知の作品には六月の二日旅行として「本牧」に出かけたことが記されているが、これは前述した横浜港座での合評会を指すと考えられる（注（48）参照）。

(54) 幸田露伴「楽々会宛書翰」年月日不明（『露伴全集』第三十九巻、岩波書店、昭和三十一年十二月）四十六頁。

(55) 饗庭篁村「月ヶ瀬紀行」（『東京朝日新聞』明治二十六年四月五日〜五月十日）、幸堂得知「春の旅」（『国民新聞』同年五月三日〜六月二十四日）、森田思軒「探花日暦」（『国民之友』同年四月二十三日〜六月三日）、高橋太華「伊勢の旅」（『露伴全集月報』第15号、岩波書店、昭和二十六年二月）。

(56) 藤井淑禎「根岸党における露伴」（前掲）四十八頁。

(57) 依田学海『学海日録』第九巻（岩波書店、平成三年三月）二百八〜二百九頁。

(58) 幸田露伴「森田思軒宛書翰」明治二十六年十二月八日（『露伴全集』第三十九巻、岩波書店、昭和三十一年十二月）四十八頁。

(59) 「明治二十七年三月十六日会誌」（『露伴全集月報』第15号、前掲）五頁。

(60) 久保田米僊「富士見西行」六（『国民新聞』明治二十七年三月一日）。

(61) 饗庭篁村「水戸の観梅」（『東京朝日新聞』明治二十八年三月三日〜十七日）、饗庭篁村「坪内逍遥宛書翰」明治二十七年（ママ）三月三日（『坪内逍遥研究資料』昭和五十年五月）四十六〜四十七頁。篁村の書翰は、掲載誌では明治二十七年のものとされているが、文中「博覧会見物」の語句があることから、第四回内国勧業博覧会が開かれた明治二十八年の執筆と推定される。
(62) 斎藤緑雨「坪内逍遙宛書翰」明治二十六年（推定）五月十九日（『坪内逍遙研究資料』昭和四十六年十二月）百十一頁。
(63) 月ヶ瀬旅行の際、彼らが「硬派」と「軟派」の二つに分れて行動を別にし、おたがいに張りあったことなどは、その典型例である。
(64) 幸堂得知「江の島詣」（『太陽』明治三十年七月二十日）二百二十三頁。
(65) 内田魯庵『きのふけふ』（博文館、大正五年三月）百七頁。
(66) 篁村がはじめて得知に会ったのは藍泉の紹介によるものであり（饗庭篁村「幸堂得知氏の影像に題す」、『国民新聞』明治二十四年四月四日）、二人は藍泉や新二らをまじえて「昔を語る」のを主旨とする「旧談会」を「月一回づゝ」催していた（饗庭篁村「南新二君」、『太陽』明治二十九年三月五日）。
(67) 鶯亭金升『明治のおもかげ』（山王書房、昭和二十八年十一月）八十三～八十五頁。
(68) 塩谷賛『露伴と遊び』（前掲）三十六頁、百五十二頁。
(69) 木下長宏『揺れる言葉』（五柳書院、昭和六十二年三月）。
(70) 藤井淑禎「楽境と苦境と―露伴「苦心録」の周辺―」（『東海学園国語国文』昭和五十四年九月）百五頁。
(71) 饗庭篁村「勧業博覧会素人評」（『東京朝日新聞』明治二十三年四月二日～五月三日）。
(72) 中西梅花・坪内逍遙・尾崎紅葉「博覧会余所見記」（『読売新聞』明治二十三年四月六日～二十八日）。
(73) 藤井淑禎「楽境と苦境と―露伴「苦心録」の周辺―」（前掲）百五頁。
(74) 饗庭篁村「燈台下明しの記」（前掲）。
(75) 執筆者不明（内田魯庵か）「文学一班」（前掲）十四頁。

第七章　根岸党の旅と文学――『草鞋記程』論――

一

明治二十五年十一月二十日、九名の文人たちが上野駅から、上州の名峰妙義山へと旅立った。行をともにしたのは幸田露伴、幸堂得知、須藤南翠、高橋太華、森田思軒という五人の作家、久保田米僊、富岡永洗という二人の画家、それに劇評家の関根只好と紙商にして蔵書家だった楢崎海運で、すなわち同時代人から根岸党と呼ばれた文人サークルの面々である。このうち、数日来の微恙を理由に大宮から帰京した海運を除く八名が、まずは松井田に宿って明くる日妙義山麓の景勝を遊覧し、さらにその晩、磯部の湯宿に膝を暢したのであった。

旅程はわずかに二泊三日、さして奇とするにも足らぬこの旅が、しばしば根岸党の活動を代表する行事として語られるのは、ひとえに彼らの共同で執筆した紀行文が単行本『草鞋記程』（高橋省三版、明治二十五年十二月）として版行されたことによる。[1] 元来、根岸近傍在住という地縁を軸にした遊び仲間であった根岸党は、法曹や官吏など様々な人物から成立っており、彼らの日常的な交遊が作品化されることは稀だった。ところが、明治二十一年ころより文人たちが党の中心となるにつれて、彼らの遊びを描いた作品が次々に発表されはじめる。「草鞋記程」は、そのなかでも最も大規模な作品であると同時に、交替で書かれた紀行の本文にほかの参加者が自由に鼇頭評を附し、さらに同道した米僊と永洗が挿絵を描くという、ジャンル横断的な文人集団だった根岸党の性格を反映した特徴的な形式を有しているのである。

まずは彼らがこの旅を企画し、作品化するまでの経緯を整理しておこう。幹事となった得知と思軒が、根岸党の仲間である饗庭篁村に参加を呼びかけた手紙が残っているので、その全文を示す。

拝啓、先日一寸芝居にて御話申上候二日旅行の義、段々人気集候に付、来二十日午前七時半までに忍川に相集り、向ふ所を定むべきやう相談仕候間、何卒其御積にて御出馬願上候。どこに参候にせよ、八時何分の汽車にでも差支なく乗れるやうとの説にて、七時半揃と仮りに致候。雨天なれば、極近くの余りぬれさうもなき処へ参るべく、晴天なれば相談次第、妙義にても富士山にても登るべしとの説に候。因て晴雨共と願候。尚此たびの二日旅行は、知合ひの仲間同士は暗に須藤の送別の心をも籠めむとの事に候間、何卒万障御くり合せ、艶事御抛擲にて必ず御出願上候。／十八日／鈴木利平　森田文蔵／饗庭賢台　座右(2)

結局、篁村は参加を見合わせたのだが、この手紙からは今回の旅行が、「二日旅行」の一つとして企図されたことが知られる。これは前章でも述べたように、月に一回程度、一泊二日で関東近縁を旅する恒例の催しで、明治二十五年五月に柴又から市川船橋のあたりを歩いたのを皮切りとして、六月にはおそらく横浜の本牧に、七月には多摩川の鮎狩りに出かけ、十月は佐野の唐沢山で茸狩を楽しみ、翌年二月には鎌倉から金沢杉田のあたりを周遊した(3)。特定の趣旨や目的を持たない、ゆるやかな遊びのサークルだった根岸党としては、比較的まとまった行事と言えよう。

もっとも、今回は目的地が妙義山とやや遠く、旅程も二泊三日に延びたのであるが、そこには右の手紙に見える、「須藤の送別の心」が働いていたのであろう。これは、党の一員であった須藤南翠が属していた『改進新聞』を退き、『大阪朝日新聞』入社のために下阪する、その送別の心を籠めたのである。合作紀行が単行本化されるという、根岸党では例のない試みが行われたのも、同様の事情によるものであった。単行本の巻頭に置かれた高橋太華の「緒言」には、次のようにある。

南翠須藤君（中略）今将に筆を載して関西に赴かんとす、（中略）奇策を建つる者あり、曰く（中略）南翠君と相携へて妙義山の奇を探り、同遊者筆を合せて其記行を作り、一巻と成して以て君に贈るに若かんやと、諸同人皆之を妙とす。此篇蓋し之によりて成るものなり。（「緒言」オ）(4)

また、本作が明治三十九年一月の『新古文林』に再録されたおり、おなじく太華が執筆した「草鞋記程を登載するに就て」にも、同様の経緯が示されている。

草鞋記程は、往年同人相伴ひて如美山（ママ）に遊べる時の紀行なり。折しも須藤南翠氏大阪朝日新聞社に聘せられて東京を去らんとする時なりしかば、此旅行を以て送別留別の、小宴に代へんしたる（ママ）なり。（八十頁）

このように、『草鞋記程』は南翠送別の記念品として製作された書物であった。時おり旅行にも加わるなど、根岸党の人々と深いつながりを持っていた出版社学齢館の経営者、高橋省三の協力のもとに版行された二百部も、すべて非売品として党員に配られている。(5)すなわち本作の執筆にあたっては、太華が「緒言」に「此篇敢へて他人をして読ましめんとするものにあらず」（「緒言」オ）と記しているように、新聞掲載の作品ほど一般の読者を意識する必要がなかったわけである。だとすればここには、党での遊びのなかから生み出されたがゆえに、話題や素材の持つ閉鎖性と一般読者に向けた可読性との緊張関係をつねに抱えていた根岸党の文学の特質が、最も希釈されない形で表出していると見ることができる。

しかも本作には、党員たちの執筆した原稿が一冊の稿本にまとめられて、現在は慶應義塾図書館に所蔵されている。太田臨一郎によれば、これは「塾員である太華の令息から図書館に寄贈せられた[6]」、太華の遺蔵書中の一冊であった。施された推敲のほとんどは修辞上の改変にすぎないが、そこには活字となった本文からは知りえない、多数の執筆者の原稿が集められ、たがいに評が附されて一つの作品にまとめられるという本作の成立過程を如実に見ることができる。すなわち、この稿本を手がかりに「草鞋記程」を分析することによって、根岸党の人々が彼らの旅という題材を、笑いを基調とした特徴的な作品に仕立てあげてゆく方法を明らかにできるのである。

二

はじめに「草鞋記程」稿本の書誌を確認しておこう。

稿本は慶應義塾図書館蔵（110X-326/A-1）。縦二七・四糎×横一六・七糎の写本で一巻一冊、袋綴（大和綴）。草色表紙の中央に書題簽「草鞋記程稿本　七人合筆　〈印「太華山人」〉」を貼附。裏表紙左下には、請求記号を記したシールが貼られている。扉はなく、第1丁オモテに「慶應義塾図書館蔵」「太華山房蔵書」の蔵書印が押されている[7]。本文は原則として墨で記され、訂正および鼇頭評については墨と朱が混在する。また、活字の大きさなど印刷に関する指示やノンブルが随所に朱で記入されており、印刷に用いた原稿がそのまま製本されたことがわかる。

丁数は一応六十二丁と数えられるが、一部には袋状になっていない半丁弱の紙が、綴じられたり糊づけされたりしており、そうした部分を一律に半丁と数えれば、総丁数はさらに増えることになる。ただしこれらは、本書に綴じられている党員たちの原稿に、各人の用いた用紙や、また推敲や編集の過程での切貼りに由来する紙の大きさの違いがあるため、やむなく本のノドで折返したものにすぎない。よって、独立した丁ではなく、前の丁の附属部分と見なすのが妥当であろう。

また、裏見返しには単行本『草鞋記程』の製作について伝える、次のような識語が記されている。

此書には永洗氏二図、米僊氏三図の挿画あり。皆二氏の描写し、更に木版に刻して寄贈せしもの。(8) 印刷製本は学齢館主高橋省三の義侠に成て、凡そ二百部を製して非売品とし、五十部を南翠氏に贈り、残余を七人分割して各知友に頒つ。表紙の標題は思軒の撰ぶ所にして、又其筆なり。〈印「高」「太華」〉

この識語が高橋太華の筆になり、また本書ももとは彼の蔵書であったことから、雑誌『少年園』などの編集者だった太華が、本作の編集にも従事したと見てよい。原稿から稿本への改装者は不明だが、高橋太華か、もしくは「表紙の標題」を記したとされる森田思軒であろう。この「表紙」は単行本のものか稿本のものかはっきりしないが、いずれの題簽も同筆であるので、思軒が稿本装幀の最終段階に関わったことは間違いない。ただし、その役割はおそらく題簽の揮毫者たるのみならず、太華とともに編集の任にもあたっていたようである。

そのことは、いくつかの周辺資料によって裏づけられる。たとえば、筆者は現在、高橋太華の遺族から寄託を受けて、様々な人物から太華に送られた書翰類の調査を進めているが、そのなかに米僊が思軒に送った葉書が確認できる。文末の日づけには「弐六日」とあり、また消印が明治二十五年十一月二十七日となっているので、二十六日の遅い時刻に投函され、翌二十七日に配達されたことがわかる。その文面は、以下のとおりである。

昨日推参の処、よぎなき次第に而欠約仕候。偖、過刻差上候拙稿中、草鞋わ（ママ）云々はお草鞋はこうめすものと涙くみに御坐候間、何卒御改置被下度、此段願上候。挿画三面認、既に彫刻に相廻し候間、出来次第差上可申上候。高橋氏のみゝづくの事、小生の受持の処書もらし候間、どなた様の処に而も十分に御書被下度願上候。一昨市村座へ参趨、御高説に感じ候。歌舞妓の慈善は是非御供願上候。先者右用迠如是候。[9]（傍点原文）

文中、訂正が依頼されている「お草鞋はこうめすものと涙くみ」とは、単行本『草鞋記程』の米僊執筆箇所（十六ウ）にある文章であり、稿本に綴じられた自筆原稿では「草鞋はこうめすものと涙かな」と記されていた（29ウ）。また、その直前に「過刻差上候拙稿」とあるが、稿本の第24丁と第25丁の間には、「武蔵東京芝口／廿五年十一月／二十六日／リ便」の消印を持つ米僊から思軒宛の封筒が挟まれており、[10]書状は失われているものの、日づけから見てこれが原稿を送付したおりの封筒であろう。引用部の後半では挿絵の進捗状況も報じられており、こうした通信の宛先となっている森田思軒が編集に関わっていた可能性は高い。そして同時に、この葉書が稿本同様、高橋家に伝わっていたことから、当時根岸で近傍に住していた太華と思軒が、[11]協力して編集を行ったと推定できるのである。

米僊が原稿を発送した十一月二十六日は、二十二日の帰京からわずかに四日後であるが、若干の遅速はあれ、ほかの執筆者たちの原稿も相前後して届けられたものであろう。『草鞋記程』国立国会図書館本の刊記によれば、単行本の印刷は十二月二十五日、出版は翌二十六日であったから、印刷に要した日数を考慮すると、おたがいの文章に評を附し、編集して完成形にする作業は半月あまりで行われたことになる。原稿から稿本への改装時期は不明だが、巻末の識語以外には特に加筆が見られないので、ひとまず十二月の下旬から翌二十六年一月の上旬と見ておきたい。

「草鞋記程」稿本の概略は以上である。ただし、ここにまとめられた複数の執筆者による原稿は、それぞれ異なった特徴を有し、その背景にある別個の事情を物語っている。そこで次節では、個々の原稿をさらに細かく検討することで、本作の成立にいたる過程へと迫ってゆきたい。

三

稿本「草鞋記程」の全体は、太華による「緒言」（1～2）を除くと、執筆者の交替を区切りとして十五の節に分けられる。順に挙げれば、①只好（3～10）、②太華（11～12）、③思軒（13～15）、④露伴（16～22）、⑤思軒（23～25）、⑥米僊（26～29）、⑦南翠（30～35）、⑧得知（36～37）、⑨露伴（38～42）、⑩思軒（43～46）、⑪思軒（47～49）、⑫只好（50～55）、⑬太華（56～60）、⑭米僊（61）、⑮太華（62）である。富岡永洗は執筆に加わっていないが、これはおなじく画家であった久保田米僊が俳人や文筆家としても活躍していたのとは違い、活動の場を絵画にかぎっていたためであろう。この順番については、巻末に置かれた思軒による附記に「此行、本と鬮を拈して部を分ち、程を記す」（三十七ウ）とあって、くじで決められたと知られるが、稿本ではまた只好が執筆した①の掉尾（10ウ）にも次のように記されていた。(12)

　東西〳〵、一字下げて御断りを申は余の儀にても候はず。余が此の道の記を［の］序開きを叙したるは、何も役者が悪だからと申次第にては無之、各々一場づゝ、拵［もち］番の籤(13)に当り、乃ち余が《10ウ、全体に取消線》

ただしこの文章は朱で抹消され、単行本には存在しない。また、続く原稿も綴じられておらず、次の第11丁からは太華の筆になる②がはじまっている。抹消の理由は不明だが、内容が巻末の附記と重なるためと見るのが自然だろう。ここには、原稿が集ったあとで行われた編集作業の痕跡を看取できるが、①にはほかにも、作品の生成過程を示唆するいくつかの問題が含まれているのである。

只好が担当したこの①は、根岸党の面々が下谷の料亭忍川に集合し、上野の停車場に向うまでの旅の発端を描いた部分である。おなじ只好の⑫と同様、縦が本自体よりも三糎ほど短い無罫の紙に記されており、①と⑫の本文は同筆であるが、それとは異なる筆蹟で朱や墨による訂正が施されている。この訂正の筆蹟が、ほかの節に書込まれた只好の評の筆蹟とおなじであることから、こちらを彼自身の筆と見るべきであろう。すなわち、①および⑫は別人による清書稿と考えられるが、その筆蹟は稿本に筆を執っているいずれの執筆者とも異なるため、清書者の特定は困難である。

この①に関して注目すべきは、思軒が朱で記入した一箇所を除く太華、思軒、露伴の鼇頭評と、本文中ほどに差挟まれた太華による短い附記が、みな本文と同筆で記されている点である。これにより、彼らが評や附記を書加えたのは、清書作業よりも前であったとわかる。さらに、清書部分に施されたルビのほとんどが抹消されていること、またほかの節では鼇頭評の執筆者名が「露曰く」のように一字で示される一方で、清書部分では「露伴曰く」と記したうえで訂正されていることなどから、清書が行われたのは表記方法の統一以前の、早い段階であったと推定できる。(14) だとすれば、おそらく最も早くに原稿を手にした太華と思軒に加え、やはり彼らの近隣に住していた露伴もまた、作品に積極的に関わっていたという推察が成立つだろう。

たとえば全体に施された鼇頭評を見ると、太華と思軒、露伴、それに只好の評は数が多いうえ、様々な濃度の朱や墨が混在し、幾度にもわたって書込まれたことがわかる。対して南翠が評に用いた薄墨、得知が用いた朱はすべて同一と見られ、一度に書かれたと考えられるし、米僊にいたっては一箇所も評を寄せていない[15]。ここから、編集と推定される太華と思軒に、露伴と只好を加えた四名が中心になって本作を作りあげ、ほかの四名はやや距離を置いて参加していたことがうかがえる。これはおそらく、南翠が転居の準備などに多忙であったことに加え[16]、米僊や永洗はまだ根岸党に加わって間がなく[17]、また早くから党の中心的存在だった得知も、作品の執筆にはさほど積極的でなかったという事情によるものであろう[18]。

米僊の⑥もまた、露伴が単なる寄稿者にとどまらなかったことをうかがわせる節である。この節は太華による清稿（26〜28）と米僊の自筆原稿（29）から成るが、太華は清書に自身の担当箇所（②・⑬・⑮）で用いた縦24字×横16行の藍罫の原稿用紙ではなく、④・⑨で露伴が使ったのとおなじ、縦26字×横20行の朱罫の原稿用紙を用いている。太華は「緒言」もこの朱罫の用紙に書いていることから、作品の編集時、両者の間に何らかの関わりがあった可能性は高い。清書が行われた理由は、無罫の紙の全面に書かれた米僊の自筆稿に評を書く余白がなかったためと考えられ、清書稿では上部五字分に設けられた空白に鼇頭評が書込まれている。なお、清書のおりに若干の改稿、および誤字や変体仮名の訂正が見られるが、これが米僊の意によるものかどうかはわからない。

一方、おなじく米僊の⑭も紙の全面に書かれているものの、清書がなされていない。これは、⑭が単行本では独立した節を構成せず、一連の太華の文章（⑬・⑮）に挿入された長文の附記となっているためだろう。詳しい理由は不明だが、本作では附記部分には評が附されないため[19]、余白が不要だったと考えられる。この部分の成立経緯は複雑で、また「草鞋記程」の方法について考えるにあたって重要な問題が含まれているので、まずは完成した単行本の当該部分の形態から見てみよう。

《二十二日の朝食のあと》米仙永洗南翠只好は、平生最も尊信欽慕（ママ）する斧九太夫の墓に詣る。九太夫泉下にて、必ず我友の来るを喜びしなるべし。

米僊附記、南翠只好永洗の三氏と共寿館を出づ。《中略、以上三十五オ、中略、以下三十七オ》因云、佐々木盛綱母といへる古墳二基あり、その事蹟不詳。《ここまで一字下げ、ただし最終行のみ二字下げ》思軒得知露伴と余とは前山に鳥を逐ふて路に大蛇を撃ち、《後略》

すなわち、朝食のあとで一行は米僊・永洗・南翠・只好と、太華・思軒・得知・露伴の二手に分れた。そして、忠臣蔵に登場する斧九太夫（大野九郎兵衛）の墓を詣でた米僊たちの記事が、一字下げの附記として挿入されたうえで、ふたたび太華の本文に戻って、彼らの銃猟と一行が揃っての帰京が記述されるのである。こうした形態に即して言えば、⑬・⑭・⑮をそれぞれほかの節と同等に扱うことはできず、米僊の附記を含んだ太華による一つの節とすべきだろう。しかしながら、この部分を稿本で確認すると、米僊の原稿がもとは単独の一節として書かれていたことに気がつく。続いて稿本の体裁を示そう。

米仙永洗南翠只好は平生最も尊信欽慕（ママ）する木［小］野斧九郎兵衛［太夫］の墓に至り《以上、60ウの第二行十四字めまで（⑬）。原稿用紙はここで切断され、別紙による裏貼りに「「以下別行一字下ゲ」と朱で注記》

《以下61オ》磯部　錦隣子［米仙］／●●●●《「一字下ゲ四号」「一字下ゲ」と朱で注記》牛前八時何分の流

車にて帰るといふ評議も、長飯の為十一時も間に合ぬといふこと、夫れでは十時●拾何分、然るべしと一決し、南翠只好永洗の三氏と共寿館を立出ぬ。《中略、以上61オ、中略、以下61ウ》因云、佐々木盛綱母といへる古墳二基あり、その事蹟不詳。《以上61ウ（⑭）》
《以下62オの第十五字めから（⑮）。それ以前は別紙による裏貼りで未記入》思軒得知露伴と余とは前山に鳥を逐ふて路に大蛇を●し撃ち、《後略》

このように、米僊の文章は太華の⑬・⑮とは別の紙（第61丁）に書かれ、しかも冒頭には章題と署名も置かれており、彼が独立した一節を担当していたことがわかる。

一方で太華の文章に関しては、行の途中の第十四字めまでで切断された⑬の末尾と、第十五字めから書出された⑮の冒頭とが本来は連続しており、裁断と裏貼りによって別々の丁に仕立てられたことは明白である。さらに、⑬はおもに二十一日の夕方以降を扱い、そのまま二十二日朝の記述である右の引用部まで続いているのだが、その中段には朝食時に帰りの汽車を決めるという、米僊の⑭冒頭から抹消されたのとおなじ場面が存在する（59ウ）。ところが稿本では、この部分が直前の文章とは別の紙に書かれ、切貼りによってつながれたことが確認できる。これらから、もともと二十一日の夕方以降をおもに扱った太華の原稿A、二十二日の朝食から帰京までを扱った太華の原稿B、および二十二日午前中の墓詣でを扱った米僊の原稿（⑭）が存在し、まずは中ほどで切断したBの前半をAに接続して⑬とし、この切断部分、すなわちBの後半（⑮）との間に⑭を附記として挿入したという経緯が推定できる。[20]

ただし、A・B・⑭の執筆順序については、なおも不明と言うほかない。Bに描かれた二十二日朝食時の場面は、抹消された⑭冒頭の記述を増補したように見えることなどから、太華が⑭を補う形でBを執筆したとも考えられる。

しかし、だとすれば不自然な切断を要さない形でも書けたはずであるし、また⑭をあえて附記にした理由も判然としないなど、この部分の成立事情を正確に解明するのは難しい。だがどちらの執筆が先であったにせよ、より重要なのは、おなじ時間帯を扱った原稿を並置したことには、二つのグループの行程をともに記述しようする意図を見て取れる点である。

「草鞋記程」の作中に、こうした意図を看取できる箇所は少なくない。たとえば旅程二日めの二十一日午前、松井田の宿屋を出発して妙義山の入口にある菱屋ホテルで休むまでを扱った、思軒による⑤である。この間、道すがら銃猟を楽しんだ露伴と太華は一行とは別に行動しており、二人の道中は露伴が⑤の末尾の附記に記している。稿本を見ると、この附記は無罫の紙に書かれた思軒の原稿の後に、おなじ紙を継いで書足されており（25ウ）、⑤を補う形で執筆されたとわかる。

次に、露伴の執筆した⑨を見てみよう。この節は、おもに一行が妙義山神社の奥の院周辺を遊覧する場面を描き、最後に山を下ってふたたび菱屋に入るまでを簡単にまとめている。ただしこの復路でも、露伴と太華および南翠は、ほかの五名とは別行動を取ったため、⑨の本文には彼らの道中しか記されない。一方、残りの五人は道に迷い、大きく迂路を取ってしまったが、この五人の行程は続く⑩で扱われるのである。

思軒が執筆した⑩は、一行が二手に分れた時から、五人が遅れて菱屋に着き、夕食ののちに磯部の共寿館に向けて出発するまでを扱う節である。すなわち、時間的には⑨の最後と⑩の前半が重なるわけだが、稿本に綴じられた思軒の原稿では、⑩の末尾に太華が次のような文章を記していた。

太華附記／余は南翠露伴の二子と、一行の先駆して一本杉を下り、径路を取らんとてけはしき阪四五丁降れども

《以下ノドの部分で判読不能、46ウ、全体に取消線》

一読して明らかなように、この附記は太華、南翠、露伴の三人の行程を扱っており、⑨の最後の部分と重複するため抹消されたのだろう。だとすれば、これが執筆されたのは露伴作の⑨が届けられる以前であったはずである。ここからは、奥の院近辺が露伴の、奥の院から菱屋までが思軒の担当であり、思軒が⑩を脱稿させた時点で、別行動をした三人について太華が附記を記したものの、おなじ内容が露伴の⑨に存在したため削除したという経緯が推定される。

これらの箇所では、紀行執筆者とは別のグループの行程を補完するため附記が追加されていたが、続く菱屋から共寿館までの道のりについては、より大がかりな編集がうかがわれる。この時は先発順に、太華と露伴、思軒と米僊、南翠と永洗、只好と得知という四組に分れ、それぞれ思軒が⑪、只好が⑫、太華は前述した⑬の前半で道中の出来事を描いた。南翠と永洗にのみ記述がないのは、永洗が執筆にたずさわらず、また多忙だった南翠は追加の執筆ができなかったためだろう。ここで注目すべきは、⑫の掉尾に置かれた次のような思軒の評語である。

思曰く、劇童子、初め浄瑠璃の道行に擬して此の一段をかく。（中略）実に巣林子の神を得たりしに、惜むべし、没書となれり。（三十二ウ）

すでに述べたとおり、⑫は別人による清書を経ているが、それ以前にも「浄瑠璃の道行に」擬した初稿が存在したとするこの記述は見逃せない。これを裏づけるのが、単行本で右の評語の前に置かれた只好の「自著自評」である。

その内容は、自分の文章は「土佐日記」を模したのだとふざけたものにすぎないが、稿本で見るとこの「自著自評」は本文とは別の紙片に書かれ、55ウの下部に貼附して挿入されている。その筆蹟が本文と同一であり、かつ製本時の柱と考えられる行間の空白が存在することから、この紙片を中央部分とする、決定稿とは異なる別の清書稿があったことは間違いない。

もっとも、この時只好が原稿を書きなおした理由は明かされていない。だがその直前に眼を移すと、⑩・⑪はともに思軒が執筆したにもかかわらず、途中で節が分れていて不自然であることに気がつく。実際、『露伴全集』第十四巻（岩波書店、昭和二十六年六月）所収の本文では、おそらく編集者の判断によって、⑪冒頭の署名が省かれて一節にまとめられている。しかしながら、稿本ではこの両者が別の節として書かれ、単行本や『新古文林』再掲の本文でもその形態を踏襲していることの意味は軽くない。

稿本のこうした体裁からは、菱屋から共寿館まで一行が分散したため、思軒がもともと担当していた⑩とは別に、⑪の筆を執ったという推察が成立つだろう。また太華も、おもに二十一日の夜を描いた⑬の前半で、露伴との道中をまとめて扱っている。だとすれば、只好が⑫を書きなおしたのも、これらとの整合性をつけるためだったのかもしれない。いずれにせよこの部分は、菱屋から共寿館までが只好、共寿館での夜が太華、そして翌二十二日が米僊の担当であったものの、一行が分散したため思軒が⑪を追加で執筆し、また太華は前述した原稿Aで共寿館までの道中をあわせて扱い、さらに米僊の⑭は何らかの事情から、太華の原稿Bに挿入した附記とすることで、⑩思軒・⑪思軒・⑫只好・⑬〜⑮太華（含む⑭米僊附記）という単行本の形にいたったと考えられる。

以上のように「草鞋記程」の稿本からは、「書中記する所、皆其意の向ふ所に任せ、他人少しも拘束せず、加除せず、潤色せず」（「緒言」オ）という太華自身の言葉の背後で行われていた[21]、編集作業の存在がうかびあがる。とはいえ、無作為をよそおうのは序文の定型でもあり、それ自体にさしたる意外性はない。しかしながら、太華、思軒、露伴、只好の四名が中心になって、集った原稿に手を加え、複数のグループの辿った行程を可能なかぎり網羅的に追おうとするその態度には、単に旅を記録して記念に残すという目的を超えた、ある意志のようなものすら感じられよう。そしておそらく、稿本から読取れるこうした執筆態度は、「草鞋記程」を一つの極点とする根岸党の文学の特質に深く関わっていたのである。

四

この「草鞋記程」の妙義山行にかぎらず、根岸党の旅ではしばしば、一行がいくつかのグループに分れる場面が出来する。その最も早い例としては、明治二十三年春の中仙道旅行において、木曾の上松で太華、露伴と饗庭篁村、詩人の中西梅花の二組に分れ、以後たがいに前後しつつも、ついに旅の終りまで再会しなかったことが挙げられよう。[22]とりわけ明治二十五年にはじまった「二日旅行」では、参加人数の増加もあって、毎回のように集散が繰返された。たとえば、次のような場面である。

> （篁村・太華・思軒の三人は—注）本道を行かんと、三人（只好・得知・南翠—注）には引別れてもとへ戻りて（中略）三人が彼方此方（あつちこつち）、狐に魅（つま）れたやうに畦に迷つて居る姿が見たいなど噂して来る四木（よつぎ）の川べりの茶店に、はや三人は待て居て、どうした狐に化されたのか（中略）と反対（あべこべ）に弄（なぶ）られて無念やる方なけれども（後略）
>
> （篁村「二日の旅」二一～二二）

一行が二手に分れて別々の道をゆくこの場面では、ほかの三名を出し抜いて先へゆこうとした篁村らが、逆に遅れて到着し、からかわれている。このような、ともに旅する一行が分散し、おたがいに揶揄しあう状況は、「草鞋記程」においても多数見受けられる。一例として、妙義山神社奥の院から菱屋に戻る帰路、露伴、太華、南翠がそれ以外の五名とは別行動をした箇所を見てみよう。思軒は⑩の本文で、五人の道中を次のように記している。

声色連中にて芝璃寛、猪尾団、三橋幸四郎など、知る人の間に名を知られたる三氏が例の妙音にて勧進帳をうたふを聞き〳〵、二すぢ道の処に達す。（二十五ウ）

これは芝に住む米僊、背が低くて猪尾助とあだなされた只好、上野三橋近辺在住の得知という三人の声を、歌舞伎の名跡に擬して興じた記述であり、結局彼らはこの「二すぢ道」を得知の指す方向に進んだため迷ってしまった。この箇所に、太華と露伴はそれぞれ「遙に五人が妙音を聞きて、カケスと誤り銃を擬するもの再三」「幸堂氏の大通、路をあやまれること必せり。一盲衆盲をひきて共に坑に墜るとは彼等がことならむと、我等噂しあひき」という評を寄せている（二十五ウ〜二十六オ）。もちろん、人の声をカケスと間違えて何度も撃とうとしたとは大げさであるし、また露伴たちが思軒らと合流する以前からすでに、彼らの迷った原因は得知の先導であったと知っていたはずはなく、これは単なる冗談にすぎない。だが重要なのは、実際の出来事であったかどうかはともかく、一行の二手に分れた状況を機として、作中にかかる応酬が生み出されていることである。

ほかにも、おなじく思軒が菱屋から磯部にゆく道のりを描いた⑪で、「唯だ只好幸堂の二氏ありて、未だ（共寿館に

―注）至らざるのみ」とした掉尾の部分に、露伴が「只好幸堂二氏、途中にてヘタバリし歟と我等は思ひき」と書込み、これに只好が「余は又、露伴和尚は已が鉄砲にてヲダブツになりしかと思ひき」と言返した箇所（二十九オ）や、あるいは同日午前中、別行動をした露伴が遠方の南翠らを空砲で驚かしてからかい、南翠が「千金の子は市に死ず、英雄の心得当に斯の如くなるべし」と気取った箇所（十四ウ）など、現実の一行の分散を背景に応酬が交される場面は数多い。これらの場面では、たがいの旅程に不在であった状況を利用し、異なる視点からの言葉を書込むことによって、揶揄や気取りのやりとりを楽しむ対話が展開されているわけである。そこには、相互にまなざしあい、からかいあう対話の〈場〉が生起していると言うことができ、ともに旅する一行の分散は、そうした〈場〉を作中に作り出す格好の素地になったのである。

もちろん、「草鞋記程」が単独の作者によって書かれたのではなく、ほかの参加者からの様々な反応もあわせて描き込まれる形式である以上、こうした対話の〈場〉は一行が分散した時だけでなく、作中のあらゆる場面に遍在する。たとえば、松井田の旅宿酢屋での只好の饒舌ぶりを記した露伴の④に、思軒が次のように書込んだ箇所を見てみよう。

> 是時、只好氏が得意になり燕枝の声色をつかひ居る処へ、宿屋の女房用事ありて入り来る。只好氏、咄をやめる。女房まじめに挨拶して曰く、ドウゾお構ひなく遊ま（ママ）して。（八ウ～九オ）

落語家、談洲楼燕枝の真似をしていた只好が、宿の女房の生真面目な応対を受けて鼻白んだところをひやかしたのであり、この言葉を受けて只好は、「燕枝の声色にては無く、自説の道徳論を講じたるなり」（九オ）とおどけている。

ここにも、思軒が只好の姿を捉えてからかい、只好は逆に気取ってみせるという対話の〈場〉は明瞭に示されている。また、⑫に只好が記した「長汀曲浦の深山路に、憂き旅忍びて辿り来しこととて」という本文に関して、思軒が「長汀曲浦の深山路一句、豈敢て膝を打て感賞無らざるべからず」と述べ（三十オ）、さらに「日はパッタリと暮れ果たり、曚（ママ）月夜の真の暗」という本文について、太華が「曚月（ママ）の一句、長汀曲浦の深山路と異曲同巧。（中略）才筆宛転、真に蒸汽機関の如し」（三十一オ）と評したのは、文章上の表現が俎上に載せられた例である。ここでは海浜の形容句が山道に用いられ、また月が出ていながら「真の暗」と矛盾する点が茶化されており、かわされる対話の話題は作中世界の出来事にとどまらないことがわかる。

　このように見ると「草鞋記程」は、取上げられる話題こそ様々であるものの、全体に揶揄や気取りを基調とした対話を大きな特色に持つと言えるだろう。そして只好が右の文章を、明らかにほかの党員からの反応を呼込むべく書いているように、彼ら自身、そうした対話から生み出されるユーモアが作品を支えていることを十分に認識していたと考えられる。多忙だった南翠にも、鼇頭評の記入が求められたのはそのためだとすれば、グループ間に一定の距離を生じさせ、対話を導く格好の状況となった一行の分散は、描き落せない重要な出来事だったはずである。すなわち、可能なかぎりすべてのグループの道中を網羅するよう行われた、附記の追加や編集作業は、彼らの旅を単一の紀行本文に集束させず、複数の行程の併行を顕在化させる意味を持っていたのではないだろうか。彼らがどこまで自覚していたのかは定かでないものの、それは根岸党の旅を作品化するにあたって選ばれ、その文学の根幹をなした一つの方法なのであった。

　とはいえ、「草鞋記程」と同様の合作形式を持つ作品は、ほかに明治二十六年三月の「足ならし」しかなく(23)、根岸党の活動を描いた作品の大部分は単独の作者によるものである。しかしながら、たとえば篁村の「二日の旅」にも一行の分散は記述され、かつ別のグループからの言葉も書きとめられて、対話の〈場〉が生み出されていることは、この節の冒頭に述べたとおりである。そして一行がともに行動する場面でも同様に、党員同士がからかいあう対話の構図が基調となっていることに変りはない。

（大船で汽車を乗換えようとし、乗換えは不要と教えられて―注）頭を掻いてまた元の汽車に乗る。真先かけて飛出したる太華氏、呼び返されたテレ隠しに、ナニ僕は便所を探しに行たのだと云訳せしが、小便に行くに鉄砲と酒の罎を提げずとも能からうと駄目をおされて、大にグンニヤリ。（篁村「さきがけ」一）

太華氏は弾丸込して小鳥を狙ふ。熱心と熟練の妙は実に驚くべし、銃の音にしたがツて鳥の落ること無数。但し皆空へ向つて上へ落つるにて、下へ落つるは稀の中にも稀なり。楢崎氏我輩に囁いて曰く、出立の甲斐々々しき上より見るも、太華氏の手際是ではあるまじ。思ふに今日は志す仏の日にて、鳥の他人に打たれんことを悲しみ、砲を発して追迯し置かるゝ積ならん。偶々弾丸に中るは、鳥が迯げるはづみに誤つて向ふから中りしなるべしと。予も此説こそ的の図星とうなづきぬ。（同、三）

明治二十六年春の鎌倉旅行の一齣であり、一つめの引用部では間違って汽車を降りた太華の「便所を探しに行たのだ」という苦しい言訳が、ほかの党員の言葉で囃されている。また二つめの引用部では、太華の鉄砲の当らないことがまず地の文で茶化され、続いて鳥を逃すためにわざと外しているのだろうとふざけた、海運の言葉が記される。執筆者の篁村でない別の発話主体を有し、作中に対話を現出させるこれらの言葉は、「草鞋記程」の鼇頭評と同等の位置にあると言ってよい。すなわち彼らの作品は、つねに視線の交錯や言葉の応酬などの複数性を内包した、まさに党としての文学なのであった。篁村や得知が彼らの旅を作品化しはじめた明治二十一年ころ、数人で一体となった失敗を直接読者に向けて演出する手法を用いていたのに対し、こうした党員相互の意識を描くように変化した明治二十三年から二十四年にかけて、彼ら自身「根岸党」を名乗り、またその呼称が一般にも定着していったのは(24)、おそらく偶然ではない。

五

以上のように根岸党の作品は、旅先の風景や事物、およびそれにまつわる感興よりも、旅を舞台にした彼らの遊びの様態を主要な題材としており、その意味では紀行文より道中記と称するほうが適切かもしれない。彼らが描き出したのは、気のおけない友人たちと旅した時の、おたがいの失敗や冗談を快活に笑いあう戯謔であった。これは程度の差こそあれ、一般に旅が有する一つの楽しみであるに違いない。しかしながら近代の紀行文のなかで、こうした楽しみを取上げた作品はきわめて少ない。

無論、旅を戯画化して滑稽に描くという発想は、こと明治の初期から中期にかけては珍しいものでない。たとえば、露伴とは同世代の尾崎紅葉や石橋思案らが、明治十七年に江の島に遊んだことを題材とした、「江嶋土産滑稽貝屏風」(『我楽多文庫』筆写回覧本、明治十八年五月~明治十九年五月)を見てみよう(25)。紅葉の執筆と推定されるこの作品は、多数の欄外評を有する点でも「草鞋記程」と共通するが、しかしながら次のような一節を見ただけでも、両作の間に存在する大きな懸隔は明らかだろう。

いざと床几を離るゝ折しも。今まで霽れし大空の。俄にかき曇り。遠雷の音ゴロ〳〵。雨の音サアッ〳〵。猪「愚二さん大変々々。愚「大変じや上に一トツ点が足らねへ、天変だらうス。（中略）愚二郎鈍太郎は冷かしてやらんと互に目配せして。愚「今朝方の空合じや、降らうとは合羽（カッパ）り気がつかなんだ。ド「足駄あたりふると思ひましただらうス。（第三回）

愚二郎、鈍太郎、猪尾介の三人が「五六ヶ月の店賃を践倒して」（第一回）、家財を売った路銀で出かけたという趣向のこの作品は、一九や三馬、鯉丈の名を引合いに出した評があるように（第六回）、いささか時代錯誤的なほどに滑稽本の風を模している。そこで旅が面白おかしく描かれているのは事実だが、すでに古びつつあった言葉遊びと悪ふざけの趣向によって著しく脚色され、また登場人物も現実の人間像からは完全に切離されていて、素材である紅葉たちの旅が持っていた空気を感じることは難しい。さらに「妙不可言」「作者苦心之処」といった欄外評も、内容には立入らずに文字どおりの評言を与えたにすぎず、党員同士の自由な対話が展開される「草鞋記程」の世界からは遠く隔っている。

もう一作、明治四十年夏に北原白秋、木下杢太郎、平野萬里、与謝野鉄幹、吉井勇の五人が九州を旅したおりの合作紀行、「五足の靴」（『東京二六新聞』明治四十年八月七日～九月十日）を見てみたい。鼇頭評こそないものの、「草鞋記程」同様に五人が交替で書き継いだこの作品は、しかし全体が次のような筆致で統一されている。

名も知らぬ石橋を渡らうとした時、M生は突然、『実に長崎に似て居るなあ。』と叫んだ。多くの氷水の露店が並んで居る辺、川の面に夕暮の残光が落ちかゝって居る辺、洋館めいた家が立つて居る辺（あたり）、一寸髣髴として其面影を忍ぶ事が出来る。長崎、長崎、あの慕かしい土地を、何故一日で離れたらう。（十七「熊本」）

吉井勇もしくは平野萬里が描いた、薄暮の熊本である。M生すなわち木下杢太郎の、「長崎に似ているなあ」という感慨が筆者にも内面化され、一行の視線は一体となって街の景色へと向けられている。幾山河をへだてた地が呼び起す旅情を描いた筆はたしかだが、そこに彼ら自身をまなざす視線は感じられない。まれに茂木から天草富岡へ向う船上などで、周囲の嘔吐の声を紛らすために歌う萬里と杢太郎、転倒して波間に落ちそうになった鉄幹らの姿が点綴されることがあっても（十）、それは時化の激しさを伝える一挿話にすぎず、まして彼らを揶揄する意識はまったく介在しないのである。

ほかにも大町桂月や田山花袋など、明治中後期に紀行文を手がけた人物は多いが、いずれも単独での執筆を原則とし、また作品を彩る美文は諧謔から遠く離れている。そして近代の紀行文は以後、基本的に寂寥や郷愁を秘めた旅情を描く彼らの方向性を踏襲していった。紅葉その人にしたところで、一人旅とはいえ明治三十二年の「煙霞療養」（『読売新聞』九月一日〜十一月十三日）の時点ですでに、旅を戯画的に描く発想は完全に失われているのである。このように考えてみれば、多人数での旅のなかで自然に生れる笑いを、複数の視線の交錯や対話などを効果的に用いることで、たくみに作品化してみせた根岸党は、一つの稀有な例であると言えよう。

かかる文学が成立した背後にはおそらく、前章において述べたようにある目的や主義主張によって結束したのではなく、したがってかならずしも全員での行動や見聞を重んじない、根岸党のゆるやかな様態が影響していた。加入の条件もなく、無論規則や会則もなく、旅のような行事にすら明確な動機が存在せず、ただ日常的な交遊の延長で気ままに遊ぶ彼らのありかたが、みなが一体になって視線を外部に向けるのではなく、むしろおたがいこそをまなざしあい、からかいあう方法の発展をうながしたと考えられるのである。もっとも、それはあくまでも遊びのなかで成立したがゆえに継続した文学運動とはなりえず、またこの明治二十五年から二十六年にかけて爛熟期をむかえた党は、より複雑な洒落や穿ちを求めた結果、閉鎖性を強めて一般読者に向けた作品を書かなくなってしまう。しかしながら、激しい社会変動の渦中にあった明治という時代が、同時に趣向を凝らしたナンセンスな会をあちこちで開催して遊ぶ精神を有しており[26]、だが集団において一回的にしか醸成されないため作品化が困難なそうした遊びの空気を、根岸党の人々が見事に描き出したことは高く評価されてよい。そのなかでも、本文と鼇頭評という古くからある形式を活用し、党員たちの対話が生むユーモラスな笑いを描き取った「草鞋記程」は、実在した党と彼らが自分たちの遊びを作品化する方法、双方の円熟が結実させた、一つの頂点にほかならないのである。

そして、「草鞋記程」においてこのような達成をみた根岸党の文学の精神は以後、文章の洒落た軽妙さに重きを置く得知や篁村の作品よりも、その遊びと文学との関わりかた自体に影響を受けた露伴の作品へと継承されてゆく。本書の第一章で述べたとおり、デビュー前後の山田寅次郎との交友のなかにすでに胚胎しており、根岸党の文人たちとまじわるなかで顕在化してきた露伴の遊びへの志向は、この後どのような方法的発展と結実を呼ぶのだろうか。次章ではふたたび視点を幸田露伴に戻し、彼と根岸党との関わりについて考えてみよう。

注

（1）たとえば柳田泉は、「草鞋記程」を根岸党の紀行文中で「代表的なもの、一つ」としている（『幸田露伴』、中央公論社、昭和十七年二月、百七十五頁）。

（2）本間久雄『明治大正文学資料　真蹟図録』（講談社、昭和五十二年九月）掲載の影印版より翻字した（四十五頁）。封筒の影印は掲載されていないが、同書の「解説」によれば「明治二十五年十一月十七日」の封書とされている。本文に「十八日」とあるにもかかわらず、この日づけが何にもとづいたものかは定かでないが、妙義山への旅行を呼びかける内容から、「草鞋記程」の旅が行われる直前の、明治二十五年十一月十八日の手紙と考えて誤りはないだろう。なお、署名に見える鈴木利平とは幸堂得知の本名である。

（3）饗庭篁村「二日の旅」（『東京朝日新聞』明治二十五年五月十一日～十七日）、幸堂得知「四季をり〳〵　玉川の鮎狩」（『国民新聞』明治二十五年七月六日～二十日）、饗庭篁村「茸不狩の記」（『東京朝日新聞』明治二十五年十月七日～十六日）、饗庭篁村「さきがけ」（『東京朝日新聞』明治二十六年二月十四日～十八日）。

（4）以下、単行本『草鞋記程』からの引用に際しては架蔵本を用いる。簡単に書誌を記すと、縦二六糎×横一四・八糎の活版本、一巻一冊、薄茶表紙の左肩に原題簽（子持枠、題簽題「草鞋記程」）、袋綴（唐本風の四つ目綴）、全三十九丁（うち口絵一丁、「緒言」一丁）。蔵書印は第二丁に「翠蔭」、裏表紙に「万古涼風堂印」。編集兼発行者は高橋省三、印刷者は三井駒治、年月は「明治廿五年十二月　日印刷／仝年十二月　日出版」とあり、国立国会図書館本ではこの日づけの空欄に、それぞれ「二十五」「二十六」と墨書されている。

（5）高橋太華は後に、本文中でも言及した「草鞋記程を登載するに就て」（『新古文林』明治三十九年一月）において、本作について「僅に五十部を印刷したるのみにて、其版を毀ち、三十部を南翠君に贈り、二十部を同行中に頒ちたりしのみ」（八十一頁）と述べている。しかしながら、後引する「草鞋記程」稿本に記された太華の識語には、印刷が二百部、うち南翠に贈られたのが五十部とある。識語の執筆時期が『草鞋記程』製作の直後と考えられることや、本の残存状況などから、印刷部数は二百部であった可能性が高く、「草鞋記程を登載するに就て」の五十部とは太華の記憶違いであろう。

（6）太田臨一郎「高橋太華と根岸党」（『塾』昭和五十九年四月）裏見返し。

（7）本章では単行本の丁数は漢数字で、稿本の丁数は算用数字で記す。

（8）ただし、稿本には挿絵が附されていない。

（9）宛名書「下根岸四十五番地／森田文蔵先生貴下／弐六日／芝／久保田米僊」、消印「武蔵東京芝口／廿五年十一月／二十七日／□便」。

（10）封筒表「下根岸四十五番地／森田文蔵様／貴下」、封筒裏「芝新桜田十九／久保田米僊／二十六日」。

（11）太華は当時、根岸の芋坂下に住んでいたことが、露伴が彼に宛てた明治二十五年十月二十七日付の書翰から知られる（『露伴全集』第三十九巻、岩波書店、昭和三十一年十二月、四十頁）。思軒の住む下根岸の四十五番地（注（9）参照）とは、徒歩で数分の距離であった。

（12）以下、稿本からの引用に際しては、抹消されて判読不能な文字は●で、ミセケチはその文字に取消線をかけて示し、修正が入っている場合は［　］内に記す。また、翻刻者による注は《　》で示す。

（13）稿本ではこの「籤」が、竹冠ではなく門構えで記されている。

（14）露伴は当時、根岸から芋坂や御殿坂を上った谷中霊園に隣接する、谷中天王寺町二十一番地に住んでいた（『露伴全集』第三十九巻（前掲）の自宅住所表記（四百九頁）など）。

（15）なお、単行本『草鞋記程』には、①に一箇所だけ永洗の評が存在する（四オ）。内容は彼の描いた口絵の解説であるが、この評は稿本には存在せず、校正段階での追記と考えられる。本作にはこれ以外に永洗の文章がなく、稿本に永洗の筆を見ることはできない。

（16）南翠が妙義山中での散策を描いた⑦の原稿末尾には、次のような太華への私信が記され、彼が時間的余裕のないなかで執筆したことがうかがわれる。

　大愚作大拙筆、何分にも落ち〳〵机によること叶はず、困難の中之急作、文字の熟さゞる所、語の極を誤りたる所あるべし。御遠慮なく十分に御叱正可被下候／南翠／太華先生《35ウ、全文抹消》

（17）前章にて詳述したように、米僊と根岸党の人々との交遊が本格化するのは、明治二十五年三月に行われた深野座初春狂言の合評会以降である（宮崎三昧・須藤南翠・饗庭篁村・幸堂得知・関根只好・久保田米僊・森田思軒「深野座初春狂言評判記」、『東京朝日新聞』明治二十五年三月十日〜十八日）。また、永洗がこの妙義山旅行以前に、党員との個人的な交際の域を超えて根岸党の行事に参加した記録は、管見のかぎり見当らなかった。

（18）藤井淑禎が、「(明治二十一年ごろ—注）篁村の紀行文が、特に得知を相棒とすることによって次第に〈遊び〉の要素を色濃くしてゆく」と指摘するように（「根岸党における露伴」、『解釈と鑑賞』昭和五十三年五月、四十三頁）、得知は根岸党の出発期から党の中心的存在であった。しかし、彼自身が根岸党での遊びを筆にすることは少なく、歌舞伎の合評をのぞいては、注（3）に前掲した「四季をり〳〵」や「畿内桜日記」（『国民新聞』明治二十五年四月二十六日～二十七日、未完）、「春の旅」（『国民新聞』明治二十六年五月三日～六月二十四日）など数点が確認されるにすぎない。

(19)「草鞋記程」にはほかにも、①の中ほどに太華が、⑤の末尾に露伴が、⑮の末尾に思軒がそれぞれ附記を執筆しているが、いずれの箇所にも鼇頭評は存在しない。

(20) なお、米僊はこの⑭とは別に掃苔記を執筆しており（「大野九郎兵衛墓」、『国民新聞』明治二十五年十二月十七日）、また同紙には、この旅行中に描いたと思われるスケッチも何枚か発表している（「上州安中町」明治二十六年一月五日、「妙義山」同八日、「妙義神社」同十九日、「妙義山金洞第一石門」同二十二日、「妙義山金洞第二門」同二十三日、「妙義山金洞第三石門より他を望む図」同二十五日）。

(21) 太華はまた「草鞋記程を登載するに就て」（前掲）においても、「原稿を持ち寄りて之を綴り合すれば、甚だしく重複なく、自ら前後一貫せる記行文となれるより、そのまゝ毫も補綴せず、潤色せず、直に印刷に附したるなり」（八十頁）と述べている。

(22) この旅行については、本書の第六章を参照されたい。

(23) 前章において紹介したとおり、「足ならし」は明治二十六年二月に浅草から向島・亀戸辺を散策したおりの合作紀行である。篁村、得知、露伴、只好、太華、米僊、永洗が執筆にたずさわり、根岸党の編集にかかる雑誌『狂言綺語』（明治二十六年三月）に掲載された。

(24) 根岸党初期の作品の方法、および「根岸党」という呼称についての詳細は、前章を参照されたい。

(25) 本稿では『紅葉全集』第九巻（岩波書店、平成六年九月）の本文を用いた。

(26) 根岸党の周囲で催された会としては、明治二十六年十一月十二日に入谷鬼子母神で開催され、伊東専三、鶯亭金升、右田寅彦、岡本綺堂らの集った「諸君洒落ル会」が、中込重明の紹介によって著名である（「根岸派と洒落ル会」、『日本文学誌要』平成十三年三月）。高橋寿美子は、こうした会の予告が『東京朝日新聞』などに見られることに着目し、「根岸党が持つ著しい遊戯性が、彼ら固有のものではなく、当時の社会一般がそうした雰囲気を持ち合わせていた」としたうえで、「明治十年代の終わりから三十年代にかけて、洒落をこらした趣向を競う催しを報じる記事」が多数新聞に掲載されていることを指摘した（「根岸党の性質―「洒落っ気」という哲学」、『日本文学誌要』平成二十一年三月、二十四頁）。

第八章　幸田露伴の遊びと笑い——根岸党と露伴——

一

松山巌と青木玉が幸田露伴について行った対談のなかに、次のような一節がある。

松山　露伴には、さっきの『珍饌会』とか『術競べ』以外にも『艶魔伝』とか『当世外道の面』とか、諷刺話が随分ありますよね。あまり評価されないんですけど、ほんとは、『大珍話』とか『新浦島』とか含めて人を笑わせる露伴という人柄が魅力的だと思うんですけれども、そういう茶目っ気は日常ありましたか。

青木　思わず「アハハ」ってなっちゃうようなってことはありますよね。(1)

一般に、「風流仏」（明治二十二年）や「五重塔」（明治二十四～二十五年）などを書いた理想主義的な作家と目されることの多い露伴について、その「茶目っ気」に注目するこのような視点は、これまで見落されがちであった。しかしながら、前章までに見てきたような根岸党における活動にかんがみれば、それが露伴文学の重要な側面であったことは明らかだろう。あるいは、より早く最初期の執筆と考えられる「突貫紀行」においても、(2)文壇登場以前の明治二十年夏、彼は北海道余市から身一つで東京へと向う苦しい旅の途上にありながら、腐った卵を買わされては「鳥目を種なしにした残念さ／うつかり買たくされ玉子に」と狂歌を詠み、また文無しになることを承知で松島を遊覧している。露伴を根岸党に導いた要因の一つが、つねに遊びを忘れず、何ごとも笑い飛ばしてみせるこのような精神であったことは疑いないところである。

では、彼は根岸党での遊びを経て、そうした精神をいかに深化させ、そして以後の作品にどのように生かしていったのだろうか。本章では明治期の作品のみならず、大正期以後に書かれた考証や研究、あるいは釣や食などに関する趣味的な随筆までを視野に入れて、露伴の文学と根岸党の遊びとの関わりを探ってゆきたい。そのためにまず、前章までの内容と一部重なるところもあるが、露伴と根岸党との関わりについてあらためて整理しておこう。

二

明治二十二年六月二日、露伴は淡島寒月や尾崎紅葉らとともに、「如蘭会」という珍書の品評会を催した。(3) 宮崎三昧が後年になって、この会に参加したおりのことを次のように語っている。

尾崎紅葉、幸田露伴、淡嶋寒月の三子と懇意になつた。これは寒月の発企で、珍書会と云ふ会が開かれて、(中略)これに御座る高橋太華君初め、私共両三名招かれて参つた。其時に私は前の三子と同時に知音(ちかづき)になりました。(4)

また、饗庭篁村の執筆と考えられる新聞記事や、太華による回想では、中西梅花や山田寅次郎、楢崎海運といった名前も参加者に挙げられている。(5) 露伴が根岸党の人々と接点を持ったのはこのころと考えられ、以後彼らとの交際は次第に深まっていった。たとえば明治二十二年十月の篁村作「紅葉と菊」には、「我々同臭の誹仙、淡島寒月、幸田露伴、落花漂絮（中西梅花—注）、紅葉山人、新六祖となりて、大に談林の俳風を吹き立んの催しあり」とあり(6)、また年末に篁村たちが催した観劇会、「緞帳巡り」にも露伴は参加している(7)。この年は露伴にとって、「露団々」で華々しいデビューを飾るとともに、根岸党の人脈と接触を持ち、彼らの遊びへと急速に傾斜していった年であった。

翌明治二十三年四月、篁村が企画した木曾旅行に太華、梅花とともに参加することで、露伴は本格的に根岸党の一員として名を連ねることになる。この旅はまた、露伴がはじめて作品に描いた根岸党の遊びでもあった。彼の紀行、「乗興記」の第一回には次のようにある(8)。

我等同行四人、阿房くさくも大袈裟大凧呂敷、ソレ草鞋ソレ雨具ソレ脚半ぢやの蝙蝠傘ぢやのと騒ぎ廻るは愚の極点、野呂間の雑兵、頓痴奇（ママ）の大将に限（きわ）まつたり。（中略）博覧会見物するに会場内だけの延里数五里なれど、一日がゝりで見尽せず、仙台から東京まで九十里余を一日路で来る車の中では、新聞十枚位読んでも退屈す。是全く魂魄の持ちやうばかりの故なれば、我等大きいものを小さく見る事は暫く措きて、小さいものを大きく見る流義（ママ）の旅行を為るが愚、野呂間、頓痴奇ばかりでもあるまじと皆々悦喜して（後略）

（「乗興記」第一）

ここに言明されている、あえて徒歩で旅してありふれた事物の興趣を見なおそうとする姿勢は、篁村の「木曾道中記」冒頭にも見出せるものであった。

鉄道の進歩は非常の速力を以て鉄軌（レール）を延長（のば）し、道路の修繕は県官の功名心の為に山を削り谷を埋む。今ま三四年せば、巻烟草一本吸ひ尽さぬ間に蝦夷長崎へも到り、エヘンといふ響きのうちに奈良大和へも遊ぶべし。（中略）篁村一種の癖ありて、「容易に得る楽みは其の分量薄し」といふへチ理屈を付け、旅も少しは草臥て辛い事の有るのが興多し、あまり往来の便を極めぬうち日本中を漫遊し、都府を懸隔（かけへ）だちたる地の風俗を交（ま）ぜ混（こ）ぜにならぬうちに見聞し、山河も形を改ため勝手の違はぬうち観て置きて（後略）

（「木曾道中記」一）

自分たちの旅をともに鉄道と対比するなど、両者のモチーフが共通していることは明らかである。このほかにも、旅先の景物を描くばかりでなく、そこで繰広げた遊びを中心に紀行を構成したり、あるいは道中の失敗を戯画的に記したりするなど、「乗輿記」と「木曾道中記」との共通点は数多い。もう一つ例を挙げれば、「木曾道中記」には和田の宿での出来事が、次のように記されている。

此辺の川で取れる岩魚か何かあらうと押し返せば、一遍聞合せて見ませうと立つ。（中略）肴（ママ）はといきまけば、まだ聞に行た者が帰りませんと落付たり。露伴堪（こら）へず、其は何処まで聞にやりしぞ、一時間も掛るにまだ戻らぬかと詞を荒くすれば、川へ聞きにやりました、まだ戻りませんと答ふ。我輩不思議に思ひ、傍らより口を出し、川へ聞にやるとは如何なる事ぢやと問へば、川へ魚を捕りに出し者あるべければ河原へ行き、其の漁者について魚は有るや否やを問ふにて、魚屋とて別にそれを貯へて売る処はなしとの事に、一同アツト顔を見合し（後略）

（「木曾道中記」六）

ここで篁村が描いている、宿で魚を出すように命じたところ、川で釣をしている者に聞きにやったと答えられた体験を、露伴もまた次のように記している。

　元より贅沢なる華族流の連中なれば、何か甘いものを出せ、肴を出せ、酒の良いのを出せとの御詫宣（ママ）。旅宿の者は狼狽して中々埒明ず、ナゼ遅い、早く肴を出せと催促すれば、唯今川へ人をやったばかりでござりますといふ挨拶。これは〳〵と同行顔見合せて閉口するのみ。（中略）河の魚が当になるものかならぬものか、是等が長閑の頂上なるべし。

（「乗興記」第三）

　露伴の筆にはいささか固さが残るものの、「木曾道中記」とおなじ出来事を材に取っている点、また自分たちを「華族流」と称して気取っている点などに、篁村の筆法との同質性が見えている。おそらく露伴は、篁村たち根岸党の人々とともに旅をし、紀行の筆を執るなかで、彼らの筆法を身につけていったものであろう。実際、「木曾道中記」には、旅宿でともに紀行を執筆する彼らの姿が描かれている。

　銘々一閑張の机を借り受け、駄洒中止、紀行に取りかゝる。宿の人、此体を見て不審がる。二時間ほどにして露伴子先づ筆を収めたれば、酒肴見立掛り、膳部中付役となる。

（「木曾道中記」六）

　もっとも、「木曾道中記」と「乗興記」がおなじ旅を題材にしている以上、こうした類似はある程度当然のことかもしれない。だが、根岸党の作品と共通するこのような特徴が、ほぼ同時期に露伴が書いた小説「日ぐらし物語」(9)にも見出されることを考えれば、篁村からの影響が決して一過性のものではなかったと知られる。露伴は党の人々と遊び、ともに旅するなかで、彼らの筆法を次第に身につけつつあったのである。

この「日ぐらし物語」は、「叫雲老人」なる人物から「小説博聞会」の招待状を受取った「露伴」が、「月角小王」「繍蓮女史」「脱顚子」「阿房宮守」「ゆかり式部」の五人とともに、叫雲の家に集って作品を発表しあうという設定であり、彼らが読上げる七篇の作中作が大部分を占める。こうした仲間うちの遊びという趣向自体、根岸党のつきあいを想起させるものだが、なかでも最も根岸党の筆法に近いと思われるのは、そのうちの一篇「闈の月」である。この篇のあらまし自体は、二人の男が酒を飲んでいると隣家の美女から招待され、馳走にあずかって帰ってくるという簡単なものにすぎない。だがここで注目すべきは、そうした筋よりもむしろ、ふざけちらしている二人の男の会話である。

君の料理は恐れるよ、何日ぞやの疣蛙の蒲焼なんぞは凄かツた。（中略）エボ蛙をつかまへの、解剖的料理の、化学的味付の、居合抜講釈たツぷりの、而して後の其まづさ、おかしく苦くツて臭かツたぢやあないか、それだのに君は痩我慢をして、フー此乙な臭みのある所が蛙通の最も珍重する所だナゾと、喉まで突返して来る奴を鎮圧して、三片ばかり食たのはいゝが、溜飲を起してドクトルに見て貰ツたら、是は大変、胃袋の裏に百八つの疣が出来たと云はれて、水滸伝が腹中ではじまツては大変と泣たではないか。／恐縮々々、それを云出されては、蛙の面に味噌灸だ。

（「日ぐらし物語」第十三）

対話を基調にし、気取りや失敗を戯画的に描くこうした筆法は、ほかならぬ根岸党の作品の特徴であった。たとえば最も早い例として、次のようなものがある。

（遊女高尾の碑を見ようとして転んで―注）いかに脊中の泥はと示せば、東帰坊（得知―注）不思議そう（ママ）に、泥とは何所に、何処も汚れては居ぬといふ。悦んで振り返り見れば、成程汚れはなし。畑を見れば麦は横倒しになり、席（むしろ）の上へ転げたるも同じ。是では汚れぬ筈だ、是も偏（ひとへ）に高尾が冥助ならん、二百年の後ち、なほ風流男（みやびを）には情ありと云へば、東帰坊他（わき）を向いて異（をつ）な声を出す。蓋し大に感歎せしならん。

（「塩原入浴の記」）

明治二十一年の「塩原入浴の記」の一節である。このような対話のかけあいは以後、根岸党の作品全般に受継がれてゆくものであり、「闇の月」もまたその影響下にあると言えるだろう。さらに、この引用箇所では篁村が「風流男（みやびを）」を気取っているが、このように好男子を気取るのもまた、根岸党の作品における一つの定型であった。そのことを念頭に「闇の月」を読んでみると、次のような箇所に目がとまる。

何とでも云ひ玉へ、コンナ根岸なんて藪蚊の多い所に居るにしては乙に自由をきかせて、鶯チン亭仕出しの野暮からぬところで御酒を献上するから、不届の熱を此業平の前ではくけれど許して置くよ。

（「日ぐらし物語」第十二）

「業平」を自称して気取っているあたりに、右に引いた「塩原入浴の記」との相同性がうかがえるだろう。ほかにもこの箇所からは、作品の舞台が根岸であることもわかり、また「鶯チン亭」とは、根岸党でもしばしば用いられた料亭、鶯春亭がモデルだろう。(10) 別の箇所には得知の名前も登場しており、こうしたころから、本作が根岸党との交遊を意識して書かれたものであることは間違いない。

しかしながら、「日ぐらし物語」における根岸党の影響は、こうした表面的な筆法の水準にとどまらない。さらに重要なのは、作品全体の趣向となっている「小説博聞会」を催すという設定である。この「小説博聞会」は、当時上野公園で開かれていた第三回内国勧業博覧会を意識したものと考えられるが、各人の参加を募った冒頭の叫雲の手紙には次のようにあって、木曾旅行のおりの根岸党の姿勢を思わせる。

誰も彼も磁石の針のやうに北ばかり向いて、博覧会、博覧会。上野は此春人の山となツて、年々の摸様とちがひ、（中略）鉛筆を耳に挟み、ポツケツトに手帳一冊、御手にステツキ一本、きり丶とした洋服出立（中略）七銭の札、半日の気根で大学問せらる丶つもりが片腹痛し。貴殿はまさか夫程（それほど）の俗漢にもあるまじ。（中略）小説博聞会といふを開くにつき、根性骨たしかにて塵埃塗（ほこりまぶ）れ致されずば御出席あるべし。是は我等一同、まさかに糸立組に交りて博覧会でもあるまじければとの事より思ひ付たるにて、各自（めいめい）一篇の文章を懐中し来りて順次に読上し後、互に品評なし、面白しとの公評を得たる仁へは何か俗ばなれせし珍物を愚老より呈し（後略）

（「日ぐらし物語」発端）

「誰も彼も」が訪れる博覧会を「俗」として背を向け、それをパロディ化して奇妙な「小説博聞会」を開くという登場人物たちの姿勢が、根岸党のありかたに相即しているのは明らかだろう。実際、題を決めて各人が趣向を持寄るこうした会は、やはり根岸党でも催されていた。たとえば、明治二十三年二月八日に行われた「大福引」を見てみよう。

八日午後一時より大福引を催せば出席すべしとて、題さへ六種添へられぬ。（中略）無理は無理ほど可笑く、コヂツケは附会（こじつけ）だけ興ありて、一品ごとにドツトの賑ひ。弁慶といふ題に今はやらぬ盆を出し、昔し盆（むかしぼん）（武蔵坊）と苦しきあり。浅草観音といふに金龍山といふ銘の茶を無理に拵へさせて、是に帯を添へ、観音様のお茶と帯（御茶湯日）。業平といふに龍田川摸様の縮一反出して、業平縮（蜆）と逊ぐるあり。小説家といふに壺の中に郵便葉書を入れ、坪内郵送と洒落もあり。（後略）(11)

持寄られたなかには、かなり苦しい洒落もあったようである。この「大福引」が挙行されたのは、「日ぐらし物語」の連載開始のわずか数ヶ月前のことだった。このように考えてみれば、本作が根岸党の活動と深い関わりを持ち、その影響のもとに執筆されたことは明らかだろう。前年の明治二十二年末から根岸党に接近していた露伴は、この木曾旅行の前後、早くも党の人々から文学的感化を受けつつあったのである。

比較的よく知られたことだが、露伴は木曾旅行に出かける前の明治二十三年はじめころから、文学上あるいは実生活上の問題を抱え、深刻な煩悶に陥っていた。この年の七月、露伴と梅花は仲のよかった内田魯庵を誘って、ともに赤城山ですごす計画を立てる。しかしながら、別々に東京を出た三人は結局旅先で合流できず、山中でひとり悶々と日を送った露伴の煩悶は、頂点に達することになった。その山ごもりのさなか、彼が友人の遅塚麗水に送った手紙に、次のような一節がある。

酒なし、隣家なし、美人なし、三味線なし、話し相手なし、根岸は遠し、西鶴も居ず。（後略）(12)

露伴の心は煩悶のなかで、次第に根岸党への近しさを増していた。そして翌明治二十四年、スランプを脱した彼は、いよいよ党の中心人物となってゆくのである。

三

根岸党の中後期である明治二十四年から明治二十六年春までのあいだ、露伴は党の中核として活潑に活動し、その遊びを題材とした作品を書いている。このころの露伴が平生、いかなる遊びを根岸党の人々と繰広げていたか、それをうかがわせる篁村の文章が残っている。

先月二十四五日の夜、露伴子フラリと来せられたれば、我もフラリと立出て、鶯春亭にて対酌し、例の如くの天狗競べ。（中略）揚句の果、仙人退治を始めんとて、二人で四本の足はヨロ〱、養老滝水一升引提げ、三昧道人の門の戸を破れよとばかり叩きけり。此手は常に喰べ付たる道人、些とも驚かず、静まりかへつて音もなし。（中略）歩をかへして、酒元の城と号す思軒君の邸を襲ひ、大酔となりて（後略）(13)

篁村と露伴が二人で酒を飲み、酔っぱらったあげくに三昧や思軒の家へとおしかけたというのである。こうした日常的な交遊が作品に描かれることは少ないが、露伴もまた一作、彼らの遊びを戯画化した文章を残している。明治二十四年八月に発表された「当世外道の面」のなかの一篇、「大通外道」である。

俗悪と通といふ二ツの言葉を朝から晩まで使ひちらして、無暗無法に通がつた外道（中略）同気求むる外道共と外法下駄引きずりながらの徐歩行、鶯花園に行つて自撰秋の七種の花でも眺めやうと一人が云へば、そんな通で無いことは御免御免、あの蚊に食はれて堪るものか、食ひ殺されて仕舞ふは、それより山谷行きの、鰻か鯰が好らう、イヤそれも通でない、イヤ是も通でない。そんなら唯ぶら〳〵と歩行て落て居るかも知れぬ金剛石でも拾はう、是が一番通だらう。ア、、情無いことを御前とも云はるるものが云ひ玉ふ。何しろ暑いではないか、湯に這入つて兎も角も。イヤそれより思ひきつて勇を鼓し、山越しと出掛けて広小路の三太夫を驚かし、三太夫が取計らひにまかした方が通だ（後略）[14]

このように、「大通外道」も「日ぐらし物語」などと同様、テンポのよい対話を基調としている。また、引用文中で用いられている「通」という言葉も、第六章で詳述した根岸党の独特な語法と共通している。さらに、初出段階では作中に、「根岸字彙といふが出板せらる、時は、無論其中にあるべき駄洒落の陳列に各々舌を疲れさせ」という記述もあり、これらのことから、本作が根岸党をモデルにしていることは明らかである。[15]全体に揶揄の色彩が濃いこの作品を受けて、篁村は自作に「谷中の和尚様に健康外道とも云れんものと、例の近郊漫遊を思ひ立ちぬ」と記しているが、[16]こうした作品間での応答が根岸党において頻繁に行われていたことも、すでに本書で述べてきたとおりである。

次に明治二十五年夏、露伴が単身で東北へ旅行したおりの紀行である「易心後語」を見てみよう。[17]根岸党の紀行文ではしばしば笑いの種とされる、汽車の乗遅れを発端とし、上野広小路の得知の家を訪ねる場面にはじまるこの作品には、随所に根岸党とのつながりが見出せる。たとえば、作中でしばしば言及される党の人々の名前である。

> 折しも野兎の躍り出したるに鳥銃（てつぱう）通の太華山人を思ひ出し、それより共に金毘羅参りせしこと、九州行きせしことを思ひ出し、桜島の枇杷が急に喫（た）べたくなり（後略）（其七）
>
> 高尾山を事々しく噂するやうなる江戸児にも少し辛防さへすれば登り得べきにより、得知只好等諸子を芝居気のある此山（恐山―注）へは是非推し上せて遊覧させ、何様な顔付して何様な評をさるゝか傍（わき）から観たし。（其十）
>
> （浜の小石の―注）余りの美しさに、旅の身なるを打忘れ幾箇とも無く拾ひ〳〵て、（中略）掘り出し好きの篁村子など此浜に若し来られなば、いや此は妙だ此も異だと、矢張袂をぶら〳〵にさるゝなるべく、況（ま）して鮎狩に石まで持つて帰家（かへ）られしほど多情なる南翠子などに迂濶（うつか）り見せなば、此島にある由の赤玉石舎利石貝の玉質の化石等探し出さむと、浜を動かぬやうならるべし。（其十九）

露伴はここで、意外と楽に登れた恐山に得知や只好なら「芝居気」を感じ取るだろうこと、また美しい小石には篁村や南翠も興味を示すだろうことを語り、彼らの視線に仮託する形で自身も興趣を見出している。飛出した兎を見て、銃猟の好きな太華を思い出すというのも、すなわち太華と同様の視線をもってそれを眺めているのだと言えるだろう。露伴はこの時すでに、おそらくは党における日常的な交遊の蓄積のうえで、根岸党の仲間と感性を共有するようになっていたのである。

また、右の引用箇所中、特に篁村や南翠への言及には、いささかの揶揄も感じられよう。「大通外道」にも見られた、作中でおたがいをからかいあうこのような方法は、やがて明治二十五年十一月の妙義山旅行を描いた合作紀行、

「草鞋記程」へと結びついてゆく(18)。この「草鞋記程」の詳細については、すでに前章において詳述したのでここで繰返すことは避けるが、露伴が描いたほかの面々との対話という点からは、たとえば松井田の宿屋での様子を描いた次のような文章に目がとまる。

雄談高弁我一と、某氏は断き某氏は囀り、（中略）中にも一行第一の美男にて八犬士なら犬塚信乃、五百羅漢なら難陀尊者、八笑人なら虚呂松先生、七偏人なら藤原の茶目吉大人とも申すべき劇童子（只好の別号―注）の功、最も多きに居りしなるべし。才は石火の如く迸り、舌は轆轤の如く廻る有様、我等が愚筆にては万一をも捕捉し得ず。（八ウ）

このように、露伴から饒舌な道化者とからかわれた只好は、鼇頭のコメントにおいて次のように反駁している。

劇曰く、犬塚信乃との御見立、貴意の如くに相違無之候へ共、難陀尊者以下は穏ならず、宜ろしく中の郷の丹二郎、絵岸の半さん又は文里、長さん抔と改むべし。（同）

「劇」とは只好の別号、劇童子の略。ここで只好が気取っているのは、「春色梅児誉美」や「三人吉三廓初買」の色男である。これに対しては、思軒がさらに「犬塚信乃改めて簸上宮六に作るべし」とコメントを附しており、気取りと揶揄のかけあいが繰返されているのが見て取れる。

また別の箇所では、太華とともに猟銃を持ってきた露伴が、南翠から「鳥飛んで鉄砲空し秋の山」とからかわれたのを受けて、次のように記している。

> 句意暗にも明にも太華山人と予とを嘲笑せるなれば、まだ前髪の若衆だけに予は怒心頭に発して、よし〳〵明日は金洞の岩の岨道九十九折、よきしほ定めて多かるべければ、一発七厘ほどの損を斷るしれもの、ためにせんこと忌々しれけど、撃殺して一両位ぶんどりなし、能美努計会へ寄付せんと、恨をつゝみて忍耐力の稽古をひそかになし居たるは、他所の見る眼もあはれなりし。
> （十一オ）

文中の「能美努計会（のみぬけ）」とは、決った会費で飲みに出かけ、主人役のわがままを会計役がその範囲内で何とかかなえてみせるという、根岸党で行われていた遊びである。露伴はここで南翠に対して怒ってみせたうえ、「忍耐力の稽古」をかたどっているが、それがすべて演戯的なポーズにすぎないのは、「他所の見る眼」への意識が描き込まれていることからも明らかである。仲間から寄せられる期待まじりの揶揄に過度に反応してみせることで、滑稽さを演出するのは、根岸党の作品に特徴的な気取りの一種であった。露伴がこのように怒ってみせたところを、さらに只好が「南翠外史よく詠んだ」とからかい、これを南翠が「狙ひは此位に定むべし。百発百中疑ひなし」と受けることで、対話を中心に作品は廻転してゆくのであった。

もう一つ、翌明治二十六年二月に行われた隅田川一帯の散策を題材とし、「草鞋記程」と同様の形式で書かれた合作紀行、「足ならし」を見ておこう[19]。山谷の慶養寺を出て、橋場の渡しへと向う一行の姿を、太華は次のように記している。

寺を出で、今戸の通りを橋場に向てぞろ〳〵と進み行くに、此辺の人は何とか思ひけん、戸々より老婆小娘驚き出で、打眺め、何事ぞ何事ぞと囁くは、駄洒落の声かしましきに驚きしにはあらで、一行のきらびやかなるを見んとてなるべし。

こうした太華の気取りをとらえて、得知は「俳優と思ひ違へしにはあらざるか、引合ぬ事なり」、また只好は「一行はシコウの誤りならん」とコメントし、一方露伴は「きらびやか、ぼろびやかに改むしべ（ママ）」と揶揄している。ここからも「草鞋記程」同様、露伴が党の一員として、彼らとまなざしや感性を共有しつつ執筆に参加していることが見て取れる。彼は根岸党の文人たちとともに遊び、時には合作の筆を執ることによって、明るい笑いと滑稽さとを何よりも重視し、作品に描く彼らの精神や方法を体得していったのであった。

もっとも、第六章において詳しく述べたとおり、根岸党の作品はやがて次第に閉鎖性を強めてゆき、一般の読者には理解の難しい箇所も多くなる。その結果、文学現象としての根岸党は明治二十六年春の時点で終焉を迎えることになるのだが、しかしながら露伴が党から受けた影響は当時の作品のみにとどまらず、長くその文学のなかに息づいてゆく。根岸党の解体以後、若き日の経験を露伴がどのように消化していったのか、そのことを次節で見てゆこう。

四

まず取上げるのは、根岸党のころから十年以上も後、明治三十七年に発表された戯曲「珍饌会」である。[20] この作品は、鍾斎大人（ちょこさいたいじん）なる人物が同席の猪美庵（ちょびあん）に持ちかけた、次のような提案にはじまっている。

それ此頃評判の食心坊といふ小説があらう。（中略）彼書に書いてあるのはマア真面目な方でをかしく無い（中略）そこで一ツ正月の娯楽に我が党の五六人でもつて、彼の書なぞにやあ到底無い奇々妙々の珍料理の持寄り会を仕て、遊ばうと云ふ謀反だが是あ何様だ。（其二）

猪美庵はこの「珍料理の持寄り会」という提案に賛成し、「来る十五日に此家で開会、品評の上、一番凡俗のものを持つて来た奴は罰する」ことになる。かくして二人は、辺見、無敵、天愚、我満堂主人の四人を誘い、都合六人で「珍饌会」を開催する。より奇想天外な珍品をと競いあった彼らは、持寄られた料理を次々に味見してゆくが、あまりに気味の悪い料理が続いて閉口してしまうというのが、本作の大略である。

こうした設定が、「日ぐらし物語」と共通しているのは明らかである。だとすれば、本作の執筆にあたっても、先ほど例に挙げた「大福引」のような根岸党の遊びが意識されていたと考えてよい。また、本作のモチーフである食物詮議についても、根岸党でしばしば行われた記録が残っている。たとえば、露伴自身が紀行「易心後語」において、党の仲間と考えた「美味物詮議に時間を疾く経過すると申す妙法」について言及しているほか(21)、篁村の「女旅」にも次のような箇所がある。

（家人の留守に鰯を買って―注）幸堂氏もとより料理通なり。宜しい、我等手を下して酢味噌とせん。鰯は洗ひかぬたに限るよと（中略）実に甲斐々々しき拵へ方に、篁村幾度か感心感服を唱へ、酢味噌を作りて取敢ず賞翫するに、其の変テコさ得も云れず。咽喉をば迚も通らねど、料理通の拵へしものむざと吐も出されず、目を睡りてグットやる其の苦みを察せずして、幸堂氏は誇り顔に（中略）口へ入れられしが、異様な顔付をして「南無三、先へコケを取る事を忘れた」。コケ引ずの生鰯、これいかにして腹に入らんや。是に於て料理通の鼻大に挫け、（中略）終に「コケ引ず鰯の酢味噌」と頭に置き、「当世料理通」といふ黄表紙を作らんとまでになり（後略）(22)

ここでは得知の「料理通」気取りが取上げられ、得意になって鰯の酢味噌を作ったところ、鱗を取るのを忘れて失敗したという逸話によって揶揄されている。すでに明らかなように、こうした気取りと失敗、そして揶揄は根岸党作品における定型であったが、「珍饌会」もまた同様の展開をなぞっていることから、根岸党の遊びを意識し、パロディ化したものであった可能性が高い。一例を挙げれば、登場人物たちの食通の気取りは、次のような鍾斎の言葉にあらわれている。

お互に三両五両する蒲鉾を食つたつて今更美味いとも云ふまいと思つたり思はれたりして居る高慢男だ、だから何様(どう)転んでも普通(なみ)一ト通りぢやあ面白くない。何でもいゝから、赤堀も甘めえもんだ、気の毒だけれども此の味あ知るめえ、といつたやうな物を持寄るんだナ。（其二）

食通を自認し、珍品の味を知っていると自負する彼らが持寄るのは、当然ながら、なるべく他人の食べられぬような料理である。たとえば猪美庵による出品は、「呂氏春秋」を典拠とする鶏の尻肉と猿の唇の甘煮であり、会の発案者である鍾斎の出品は、「南楚新聞」を引いて、生きたひきがえるを鍋で煮る「抱竿羹(ほうかんこう)」であった。最後には生きた鼠の子（実は糝粉細工）を食べさせられるにいたり、ほとんどの者が逃出してしまうことになる。このような、わざと人のせぬことをしてみせ、その当人の「通」の気取りと突拍子のなさに、周囲は呆れたり閉口したりし、最後にはその失敗に笑いころげるという展開が、根岸党の作品の系譜上にあることは見やすいだろう。

篁村はこの「珍饌会」を読み、読後の所感を露伴に宛てて次のように書送っている。

> 珍饌会まことに面白く拝見仕候。（中略）皆々大天狗なるところ感服仕候。是にては小生など参席候ても、只一品に閉口可仕、ソコデ罰盃の水と来ても伝来の付かぬものはなく、是は少し古（ひね）だから飲口が変つて居るかも知れないが富士の銀明水、コッチの洋罎の底に鯉のコケが二片沈んで居るのが宇治橋三ノ間の水といふやうにては、是にてさへ頭を抱へ可申、揚子江中の三峡のドコソコのと此また水通にまた〳〵珍品可有之、拝面の節、其品目だけ承り胸を冷し申度候。（中略）近日小生得意の読物、コイツは能い〳〵と珍饌会其ものには驚きながら、其作は好下物と致し申候。(23)

ここで篁村が、作中の珍饌会にみずからの参加を擬したうえで、出品されるべき水の例をいくつか挙げているのは興味深い。すなわちこの作品は、かつての根岸党の文人からも、その遊びの延長上にあるものと受取られていたのである。露伴は本作において、おそらく根岸党での交友を意識しつつ、その遊びを描く際に用いられていた筆法を再現してみせたのであった。

根岸党の終焉十年の後に、かかる作品が書かれたことは、露伴のなかに伏流していた根岸党の精神の存在を示している。そして、このいささか突然にも見える「珍饌会」の執筆にいたった直接の契機としては、その直前の明治三十六年十一月七日、帝国文学会に招かれて露伴が行った、「我邦文学の滑稽の一面」と題する講演が介在していたと考えられる。彼はこの講演において、上代から近世までの滑稽文学を時代順に詳述したうえで、最後に「併し我が邦の滑稽の文学はまだどうも立派なものを有つて居らぬのです」として、次のように問題を提起する。

どうしても笑ひは必要のものであります。笑ひは人間の安全弁でもあるでございませう。それで是非文学の上に於ても滑稽の好いものがなければなりませぬ、それは人間が必要とするところ（ママ）があります。（中略）笑ふ時には笑ふのを惜んではならぬ、立派な笑を持つやうにしなければならぬ、必ず清らかな温かな笑ひがなければならぬ。若し涙の無いのが鬼だとか云ふならば、笑ひの無いのも矢張り鬼でなければならぬ。（中略）立派な笑と云ふのはさう云ふ熱でも水でも（怒りや涙のこと—注）ない、さう云ふもの丶好い調和を得た其あとに残る優麗美妙な一つの或る美くしい景象ではありますまいか。(24)

露伴はこのように、文学における〈笑い〉の重要性を強調したうえで、同時代の文学について「饗庭篁村君とか南新二君とか、或は幸堂得知君とか云ふやうな方々があつて、是が前の時代の笑ひを伝へて」おり、「幾らか我々は笑を取ることが出来た」と述べている。ここからは、旧時代の作家としてすでに第一線に立つこともなくなっていた篁村や得知らの文学を、彼がいまだ高く評価していたとわかる。この講演の論旨にかんがみれば、根岸党の遊びを強く意識した「珍饌会」は、ここで主張されている「滑稽の文学」の実践だったと考えるのが自然であり、そこには文学における〈笑い〉を重視する、彼の意識の反映を見ることができよう。

もちろん、何ごとかを戯画化して笑いに還元しようとした時、そこにはつねに批判精神が内在することは事実である。その意味では「珍饌会」にも、当時流行していた村井弦斎の「食道楽」などを手に、生半可な知識で得意になっている人々への諷刺という側面はたしかに存在している。[25] しかしながら、そのような批判精神を取出すばかりでは、露伴文学の全体像を見据えることはできないだろう。むしろそれは、激変する時代と新しい文物とを旧き感性のなかでゆるやかに受入れ、二つの時代を融和させて明るい笑いに満ちた作品を書いた根岸党の命脈を受継ぐものとして、諷刺の針を諧謔で包み、時代への違和感すら揶揄と哄笑とによって楽しんでしまうような、〈笑い〉の精神を生かした文学である点こそを評価すべきものなのではないだろうか。

露伴の根岸党文学に対する高い評価と、こうした〈笑い〉の精神を重んじる態度は、晩年にいたっても変ることがなかった。たとえば、昭和に入ってからの彼の発言に、次のようなものがある。

（篁村は―注）徹頭徹尾世の中を洒落のめして、四角四面なことは大嫌ひ、飽くまで江戸ッ子流に、人をアッと言はせて面白がる底のいたづら気を持ち合せてゐた人であつたが、然し其中におとなしい、下品では無いところを有つて居た人だつた。（中略）これだけの予備知識がないと、篁村のあの洒落で埋つてるやうな文章のほんたうの妙味がわかつて来ない。[26]

そのうえで露伴は、「篁村は、人物もよく、文品も勝れて、明らかに文学者としてのオリヂナルがあり、飽くまで自己の個性から出発してゐるので、その作品中のあるものは、今日の目から見てもその文学的価値の卑くからぬものがある。（中略）目ざされて兎角を言はれただけ其の光輝が其の時代の空にきらめいたものであつたことが證される」と評価しているのである。こうした言葉に見られる一貫した態度は、彼の実作にも影響を及ぼさずにはいないだろう。次節では露伴の後年の作品から俳諧の評釈と考証的随筆とを例として、そのことについて考えてみたい。

五

第一作「露団々」の章題にも芭蕉の発句を用いていたように、早くから俳諧に興味を持っていた露伴は、根岸党のつきあいのなかで俳人であった幸堂得知の教えを受けた。露伴自身、のちに「私が少し俳諧をのぞきましたのも、今お話した幸堂さんに御親しくしたのが大へん助けになつて居ります」と語っており[27]、得知からの影響には自覚的であった。彼はさらに、「饗庭さんもその方（俳諧―注）は幸堂さんに質されたものです」とも述べているが、根岸党の交流のなかで露伴の俳諧への素養が培われていったことは疑いない。そして、彼が後年になって執筆した芭蕉七部集の評釈には、歳月を経た後も、根岸党の精神が息づいていたことが示されている。

人も忘れし赤渋の水　　凡兆

といふのに

うそつきに自慢いはせて遊ぶらん　　野水

と附けてゐるのがある。赤渋の水は飲めぬやうな悪い水である。随つて人も云囃さぬ古井である。嘘つきが何かそれに就て物識めかして変な咄などをする。又例の何でも知つた愚慢先生の御話だと思ひながら、遊ぶ気になつて腹で笑ひながら閑暇潰しの慰に聞いてゐる。こんなことは世間に得て有る事だが、自慢云はせて遊ぶらん、と人の悪いやうなことだが斯様云ひ取ると、そこに不可言の滑稽味があつて、勿体ぶつた嘘つき、へ、エ、へーエと聴いてゐる薄利口の男の対照が軽いユーモアを感ぜしめられて甚だをかしい。そこへ

又も大事の酢（すし（ママ））を取出す　　去来

と附けてゐるので、何とも云へぬ可笑しさが込上げて来る。此の酢は江戸の握り酢や大阪の圧し酢ではない。大切な酢といふのだから勿論の事、珍下物に属する琵琶湖の鮒の酢とか、北越の鮭の酢とか、紀州の縄巻酢とかいふ類のものである。それを大事のものと惜みながら講釈を添へて坐上へ取出すところ、フ、、ハ、、と笑はずには居られない。味はへば味ふほど下品で無い軽い可笑味は到底七偏人八笑人等の滑稽小説の及ぶところでない。(28)

柳田泉は露伴の俳諧評釈について、「解釈の文章そのものが、詩趣なり、挿話なり、学識なり、考証なりを含んでゐ」るとし、一個の文学作品たりえていることを指摘した。(29)右の引用部は「猿蓑」の連句の評釈であるが、露伴はその「不可言の滑稽味」「軽い可笑味」を、「嘘つき」と「薄利口の男」の二人の物語によって描きあらわしてゆく。その中心になっている水や寿司についての「物識」を気取る滑稽さは、「珍饌会」の趣と共通しており、あるいは「珍饌会」自体、この連句からの着想だった可能性も考えられる。だがいずれにせよ、両者に共通する〈笑い〉の性質が根岸党につながっていることは間違いなく、その意味でこの評釈には、党における遊びの経験と、〈笑い〉の精神を重んじて作品を書くという発想や方法が、深く関係していると考えられるのである。

このような、文学におけるユーモアや滑稽さを重んじる露伴の態度は、また研究や考証的随筆などの作品にも反映している。たとえば、晩年の「仙書参同契」から一節を示そう。

これは（中略）自分の信ずるものを本尊として、一処懸命に祭祀の誠を致して、それによつて僊を得んとする輩のことを指して言つたので、信仰を固めつけるに伴なつて、遂に怪しきものの姿を見るに至り、あら有難やと感

> 慨し、歓喜随喜の涙をこぼして、長生疑ひ無しと疑はぬ間に、忽然としてコロリと死し、壇前に敢無き骸をさらすに至るを憐むだのである。（中略）さあ心歓意悦の境に居て、ます〳〵祈祭の丹誠を抽んづる間に、天寿の足らないものならポクリと死ぬのである。これが阿彌陀を信じて極楽往生を願つた末に死んだといふのなら、西方へ御引取を頂いたといふので宜しいが、長生無限の僊人たらむことを願つて夭死といふのでは何様も滑稽になる（中略）参同契は是の如き祭祀によつて僊を得んとするのを排し、之を哀れみ悲しんでゐるのである。(30)

この作品は、学術雑誌に掲載された道教経典の研究であり、俗語や冗談をまじえながら語られる露伴の文章は、他にくらべて異彩を放っている。さらにもう一作、「魔法修行者」から九条植通の描きかたを見てみよう。

> 紹巴は時々此公（植通―注）を訪うた。或時参つて、紹巴が、「近頃何を御覧なされまする」と問うた。すると、公は他に言葉も無くて徐ろに「源氏」とたゞ一言。紹巴がまた「めでたき歌書は何でございませうか」と問うた。答へは簡単だつた。「源氏」。それきりだつた。また紹巴が「誰か参りて御閑居を御慰め申しまするぞ」と問うた。公の返事は実に好かつた。「源氏」。／三度が三度同じ返答で、紹巴は「ウヘー」と引退つた。成程此公の歩くさま（ママ）には旋風（つじかぜ）が立つてゐるばかりでは無く、言葉の前にも旋風が立つてゐた。(31)

研究や考証的史伝といった性格が強いこれらの作品にも、つねに諧謔味が織込まれ、くだけた語り口調で滑稽さが描き出されているのがわかるだろう。そして、すでに第五章で「頼朝」に即して詳述したように、一見すると多数の資料を用いた厳密な研究のように思える史伝作品においても、およそ歴史上の人物の生きた世界とはそぐわない話者の冗談が随所に差挟まれ、しかしそれによって閉鎖された虚構の物語世界にとどまらぬ、より洪大な作品空間が実現されていたのだった。このような、おそらく山田寅次郎や根岸党の文人たちと遊んでいた若き日より露伴の精神の根幹をなし、晩年にいたるまで変ることのなかった、明るい笑いやユーモアを重んじる姿勢こそが、彼の文学を支える重要な特質であり、また魅力にほかならないのである。

ただし、ここで見逃してならないのは、本章で挙げたような滑稽さを基調とした作品においても、一方では意外なほど厳密に資料に依拠することが求められている点である。先に、「珍饌会」の作中に見える「呂氏春秋」や「南楚新聞」への言及について紹介したが、別の箇所にはまた、「飲膳正要」「易牙遺意」「饌史」「飲食須知」などの書名も見えている。すなわち、この物語中で登場人物たちが持寄る、荒唐無稽きわまりない料理の数々は、実はおのおの何らかの典拠を有していたのである。それが単なる偶然ではなく、明らかな意図を持って行われていたことは、露伴が晩年になってから本作について、「蝸牛を食べたのは、支那では文王、周公といふ時代から食つてゐたのですから、それを新しげに書いたのは弱つちやいますね」とも発言して(32)、気にかけていたことから知られるだろう。

典拠資料に関するこうした厳密な意識は、「珍饌会」の基調をなしている登場人物たちのふざけちらした会話にくらべると、いささか奇妙な印象を与えないでもないが、むしろ作中の論理に統一性を求めようとするそうした姿勢こそが、逆にこれまで露伴文学の総体的な評価を困難にしてきた一因なのかもしれない。露伴にとってはおそらく、様々な文献を渉猟し、考証することもまた、広い意味での遊びだったのであり、だからこそ「頼朝」や右に挙げた「評釈芭蕉七部集」のような、融通無碍にうつろう自在な語りによって、読者を闊達な世界へといざなう文学作品が可能になったのであった。このような姿勢はたしかに、次第に苦悩や悲哀ばかりを偏重するようになる文学の潮流、あるいは専門化細分化の度合いを強めてゆく学問の方向性とは異質なありかただが、しかし我々はその点を捉えて、彼を前時代の遺物とすべきではないだろう。それはむしろ、明治中期という文化的混淆の時代にあって新旧の文化をゆるやかに接続させ、遊びや笑いの精神を基調とする独特な〈党の文学〉を創り出した根岸党の文人たちと、若き日に濃密な交流を持って影響を受けた露伴ゆえに成しえた、我々に芳醇な楽しみと愉悦とを味わわせてくれるいわば贅の文学だったのである。

注

（1）青木玉・松山巖「祖父露伴、母文のこと」（『文学界』平成八年五月）、二百六十七頁。

（2）「突貫紀行」の発表は『枕頭山水』（博文館、明治二十六年九月）に収められる時点まで下るため、加筆あるいは改稿がなされている可能性も否定はできない。ただ、登尾豊は「本当のところは不明」としつつも、「発表された部分に改竄や加筆を疑う根拠はない」としている（「露伴登場」、『新日本古典文学大系　明治編』22「幸田露伴集」、岩波書店、平成十四年七月、五百二十三頁）。本論でも、本文中に引用した狂歌や松島遊覧の記事などは、後年に附け加えられたものと見る合理性がないことから、原則として明治二十年の旅行とさほど離れない時点での執筆と考えた。

（3）会の名称と日づけは、『学海日録』第七巻（岩波書店、平成二年十一月）の三百六十四～三百六十五頁、および宮崎三昧「露伴子」（『大阪朝日新聞』明治二十三年五月十五日）による。

（4）宮崎三昧「私と西鶴」（『高潮』明治三十九年六月）十二頁。

（5）饗庭篁村（推定）「珍書会」（『読売新聞』明治二十二年六月五日）、高橋太華「中西梅花君」（『新古文林』明治三十九年十月）。なお、注（4）に前掲の三昧による回想、およびこの太華の回想ではどちらも、単に「珍書会」としか表記されていないが、三昧が当時大阪に住んでおり、如蘭会のあった六月二日前後にたまたま上京していたこと（『学海日録』）、および彼が大阪を引払って帰京する明治二十三年八月の時点には、露伴はすでに根岸党の人々と親しく、両者の回想の内容と矛盾することなどから、これらの「珍書会」とは、すなわち如蘭会であると推定できる。
（6）饗庭篁村「紅葉と菊」（『読売新聞』明治二十二年十月二十九日）。なお、引用文中の「落花漂絮」は梅花の別号であり、「新六祖」には文中に挙げられている四人のほかに、同行の得知と篁村も加える。
（7）饗庭篁村「純帳巡り（第二回目）」（『読売新聞』明治二十二年十一月二十八日～二十九日）。「緞帳巡り」はこれ以外に三度催されたが（第六章参照）、以後露伴の参加は確認できない。
（8）幸田露伴「乗興記」（『大阪朝日新聞』明治二十三年五月十八日～六月五日）。
（9）幸田露伴「日ぐらし物語」（『読売新聞』明治二十三年四月八日～二十九日）。
（10）たとえば明治二十四年二月、篁村と露伴が鶯春亭にて酒に酔い、三昧と思軒の宅に押しかけたことが作品になっている（饗庭篁村「徳利の行方」、『東京朝日新聞』明治二十四年三月六日）。また、これも党に参加していた福地復一が、鶯春亭を「ウグヒスのハルのヤドリ」と呼んでいたことも伝えられている（饗庭篁村「二三の思ひ出」、『天心先生欧文著書抄訳』、日本美術院、大正十一年九月）。
（11）饗庭篁村「大福引」（『東京朝日新聞』明治二十三年二月十一日）。
（12）幸田露伴「遅塚麗水宛書翰」明治二十三年七月十四日（『露伴全集』第三十九巻、岩波書店、昭和三十一年十二月）十九頁。
（13）饗庭篁村「徳利の行方」（『東京朝日新聞』明治二十四年三月六日）。
（14）幸田露伴「当世外道の面」（『国会』明治二十四年八月十八日～二十七日）。「大通外道」は八月十八日に掲載された。
（15）この「根岸字彙」の語は、本作が『文藝倶楽部』明治三十年四月に収められた際に、「愚慢字彙」とあらためられた。
（16）饗庭篁村「ぶらつき初めの一」（『東京朝日新聞』明治二十四年八月二十三日）。
（17）幸田露伴「易心後語」（『国会』明治二十五年七月十四日～八月三十日）。
（18）関根只好・高橋太華・森田思軒・幸田露伴・久保田米僊・須藤南翠・幸堂得知・富岡永洗『草鞋記程』（学齢館、明治二十五年十二月）。
（19）饗庭篁村・幸堂得知・幸田露伴・関根只好・高橋太華・久保田米僊・富岡永洗「足ならし」（『狂言綺語』明治二十六年

三月）。

(20) 幸田露伴「珍饌会」（『文藝倶楽部』明治三十七年一月）。

(21) 幸田露伴「易心後語」（前掲）中、其三（七月十四日）。露伴の言う「妙法」は、「八王子帰りの汽車」との言葉から、明治二十五年七月に催された多摩川での鮎狩りの帰途に行われたものと推定される。ただし、この鮎狩りについては幸堂得知が紀行「四季をり〳〵　玉川の鮎狩」（『国民新聞』同年七月六日〜二十日）を残しているが、それらしき記述は見当らない。

(22) 饗庭篁村「女旅」第八回（『東京朝日新聞』明治二十四年三月十七日）。

(23) 饗庭篁村「○それならば、つはぶきの天ぷら（珍饌会を読みて）」（『手紙雑誌』明治三十七年三月）二十七〜二十八頁。

(24) 幸田露伴「我邦文学の滑稽の一面」（『帝国文学』明治三十七年一月）附録五十八〜五十九頁。

(25) 本文中で引用した鍾斎の言葉に、「此頃評判の食心坊といふ小説」への言及があるが、塩谷賛はこれについて、「村井弦斎の「食道楽」に似せた」と述べている（塩谷賛『幸田露伴』上、中央公論社、昭和四十年七月、四百四頁）。

(26) 幸田露伴「明治文壇雑話」（『日本文学講座』第十五巻、新潮社、昭和三年三月）雑録一頁。

(27) 「市島春城 幸田露伴両翁を中心とする座談会」（『日本趣味』昭和十年七月）三十四頁。

(28) 幸田露伴「俳諧に於ける小説味戯曲味」（『中央公論』昭和二年九月）公論百十九頁。

(29) 柳田泉『幸田露伴』（中央公論社、昭和十七年二月）四百四十五頁。

(30) 幸田露伴「仙書参同契」下（『思想』昭和十六年十月）二十七頁。

(31) 幸田露伴「魔法修行者」（『改造』昭和三年四月）二百十六頁。

(32) 「幸田露伴氏に物を訊く座談会」（『文藝春秋』昭和八年二月）百九十頁。

III

第九章　近代化する社会と個人——樋口一葉「うもれ木」論——

一

明治二十五年三月、「闇桜」（『武蔵野』掲載）によって作家として出発した樋口一葉は、おなじ年のうちにさらに五篇の小説を発表した。新進作家としては、まず成功したほうと言えようが、しかしそれらの初期作品は「大つごもり」（『文学界』明治二十七年十二月）にはじまる後期の作品群にくらべ、概して低い評価しか与えられていない。研究の進捗状況も決してはかばかしいとは呼べないが、今そのいくつかをあらためて読返してみると、そこには一葉の文学を考えるうえで、看過できない問題が含まれていることに気がつく。すなわち、後期の傑作へとつながる萌芽とともに、後に失われてしまうような雑多な可能性を、これらの作品ははらんでいたと考えられるのである。

本章で取上げる「うもれ木」もまた、そうした初期作品のうちの一つである。(1)「闇桜」とおなじ年、明治二十五年の十一月から十二月にかけて『都の花』に掲載され、一葉の文壇出世作となったこの作品には、早くから幸田露伴の影響が見出されてきた。たとえば、明治二十六年三月二十一日の一葉の日記には、来訪した平田禿木が「君も露伴は好み給ふなるべし、君が埋木をこそ見参らせしより、大方はをし斗りてなん」と問いかけたのに対し、一葉が「今の世の作家のうち、幸田ぬしこそいと嬉しき人なれ」と答えたことが記されている。このように、同時代人からも露伴の影響下にある作品と捉えられていた本作は、そうした特徴のゆえに、いまだ自己の作風を確立していなかった一葉の習作であると位置づけられてきた。

たしかに、「うもれ木」の主人公が陶器の絵つけ職人であり、反俗的気骨を持っていることや、技芸や美への陶酔境が描かれていることなどには、露伴の「風流仏」（明治二十二年）や「一口剣」（明治二十三年）に対する明らかな意識がうかがわれる。また、「うもれ木」の文体に「風流仏」からの影響が見られることも、すでに田貝和子によって国語学的な見地から論証されている。(2) ここで露伴の作風を模倣した一葉の胸中を忖度してみるならば、明治二十二年の二月から八月、おなじ『都の花』に「露団々」を発表して鮮烈なデビューを飾った露伴の経歴を、彼女は意識したのではなかったか。それにより高額な原稿料を手にした露伴が中仙道を旅してまわったのは、まだ文壇の外にあった田山花袋も「たまらなく私たちを羨しがらせた」(3) と回想しているように有名な話であり、一葉もそれを当込んでいた可能性は高い。(4)

ともあれ、このような特徴を持つ「うもれ木」は、その読解の方向性においても露伴の作品、とりわけ「風流仏」と重ねて読まれることが多かった。たとえば山根賢吉と坂本政親は、ともに「うもれ木」と「風流仏」との「符合」を指摘し、本作の主題を「芸道に精進し、そこに解脱を求める名人気質の精神力」（坂本）と見ている。(5) また塚本章子は、「風流仏」や森鷗外の翻訳「埋木」（明治二十三〜二十五年）との比較のうえで、本作を「籟三の「存在」や「芸」そのものが持ってしまう罪悪を暴き出し、「芸」の超越性を相対化していく視点を併存させている」テクストと位置づけた。(6) しかしながら、本作がたしかに一見「風流仏」に近似しており、露伴からの影響も看取されるとはいえ、作品の読解にあたっても、露伴作品についてしばしば言われる〈芸〉または〈芸道〉という主題を無条件に前提してしまうことは、「うもれ木」の正確な理解をはばむ結果となるだろう。

そしてまた、これも早くから指摘されてきたプロットの不自然さについても、おなじことが言える。明治三十年四月、『めさまし草』誌上の合評「雲中語」において「うもれ木」が取上げられており、森鷗外らしき人物が次のように述べている。

全体無理なる結構にて、辰雄程の心冷なる山師の先師の墓前にて籟三に出逢ひ、その打擲を受けながら昔日の罪を謝するは怪しき事の第一なり。若し所謂「楠殿の泣男、飼つて置かば何にかなるべし」といふ位なる籟三のためにこれ程の狂言をしたりといはゞ、それも矢張怪しかるべし。次に辰雄が途中にて高利貸に責めらるゝ、老婆に五円を恤むといふも、まさかお蝶が見て居る故といふにもあるまじければ、これを怪しき事の第二とす。次に籟三の花瓶のために辰雄の出す財も、山師の元手を卸すにしては、あまり迂遠なるべし。怪しき事の第三は是なり。

この発言は以後、「うもれ木」の読解を方向づけてきた。すなわち、本作を入江兄妹が悪人である辰雄にだまされる物語と解し、そのうえで辰雄の悪事が不明瞭なことや、彼の人物造型の矛盾を指摘して作品の欠陥とするのが、従来の「うもれ木」評価のほとんどであった。和田繁二郎が辰雄について、「その大悪事が明確でなく、如上のような大仰でもっともらしい言説を弄するだけで、しかも、論理の錯雑や不透明な言をすらまじえているところに、辰雄の形象の不備があると言わねばならない」と評しているのは(7)、その最たるものであろう。こうした見解には、「うもれ木」が一葉の初期作品であり、後期の作品群にくらべて質的に劣るはずだという、作品外の事情が色濃く反映されているようである。

以上のように、これまでの「うもれ木」評価は、露伴文学からの何らかの影響を見出したうえで、一葉の作品としては習作の段階にあると捉え、特にプロット上の欠陥は覆いようがないとする論調が大勢を占めてきた(8)。しかしながら、ここであらためて繰返すならば、「うもれ木」は本当に矛盾を抱えて破綻した作品で、また〈芸〉を描くという主題や文体において露伴からの影響が色濃い習作という評価しかできないのだろうか。本章では、右に挙げたような作品外の事情をひとまず措き、この作品を作品内の言葉に従って読みなおすことで、その可能性と問題性とをあぶり出してゆきたい。そしてその先には、鷗外とともに「雲中語」の合評に参加しながらさしたる反応を見せず、あるいはまったくの沈黙を守っていた露伴が(9)、「うもれ木」をいかに捉え、どのように受容していたかという、露伴側の問題までもが見えてくるだろう。

二

まずは、主人公である入江籟三の人物像を確認しておこう。彼は陶器の絵つけ職人という設定であり、その作業のさまは次のように描写されている。

静かに須がきの筆を下ろしぬ。生地は素より沈寿官が精製の細墨陶(さいふんとう)、撰らみは籟三かねての好み、三尺の細口にして、台附龍耳の花瓶一対、百花これより乱れ咲いて、粲たる金色みるは幾月の後、心未来に先づ馳すれば、人物景色眼前に浮かんで、我しらず莞爾と笑む籟三。王侯貴人なんの物かは、世塵遠く身を離れて、凌風駕雲の仙に入る心地、経つ日覚えず明けぬ暮れぬ。（第五回）

四窯八度びの窯の心配、薪の増減烟りの多少、火色に胸をもやし微響にも気をいためて、罅(ひび)や入たる流れやしけん、金色の不明絵の具の変色、苦を嘗めつくせし此処幾月、思ふこと思ふに叶ひて、新藁みがきに磨き出せし光

沢、燿く光りは我が光り。（第八回）

しかしながら、これらの記述は籟三の懸命さや苦心を描くにはいささか空疎であり、彼の芸を作品の主題となしうるような力を持ってはいない。また分量の面においても、その作中に占める割合は小さく、やはり「うもれ木」を彼の芸を中心的に描いた作品とは考えがたいのである。では、本作において籟三の存在を支えているものは何だったのだろうか。

ここで、籟三の人となりを詳しく記した、作品の第一回を読みなおしてみよう。薩摩焼の衰頽をいたく歎き、「心は小利小欲のかたまり」である同業者を憎む彼は、周囲から「慷慨先生」とあだなされるような人物であった。しかし、それ以上に彼の造型にとって重要なのは、次のような籟三自身の言葉であろう。

軽薄浮佻を才子と呼ぶ明治の代に、愚直の値どれほどのもの、熱心の結果はいかに、斯道の真は那辺（いづく）にあるか、よし人目には何とも見よ、我が心満足するほどの物つくり出して、我れ入江籟三変物の名を、陶器歴史に残さんずもの。（第一回）

このとき、籟三がみずから「変物」を名乗って自己規定し、ほかの画工たちとの差異化をはかっていることに注目すべきである。冒頭からこの名乗りまではすべて籟三の独白であり、彼はそのなかで自分が尋常一般の画工とは異なることを繰返し言明し、偏差を強調している。籟三の意固地な性格とはすなわち、彼自身によって自発的に選びとられ、作りあげられたものにほかならないのである。

では、籟三はどのような基準によって、自他を線引きしようとしていたのか。彼の言葉を参照すれば、ほかの絵つけ師たちは利欲におぼれて「美」を忘れ、次のような世の中の風潮に迎合していると言う。

兎角は金の世の中に、優でご坐るの、妙で候のと言ふ処が、結局（つまり）は仕切り直段の上に有ること、問屋うけの宜き物、一致あり難しとは、そも何方より出る詞ぞ。（第一回）

籟三はさらに、彼らが質の低下をかえりみず、粗製濫造に走っていることを糺弾する。これらの言葉から、籟三は彼らを［商品・流通］の経済にとらわれた存在として認識し、そうした風潮に反発していたことがわかる。これに対して籟三自身は、「斯道の真」なる美を追求して、名を「陶器歴史」に刻むことを望み、あるいは「大日本帝国の名誉」を顕揚しようとする存在だと言明されている。また「万里海外の青眼玉に、日本固有の技芸の妙、見せつけくれんの腸（はらわた）もつものなく」（第一回）、あるいは「日本固有の美術の不振、我が画工の疲弊の情、説かば談合の膝にも」（第三回）とも述べており、そのための方途として彼が夢みるのは共進会や博覧会への出品であった。すなわち籟三は、自身を［美・名誉］のカテゴリーに属するものとして規定し、またそうあらんと望んでもいたのであり、彼の措定する自他の差異化は、この［商品・流通］のカテゴリーと［美・名誉］のカテゴリーとの二項対立に基盤を置いていたのである。作品の冒頭から長々と述べられる独白は、こうしたスタンスの表白にほかならない。

逆に言えば、籟三は［商品・流通］の枠組から自発的に逸脱し、ほかの絵つけ師たちとは一線を画することで、自身も「口惜し」と感じている「赤貧の身」の存在意義をかろうじて見出している人物だとも言えよう。だとすれば、彼にとってその二項対立を無化することは、厳に慎まねばならない禁忌であった。

袖なし裕衣（ゆかた）の模様は何、籬（まがき）に菊の崩し形か、夫れよ今度の香爐（ママ）にあの書き廻しも面白かるべし。注文は龍田川とか、何の我が腕で我が書くに、入らぬ遠慮究窟（きゅうくつ）くさし。先師の言付より外は他人の意見いれたこと無き籟三、身貧に迫つて意を曲ぐるなど嫌やな事なり。（第三回）

不満々々の塊まりは、何の世の中あき盲目（めくら）ども、是れ相応と投げ出しものにして、意匠もちひず鍛（ママ）れん馬鹿らしく、品物の面てよごしてやれば、我が血涙を呑みし粗物も、彼れ衣食の為にする粗物も、見る目に何の変りなく、口ほどもなき駄物師と嘲けられて、我が名いよ〳〵地に落ちたり。（第五回）

このように意識的に注文の絵柄を拒絶し、あるいは作品をよごして出荷する、すなわち商品としての価値を下げようとしていることから、籟三がみずからの作品の流通を拒否しているのは明らかである。それゆえに、たとい彼の作品を評価する者があろうとも、商品として買いとろうという提案を承諾することはできない。

是れ高く成りし評判に、出来上がらぬ内より我れ買ひ取らん、いや是非とも私しにとせり合ひの申込、一々に跳ねつけて、今歳コロンブス博覧会に出品の計画。（第七回）

これらには、あえて商品としての価値を抛棄したうえで美と名誉の追求を立地点とする、籟三の自己認識が示されている。すなわち「うもれ木」の本文は、籟三がみずからつくり出した差異の体系のなかに自己の価値を生産しようとする過程を、的確に描き出しているのである。彼を「慷慨先生」と呼び、「酒席の噂」の話題としていた世間の声は、籟三のそのような自己規定を追認し、保証する役割を担っていたのだった。

このように見てくると、籟三は自他を差異化することに、一貫して成功しているかのようにも思われる。しかしながら実際には、彼の措定した［商品・流通］と［美・名誉］という二項対立には、それ自体の有効性に関わる根深い問題が含まれていた。次にそのことを、当時の窯業界の状況や籟三がめざす「共進会」や「博覧会」「陶器歴史」など、同時代の文脈を参照しつつ考えてみたい。

三

ここでふたたび入江籟三の設定を確認しておくと、彼は東京「高輪の如来寺前」で薩摩焼の絵つけをなりわいとする「画工」であり、作中時間は岡野幸江によって、「辰雄と籟三との出会い」が明治二十五年のことと推定されている。[10] しかし、なぜ伝統的な窯業地ではない東京に「二百に余る画工」が存在し、あまつさえ薩摩藩の特産であった薩摩焼を製造しえたのか。[11] さらには、陶工ならざる「陶画工」とはいったい何であるのか。まずは、そうした作品の背景から検討をはじめよう。

早くから陶磁器を重要な輸出品と見なしていた明治政府は、輸出拡大をめざして日本製品をアピールするため、明治六年に開催されるウィーン万国博覧会への参加を決定した。そこに出品する陶磁器製作を目的として、明治五年、浅草に「磁器製造所」が設けられたのが、東京における近代窯業の嚆矢である。ただしこの磁器製造所では、素焼の素地に絵つけをする作業しか行われておらず、そのために絵つけ専門の職人たちが多数集められていた。

ウィーン万博の開催を迎えて、その役割を終えた磁器製造所は閉鎖されたが、職工たちの離散を惜しんだ御用掛の河原徳立によって組織ごと受継がれ、民間の工場である瓢池園として稼働することになる。[12] さらに、万博直後に諸国からの取引希望を受け、博覧会日本事務局の副総裁でもあった佐野常民が設立した起立工商会社は、貿易のかたわら浅草に「陶器製造絵付所」を設け、輸出品の製作も行った。それまでは今戸焼が細々といとなまれている程度だった東京において、陶器絵つけ業が誕生したのはこのような経緯によるものであり、二階堂充はその事情を次のように概括している。

博覧会事務局は浅草に付属の磁器製造所を設け、多くの画工を雇って瀬戸や有田から取り寄せた素地に絵付を施させたが、素地の生産と絵付の分業ということは規模の大きい窯業地では早くから行われていた。しかしながら、大量の製品を海外に向けて輸出するという時代になると、貿易港を擁する地域に大量生産品である素地を取り寄せ、海外の需要に沿った多様な絵付をそれに施すといった業態に大きな利点が生じ、東京や横浜には、いわゆる陶磁器絵付業が新たな産業として登場することになった。[13]

こうした政府の輸出拡大政策によって、陶磁器の輸出量は順調に伸びていったが、明治十五年以降、松方デフレ政策による不況のあおりと粗製濫造の弊害で生産額は急激に減少する。

瀬戸地域に於ては、その生産額は十五年度は前年の六割、十六年度には四割に減退し、美濃地域に於ては十五年は十四年の七割、十六年度は三割三分という驚異的減退を見るに至つた。[14]

これに対し、農商務省は積極的に改善策を講じた。特に明治十八年の四月から六月、上野公園において開催された五品共進会は大きな功を奏し、これを機に窯業界はふたたび活況を取り戻した。とはいえ、窯業界の好況は海外からの需要に大きく依存していたのであり、そのことは『大日本美術新報』などの雑誌で海外での売れゆきの動向がつねに伝えられているほか(15)、次のような資料によっても知ることができる。

不景気中に珍らしく繁忙なるは陶器師なるが、同職工の賃金を聞くに、今横浜にて上等一日一円、中等七十銭、下等四十銭位にて、夜業を為すときは別に手間料を支払ふ程なりと。其は同港製の陶器は是まで重(ママ)に米国へのみ輸出ありしに、頃日仏国の需要多く、又清国へも弗々輸出を始めしが為めにて、其種類は咖啡茶碗、菓子鉢、花瓶等なりといふ(16)。

逆に言えば、当時の陶器生産者にとっては海外への販路の確保が何よりも重要だったのであり、それが困難な個人の職人たちは困窮の度合を強めてゆく。たとえば一葉の兄、虎之助の師であった成瀬誠至については、次のように伝えられている。

成瀬誠志ハ（中略）薩摩罌器ニ倣ヒ、一種ノ画風ヲ彩描シテ、盛ニ輸出品タリシモ、前年薩摩本地ノ陶器一時声価ヲ失ヒシニ際シ、其余響ヲ承ケ損益相償ハサルモ、能ク耐忍維持シ（中略）（しかしながら―注）明治十四年祝融ノ災ニ罹リ、其地官有ニ帰セルヲ以テ再築ヲ得ス。今単ニ、薩摩本地ノ製器ニ着画スルコトヲ業トス(17)。

なお、ここに記されている薩摩陶器の失墜とは、「京都粟田において盛に薩摩焼模造品を製出せしより頓に衰ふといふ」という事情によるものと考えられる[18]。おそらく、籟三が歎く「斯道の衰退」とはかかる状況を指していると思われ、そして彼自身もまた、独力では販路を切りひらくことのできぬ一介の職人にすぎなかった。このように、入江籟三の造型は当時の陶器製造業の状況を的確に反映している。

明治政府はまた、陶器を伝統的な工芸品と認定することによってその正統性を保証するとともに、国威の発揚を企図していた。これは、西洋的な近代化を急速に進めてきた明治日本という国家が、その内実の空虚さを充填するために、歴史や古典を整備することでみずからのアイデンティティを確立しようとする動きでもあった。たとえば、博物局に勤務していた黒川真頼が明治十一年に著した『工藝志料』は、翌年のパリ万博の開催を前にして、各地の窯場の歴史的沿革を明らかにする試みであった[19]。あるいは、政府は共進会や博覧会の出品解説に載せるため、出品者たちに各自の生産規模や褒賞履歴などのほか、窯場の伝来や先祖の伝記などを府県に提出させもした。籟三の手がける薩摩焼に関しては、明治十九年四月九日の『官報』に、鹿児島における陶器製造の歴史が記されている。とりわけ、前述した五品共進会における出品解説をまとめた『府県陶器沿革陶工伝統誌』は、こうした官主導の陶器歴史の形成を集約するものであった[20]。

以上のような明治政府による陶芸の歴史の整備は、叙上のごとく、輸出拡大に向けて国内産業の地盤を整える作業の一環であった。輸出品としての陶磁器を製作する陶工たちが、古来からの伝統の系譜上に位置するという保証を与え、その正統性を認定すること。これが、明治政府のねらいであった。

このような同時代の状況にかんがみれば、籟三の主張するカテゴライズの不安定さは明らかであろう。彼は作品の冒頭から薩摩焼の伝統を強調していたが、実際のところ籟三は東京における絵つけ職人にすぎず、政府の主導によって新しく出現した産業の域を出ていないわけで、その意味で彼は、薩摩焼の正統からすれば傍流でしかない[21]。あるいは、だからこそ逆に籟三は薩摩焼の歴史に強く執着していたのかもしれないが、いずれにせよそうした正統性自体、殖産興業のために明治政府によって整備され、つくられてきたものにほかならない。すなわち、共進会や博覧会へ出品し、「陶器歴史」に名を刻むという籟三の欲望は、殖産興業政策のなかに完全にからめとられてしまっているのである。

このように、籟三の主張する「美」や「名誉」などがすべて、明治政府によって殖産興業のために用意されたものであった以上、［美・名誉］と［商品・流通］という二項対立のカテゴライズは、実ははじめから矛盾を抱えたものであった。入江籟三が商品流通の経済から脱することは、その設定上、本質的に不可能だったのである[22]。そしてまた籟三自身も、そうした自分に対して「名誉を願ふ心払ひがたく、三寸の胸中欲火つねに燃えて、高く掛るべき心鏡くもりといふは是れのみなり」（第三回）と述べるなど、かすかな違和感を自覚しながら、それを意識下におしこめて生きていた。ところが彼は、おなじ陶画工の道を志しながら、「先師の画工場」から多額の金を持って消えた篠原辰雄と関わりを持つことで、大きな転機を迎えることになるのである。

四

これまで、前引した「雲中語」の読み方に影響されてか、篠原辰雄は詐欺師で悪人であるとする見解が大勢を占めてきた。しかし「うもれ木」をそのように読んだ場合、当の「雲中語」が提出した、辰雄にまつわる疑義を払拭することは困難である。すなわち、辰雄が高利貸の取立に苦しむ老婆を救う記述（第二回）の意味が不明瞭となること、辰雄の言う「詐欺」の内容が具体的に示されていないこと、辰雄の計画と籟三との関連が曖昧なことなどである。しかしながらこうした辰雄理解、辰雄詐欺師説は、はたして動きようがないものなのか。この節では、彼の人物像について考えてみよう。

辰雄の造型に関して、彼がかつて金を持逃げした理由についての、岡野幸江の以下の見解は重要である。

篠原が「国利国益」のために活動しようとしたことが、例えば秩父事件（明治十七年）を初めとして、大阪事件（明治十八年）にいたる当時の自由民権運動左派の急進主義的な活動を想定して書かれたものであると考えてもよいのではないかと思う。また籟三が篠原と再会する先師の墓に訪れたところを「紺薩の古手に白兵児の姿、懐に建白書相応なれど」書いていることなども、そこで出会う篠原にかつての民権壮士のイメージを結びつけるための伏線ではないかと考えられる。(23)

このことはまた、未定稿CⅣ‐11(24)に存在した「今こそあれ末にはと天晴豊太閤を気取りたる」という文章、すなわち彼の出奔が立身出世のためであったとする記述が、決定稿からは削除されていることとも符合する。ところが、氏は「当初の辰雄像が書き進むうち変わっていったのではないかと思う」として、「辰雄の裏切りがやや唐突であること」に人物像の屈折を見出し、決定稿の篠原辰雄は結局、悪事をたくらむ詐欺師であったという説を容認しているのである。(25)

あらためて「うもれ木」の本文を見なおしてみよう。以下は、籟三が辰雄の言葉を漏れ聞いた瞬間の記述である。

影は障子に二人三人、聞きたし何の相談会と、引き立つる耳に一と言二と言、怪しや夢か、意外の事ども。某の子爵たまに遣ひて、何某長官に歎願さへせば、此事必らず成り立つべし。某の殿の証印は柳橋のに握らせ次第、金穴は例の大尽、気脈は兼て通じ置たり。跡は野となれ、山師ともいへ詐偽とも言へ、愚者に持たせて不用の財、引き上げる事世の為なり。思ふも腹筋は洋行がへりの才子どの、何の活眼しれた物よ。魔睡剤は入江の妹、此間の宴会に眼尻の角度見て取りぬ。（中略）籟三といふ奴おもひの外、遣ひ道不向なれど、飼つて置かば何にか成るべし。楠どの、泣き男、人間に不用もなき物、博く愛する是れも仁かと不敵の詞。（第八回）

辰雄詐欺師説が根拠とするのは、この部分の記述である。だが実際のところ、この辰雄の言葉は、誰か密談の相手に向けて発せられたものにすぎない。すなわち、籟三の視点から描かれたこの箇所は、彼がいままで知らなかった辰雄の一面をまのあたりにし、衝撃を受けたことしか意味していないのである。そして、そのような辰雄の側面は対話の相手との関係のなかで浮上してきたものにすぎず、籟三との関係において見せる国家や民衆のことを考える活動家、あるいはお蝶との関係における高潔な紳士という側面と同様に、彼の固定的な本質ではありえない。

伊藤佐枝はこの部分について、「「唐突」なのは籟三兄妹の側から読んで来たからであって、籟三と共にすっかり辰雄に欺かれていた読者が、第八回で籟三と共に「怪しや夢か意外の事ども」（一七三頁）と驚くように『うもれ木』は語られている」と指摘した。こうした見地から、氏は「辰雄の言葉には裏表があり、従ってその辰雄の言葉が語る辰雄の物語にも裏表がある」と述べ、「仲間への言葉とて当てにならない」としており、首肯される読解である。(26) ところが氏は、「第二回の善行と第八回の奸計との分裂を繋ぐものがこの小説の中にない」ことから、辰雄を「謎の人物」とし、彼の「悪事」の存在は認めている。(27) その結果、伊藤は語りの焦点化の問題に注目し、辰雄の人物像が決定不可能な水準にあることを言当てながら、「「山師」「詐欺」まがいの行為」（十四頁、傍点原文）をはたらく悪人としての側面の存在を認めており、依然として「雲中語」以来の作品読解を抜け出してはいないのである。

しかしながら、作品の本文を仔細に検討すると、辰雄の詐欺行為の実体を示唆する記述がまるでないのに対し、むしろそれを否定する言説のほうが多いことがわかる。「雲中語」が辰雄の形象の不備として指摘していた、老婆を救った義侠心や籟三への接近も、彼が単なる詐欺師ではなかったことの証左と見ることができよう。また第五回に、八月の末には博愛医院の建設がはじまっていたことが記されているが、だとすれば「三田の工事の喧ましき」（同）とある以上、籟三の花瓶が完成した「春風」（第八回）のころには、工事は相当に進んでいたと考えるのが自然である。つまり、辰雄が病院建設の名目で金だけ集め、持逃げする計画だったと見ることは不可能なのであり、やはりこれは、「愛生済民」を志した彼の義侠心から行われたものとすべきだろう。

加えて、これまで「裏切り」などの言葉で辰雄の行為が糾弾されてきたが[28]、その実体もまた不明瞭である。たしかにお蝶を主体として見るならば、辰雄は間違いなく彼女の愛を裏切っているけれども、籟三に関して言うかぎり、彼はパトロンとして何らの裏切り行為も行ってはいない。辰雄は密談のなかでも、籟三について「飼つて置かば何にか成るべし」と語っており、お蝶の兄としての怒りはともかく、辰雄の援助を受けている職人としての彼にとって、何も不都合はないのである。こう考えると、辰雄は事業としての慈善活動を行いながら、美術にも関心を持ち、直接利益に結びつく見込みがなくとも、その作り手を援助している人物にすぎない[29]。

このことは、未定稿からの改稿によっても裏づけられる。たとえば第五回の未定稿には、決定稿では削除された次のような文章が見出される。

大坂の大分限何某とかや、一封の書簡に感じて幾万の金無期限にかし出したる物語り（後略）（未定稿EⅥ‐1）

また第八回の未定稿には、お蝶が辰雄の設けた宴席に出る場面が描かれていた。

目じりいやにさがりて、鼻の下の髭かりものらしく、雛妓の手を取りてたはむるゝ処。さりとはさりとは（マ）（マ）此人に任かする命、はじめより捨てたがましなり。其隣席の赤良顔は、当時日の出のしん商にしらぬ物なきお大尽様。すげがさ一蓋わらじ一足の昔しは何処、をごりも頂上のかしらより爪先まで思ひ切りしせい度三昧（贅沢）。御前とへつらふ何某の哥人、あごで靡ひで近作の自まん、高笑ひの声まで傍若無人なり。（未定稿HⅠ‐2）

引合する辰雄のかげに下ぐる頭の金糸はらりとあつびんの嶋田髷、玉をのべし襟あしの美事さ、衣もんつき高品にて、誰れ悪口の批評にも点の打度見出しがたく、美人々々と一坐のさゝやき。（未定稿HⅡ）

これらは辰雄の資金集めの様子を示す記述だが、決定稿ではいずれも削除され、彼のあくどさは軽減されている。そしてさらに重要なのは、第八回の未定稿に存在していた、辰雄の悪事を明示する記述がすべて抹消されたことであろう。

（お蝶の言葉として「兄さま」の呼びかけのあとに続く—注）世の中といふもの善人は少なく悪人斗と仰せられしな、その通り（その余白に—注）篠原さまは信じ遊ばすか、知れたこと也。（未定稿HⅤ‐4の抹消部分）

（籟三が密談を漏れ聞いて—注）子細ありげなり。大方は博愛医院の、と見て胸にうかぶ此頃の世の風説、おだや

かならぬ聞えもあるは（以下の文ナシ）　　（未定稿HV-6の抹消部分）

我知らずしのび寄る芝生の上、夕霜しめつて音もなく、袖がきがくれ近々ときけば、夢かや〔天下の耳目くらまして美名におほふ〕内まくの相談会。　　（未定稿HV-9）

また、第九回におけるお蝶の遺書にも、次のような記述があった。

我れ大奸人の悪人の、仁義の皮きて世の目をくらまし、心に虎狼の爪をとぐ篠原辰雄其人に何の恋、見るも厭はし聞くも穢らはし、八ツざきにして野に捨て丶、痩せ犬の腹こやさせてもあきたる事かは。　　（未定稿IV-2）

このように未定稿では、辰雄の悪事の存在はお蝶や世間の人々の声、あるいは地の文によって、確定的に示されていたのである。ところが、それらの記述がすべて削除され、籟三の漏れ聞いた会話だけが残された決定稿への推移にかんがみれば、辰雄を単純な悪人とするのは未定稿段階での設定であり、完成した作品はそのような類型化には否定的と見るべきであろう。

こう考えてみると、一葉が明治二十五年八月二十五日の日記に記した「あみ初し小説の趣向もいたくかへんとす」とは、辰雄を悪人としていたはじめの構想が抛棄されたことを指していたのかもしれない。ところが、彼女は右のような記述レベルでの改稿は行っても、作品全体の構造や布置を組みなおすことまではしなかったらしく、そのため作品には、辰雄の豹変を容易に予感させる構造が残ってしまった。先引した「雲中語」の評が、そうしたどんでん返しを自明のものとして扱い、多くの論者や読者がそれを肯定してきたのも、ストーリーとしては一種の定型と言ってもよい、かかる構造に誘引されたためではなかろうか。しかしながら、作品の本文に即して読むならば、「うもれ木」の物語を悪人辰雄にだまされる入江兄妹という単純な図式で捉えるのが適当でないことは、これまで論じ来たったとおりなのである。

では、辰雄が悪事をはたらいたのではないとすれば、籟三は何ゆえに怒り、作品を壊さねばならなかったのか。また彼は、お蝶に関しても「思へば恨らみは我れにあり」（第十回）として、その怒りを辰雄へではなく自分自身へと向けていたが、それはなぜだろうか。ここで再度、両者の関係を振返ってみよう。

籟三は自身を［商品・流通］のカテゴリーから切離そうとする一方で、［美・名誉］のカテゴリーの範囲を出ないかぎりにおいては、「日本固有の美術の不振、我が画工疲弊の情、説かば談合の膝にも」と述べていた（第三回）。だとすれば、次のような辰雄の言葉を聞いて、籟三がその援助を受ける気になったのは自然である。

> 幾多の画工の睡りを覚まして、国益の一助たゆたふ処か。吾邦（わがほう）特有の石陶器（やきもの）、価廉（あたいれん）といへど品は英仏伊に及ばず。独り薩州陶器のみは、土質釉料他邦に類なく、天晴れ名誉の品なるを、惜しや画工に気概なく、問屋に一の精神なく、今日の成行くちをしの思ひ、我れも多年の胸中にありし。（第五回）

辰雄は「大日本帝国の名誉」を顕揚しようとする籟三の側のカテゴリーにくみしていた、少なくとも籟三にとって、辰雄はそのように見えたのであった。「嗚呼人物と心にほめて（中略）喜色洋々門内を出しが、帰宅の後もお蝶相手に此物がたり。平常（つね）は蛇蝎と忌み嫌ふ世の人、兄（あに）さまの褒め者とはどんな人。お蝶見たしと思はねど、喜ぶ兄に我も嬉しく」（第四回）ともあるとおり、入江兄妹の目に辰雄はあくまで愛国の士、高潔な紳士として映っていたのである。そして、辰雄をそのように認識した籟三は、みずからのカテゴリーからの逸脱を意識せずに作品を製作することが、はじめて可能になったのであった。

籟三に焦点化したテクストがこうした記述によって繰返し隠蔽しているのは、前述のとおり、辰雄が実は詐欺師であったということではなく、博愛の士という顔の裏側にある抜け目ない実業家としての側面にほかならない。この場合、かかる二面性のどちらが辰雄の真の姿かという問いは意味をなさないのであり、博愛の士たる顔と狡猾な実業家たる顔とは、ともに辰雄のなかに表裏一体であったと考えるべきである。すなわち籟三は、辰雄の言葉を漏れ聞くことで、彼の知らなかった辰雄のもう一つの顔に直面してしまったのだった。

だがこのことは、籟三にとって致命的であった。［商品・流通］のカテゴリーからの偏差を保つことで自己の存在価値を創出していた彼は、愛国・博愛の士としての辰雄を信じるうちに、いつのまにかそのカテゴリーの内側に取込まれていたことに気づいたのであった。

これはおそらく、籟三のカテゴライズが抱えていた矛盾に起因している。ここで前節までの論旨を整理しておくと、彼はみずからを［美・名誉］のカテゴリーと位置づけ、その目標として「共進会」や「博覧会」への出品と「大日本帝国の名誉」の顕揚、また「陶器歴史」に名を刻むことを意識していた。しかしそれらはすべて、さらには籟三の手がける陶器の絵つけ業自体すらも、殖産興業を標榜する明治政府によって準備されたものにすぎず、［商品・流通］のカテゴリーからの弁別は原理的に不可能であった。こう考えてみれば、彼がその基盤の脆弱性ゆえに、右記の二項対立の両面を併せ持ち、社会において幅広く活動する辰雄の手のうちにからめとられてゆくのは必然だったのである。

それればかりでなく、籟三は結果的に、妹を〈商品〉として扱うことに荷担してしまってすらいた。彼ははじめ、お蝶について「天晴れの人物えらびて添はせたきもの」（第三回）と述べていたが、それに該当する人物として辰雄を見出し、二人が結ばれるよう仕向けていたのだった。

何某子爵最愛の娘、是非彼の人（辰雄―注）にと申込みの噂、聞く胸なにか轟いて、朧々兄に問へば、大丈夫と笑つて退けられぬ。されど流石に気に成りてや、其つぎの夜に訪はれし時、籟三その事いひ出して、実かと問へば、虚言ではなし。旧大名の幾万石とか、聞くばかりも耳うるさく、断り言ひしも五度か六度、未だに仲人殿むだ足に参らる、事可笑しと許、辰雄心に止めぬ様子。夫れは何故のお断り、君もまだ年若の、是れより独身にも居られまじ。望み好みの有るは知らず、大方ならば極められたが宜からんにと、籟三心あつて言へば、我れ独身にて終らんとも思はねど、華族の聟に成る願ひなく、姫君様女房にしたくなし。（中略）我れ望みは身分でなく親でなし、其人自身の精心一つ。行ひ正しく志し美事ならば、今でもお世話ねがひ度ものと、鮮かな詞、籟三片頬ゑみしてお蝶をかへり見ぬ。（第六回）

ここからは、籟三がお蝶をみずからのカテゴライズのなかに一方的に組み入れ、それにのっとって辰雄とお蝶との結婚を企図していたことがわかる。しかしながら、そのことは結果的に没人情的な辰雄の行為を助長し、お蝶を悲劇的な運命へと追いやることになった。この時籟三は、お蝶を金主に与える〈商品〉として扱おうとしていた辰雄に、結果的に荷担してしまっていたのであった。籟三がお蝶の悲劇の責めを自身にも向けていたのは、そのためと考えられる。

辰雄の言葉とお蝶の遺書によって、みずからの創出したカテゴライズの崩潰に直面し、自身の存在意義を喪失した籟三は、作品を破壊して、おそらく自刎する以外にないだろう。「うもれ木」のドラマは、明治国家が近代化をめざして標榜した殖産興業政策のため、急激に発展していった巨大な事業が個々人に強いる犠牲と、そうした流れに否応なしに巻込まれてゆく兄妹のおもいにこそ存在していたのである。

五

以上のように、「うもれ木」の悲劇の根幹は、急速な近代化を進める社会において利潤の追求を拒否し、純粋な美や名誉を求めることを宿志としていた籟三が、福祉事業の名のもとに生み出される名声と、功利主義的な利潤追求の姿勢との密接な連動を体現した辰雄に翻弄されるという構図に端を発していた。そこには、明治中期という時代の持っていた明るく理想的なよそおいと、その背後にある、個々人の人間性を圧殺して無機的な労働力や生産物に還元しようとする本態との、矛盾を抱えこんだいびつな社会構造が見据えられていたと言うことができる。すなわち、本作にはまぎれもなく、時代を見つめる一葉のまなざしがこめられていたのであった。

一葉文学における「うもれ木」の位置という観点から捉えるならば、本作に示されたそのようなまなざしは、のちに晩年の作品、たとえば「大つごもり」や「十三夜」へとつながってゆくことになるだろう。とりわけ、本稿で詳述した辰雄の人物像は、作品内の視点が限定されていることによる不可解さという面からも、「大つごもり」の石之助への発展が予期できる。(30)すなわち、最初期の「闇桜」などでは類型的な人物造型に留まっていた一葉が、人間を単純な善悪には区分できない陰翳ある存在として描こうとしはじめる、その転換の端緒が「うもれ木」には看取できるのである。もっとも、かかる人物像の創出が上述した構造上の問題と牴触して不明瞭になり、十分な効果をあげられていない憾みはあるにせよ、本作は一葉の文学的飛躍を準備した重要な作品と見てよいだろう。

　そしてさらに、「うもれ木」のこうした問題意識には、幸田露伴の文学からの影響を見ることができる。たとえば露伴は、明治二十三年の第三回内国勧業博覧会に際し、「苦心録」という作品を書いた。[31] これは、博覧会出品者たちの製作の苦労に取材した作品であるが、関谷博はこの「苦心録」について次のように述べている。


露伴が「形にあらはる、所の物」とその「裏面に存する大なるもの」とを対比し、後者を強調したのは、現場で働く人間の具体的知と、「実用経済」と不可分な技術の在り方こそ、学ぶべきものだという認識があったからである。（中略）『苦心録』では「実用経済」、社会的価値に接続しない技術は意味をなさない。[32]

氏はそのうえで、「技術が「実用経済」に接続するという事は、時代の生産様式とそれを支える価値体系に、技術が抜きさしならぬ形で組み込まれることを意味する」と指摘し、「そこで生み出されたものは商品であり、吉見（吉見俊哉―注）のいう「商品の宇宙」の圏外を出る事はない」としている。それこそが、露伴が「苦心録」において捉えていた問題であるとするならば、ともに博覧会への出品をめざす職人という同様の題材を扱った「苦心録」と「うもれ木」とは、その問題意識において近似していたと言えるだろう。

　さらに、「うもれ木」における職人の主人公という設定や、漢文脈の硬質な文体に、露伴文学の特徴が受継がれていることも、すでに先行研究における指摘を示したとおりである。「うもれ木」のこうした特質は、坪内逍遙が「美とは何ぞや」（『学藝雑誌』明治十九年九月～十月）を論じ、露伴や尾崎紅葉らが独自の文体を編出すことで文学における〈美〉の表象を模索していた当時の状況にかんがみて、無視できない意味を持っている。

作品の第十回に描かれた幻想的な陶酔境、一葉の全作品においても特異な光芒を放つこの箇所は、単なる文体上の模倣を超えて、漢文脈の文体によって描き取られる〈美〉の観念が一葉のなかにも入りこみ、彼女がそれを身につけていたことを示すものである。すなわち、「うもれ木」の文体は職人によって描かれた陶画の〈美〉を写し取る文体であり、雪の夜の情緒を描く「別れ霜」（『改進新聞』明治二十五年三月三十一日～四月十八日）の文体などとは、明らかに異質である。だとすれば、様々な文体を採用することでみずからのスタイルを模索していた一葉の姿は、西洋からの美術（アート）という概念の流入を受けて〈美〉とは何かを模索していたこの時代にも重なっており、「うもれ木」には当時の〈美〉が抱えていた幅広いダイナミズムの一端を見ることができるのである。

ところが逆に、かかる文体と内容との密接な連動あるいは相互規制が、一葉がそれまで和文脈を用いて描いてきた女性の内面の比重を、極端に低下させることにつながっているのもたしかである。一葉の作品には異例な男性主人公という設定は、こうした文体の問題とも無関係ではないだろう。

以上のように考えると「うもれ木」は、技術と生産物とのなかに個人の人間性を圧殺しようとする時代を見据えるまなざしや、文章による〈美〉の表現の模索にいたるまで、「風流仏」のみならず、ほかの露伴の作品とも共通する問題意識を有していたと言うことができる。そのことを、当の一葉自身がどれほど意識していたのかは定かではないが、みずからの文学の様式を確立する試行錯誤の時期にあって、彼女がそれを繰返される斧鉞のなかに獲得していったことは疑いない。そこには、後年のいわゆる「奇跡の十四ヶ月」到来の予感が、たしかに示されていたのである。

ではその一方で、明らかに自分の文体を模倣し、また「苦心録」などと同様の問題意識を有していたと考えられるこの作品を、露伴その人はどのように見ていたのだろうか。すでに述べたように、彼は「雲中語」の合評において目立った発言をしていないが、しかしその数年後に書かれた歴史小説「椀久物語」に着目してみると、どうやら露伴が

「うもれ木」を強く意識してこの作品を書いていたらしいことが見えてくるのである。

注

(1) 本章においては、「うもれ木」本文の引用は初出により、それ以外の未定稿や日記などは『樋口一葉全集』（筑摩書房、昭和四十九年～平成六年）を用いた。
(2) 田貝和子「樋口一葉「うもれ木」の文体―幸田露伴「風流仏」との比較から―」（『東洋大学大学院紀要　文学研究科〈国文学〉』平成十六年三月）。
(3) 田山花袋『東京の三十年』（博文館、大正六年六月）五十二頁。
(4) 伊狩章はこれについて、「処女作「闇桜」も「たま襷」もさしたる評を得られず、彼女は何とか人気をとりたかった。そのためには流行作家幸田露伴の作風に習うことが最も早い成功の道だ―一葉はこう考えたのであろう。そこで露伴の「風流仏」「一口剣」「五重塔」を下敷きとして一葉の名人物を案出したのである」と評している（『幸田露伴と樋口一葉』、教育出版センター、昭和五十八年一月、三百三十頁）。
(5) 山根賢吉「一葉と露伴」（『大阪学芸大学紀要』昭和四十一年二月）、坂本政親「一葉と露伴」（『福井大学教育学部紀要』昭和四十一年十月）。
(6) 塚本章子「一葉「うもれ木」における〈芸〉の歴史的位相―露伴「風流仏」・鴎外訳「埋木」との比較を通して―」（『近代文学試論』平成九年十二月）二十一頁。
(7) 和田繁二郎『明治前期女流作品論―樋口一葉とその前後―』（桜楓社、平成元年五月）三百九十八～三百九十九頁。
(8) このほかにも、一葉が「うもれ木」を執筆したのが桃水との別離の直後であったこと、あるいは執筆中にかつての婚約者、渋谷三郎の接近を受けて一葉が動揺していたことに着目し、そうした作者の実人生の投影を作品中に見出す論調も存在する。たとえば、大津山国夫「うもれ木」（『解釈と鑑賞』昭和四十九年十一月）、阿部美智子「「うもれ木」論」（『日本文学ノート』昭和五十二年二月）などがそれである。作者の身近にあった出来事や、それによる感慨や心境の変化などが作品に反映することは否定できないにしても、このように素朴な反映論的見かたが作品の読解を豊かにするとは考えがたい。そこで本章では、こうした見かたはもちろん、「うもれ木」が一葉の初期作品であることや露伴からの影響など、作品の外にある評価基準を無批判に読解に呼込むことを慎み、作品内の論理に従って読む立場を選択したい。

(9) この時の「雲中語」では「うもれ木」について、鷗外と推定される「公平」がやや長く作品の欠点を指摘しているほかは、梗概を紹介した「頭取」と、根拠は示さずに「一葉全集中第一の悪文字」と批判する「小説通」からの発言がなされるにとどまっている。

(10) 岡野幸江「封じられた言葉の行方―『うもれ木』の深層」（新・フェミニズム批評の会編『樋口一葉を読みなおす』、学藝書林、平成六年六月）四十八頁。

(11) 『繭糸織物陶漆器共進会審査報告　第四区』（有隣堂、明治十八年十月）によれば、東京府には明治十八年六月の時点で二百三十二人の陶画工が存在している（九頁）。

(12) 以上、おもに横井時冬『日本工業史』（吉川半七版、明治三十一年十月訂正再版）二百六十三～二百六十六頁による。

(13) 二階堂充『宮川香山と横浜真葛焼』（有隣堂、平成十三年六月）三十七頁。

(14) 日本輸出陶磁器史編纂委員会『日本輸出陶磁器史』（名古屋陶磁器会館、昭和四十二年四月）三十頁。

(15) 「○七宝焼、伊万里焼」（『大日本美術新報』（以下おなじ）明治十八年四月）、「○陶器製造注意」（明治十八年六月）、「○輸出の陶器」（明治十八年八月）、「○陶器」（明治十九年三月）、「○陶器の改良」（明治二十年三月）、「○清水焼」（明治二十年四月）など。また塩田真は『龍池会報告』に、一年以上にわたって「陶漆器ノ販路ヲ拡張スル方策」を連載している（明治十八年七月～明治十九年八月）。

(16) 「○陶器師の繁忙」（『大日本美術新報』明治十九年二月）十七頁。

(17) 『府県陶器沿革陶工伝統誌』（有隣堂、明治十九年七月）三頁。

(18) 横井時冬『日本工業史』（前掲）二百七十七頁。このことは「○薩摩焼陶器」（『大日本美術新報』明治二十年一月）にも、「京都粟田口にて製造する粟田焼に巧みなる或る二三の製造家は、実に巧みに我が薩摩焼に摸擬したる陶器を製し、

（中略）今は真の薩摩焼を圧倒して独り海外に販路を占めたり」とある。

(19) 岡佳子『国宝 仁清の謎』（角川書店、平成十三年七月）三十三〜三十八頁。

(20) 本章の初出時、一葉が「うもれ木」執筆の際に参照した資料を古賀静脩『陶器小志』（仁科衛版、明治二十三年五月）であるとした和田義恵の説に対し（『日本近代文学大系』8「樋口一葉集」、角川書店、昭和四十五年九月、四百六頁）、細かな本文の相違から、実際にはこの『府県陶器沿革陶工伝統誌』（有隣堂、明治十九年七月）が用いられたと推定した。その後、一葉自筆の調査メモが確認され、山梨県立文学館の企画展「樋口一葉と甲州」にて展示された。筆者は実物を未見であるが、同展の図録（平成二十一年九月）掲載の影印および翻印にて確認すると（三十五頁）、多くが『府県陶器沿革陶工伝統誌』の文辞と正確に符合するものの、一部に同書にない記述も見られる。この本は、塩田真の「緒言」によれば、明治十八年に開催された繭糸織物陶漆器共進会の「出品解説」に依拠したとのことだから、あるいは一葉自身も、この「出品解説」を閲読していたのかもしれない。

(21) 多羅尾歩は「片々の金光─樋口一葉『うもれ木』における制度と逸脱」（『言語情報科学』平成十八年三月）で、「旧来薩摩焼陶工は士族として処遇されていた」（二百十五頁）、あるいは「幕藩期における薩摩焼は専ら島津家用あるいは贈答用であることから（中略）、画工も御用絵師的な存在であったと推測される」（二百二十五頁）として、「籟三の立場も本来であれば（中略）低位にあるべきはずはない」（二百二十六頁）としているが、薩摩藩の保護を受けた近世の陶工たちと、東京における絵つけ職人にすぎない籟三とをひとしなみに論じることはできない。

(22) これについては塚本章子にも、「一葉「うもれ木」における〈芸〉の歴史的位相─露伴「風流仏」・鴎外訳「埋木」との比較を通して─」（前掲）において「「うもれ木」において対象となる陶器は（中略）「商品」としての流通に絡め取られている」との指摘がある（十九頁）。

(23) 岡野幸江「封じられた言葉の行方─『うもれ木』の深層」（前掲）四十八頁。

(24) 以下、未定稿は『樋口一葉全集』第一巻（筑摩書房、昭和四十九年三月）において付けられた番号によって指示する。なお、番号に付けられたアルファベットA〜Jは、それぞれ作品の第一回〜第十回に相当し、未定稿文中の〔〕内は抹消の入った文章であることを示している。

(25) 岡野幸江「封じられた言葉の行方―『うもれ木』の深層」（前掲）四十九頁。
(26) 伊藤佐枝「樋口一葉『うもれ木』論―森鷗外訳『埋木』・幸田露伴『風流仏』『一口剣』との連関」（『論樹』平成十五年十二月）七〜八頁。
(27) 氏は「樋口一葉『うもれ木』論―森鷗外訳『埋木』・幸田露伴『風流仏』『一口剣』との連関」（前掲）において、辰雄の言葉について「「山師」「詐欺」と呼ばれる恐れのある領域に踏み込んでいるというニュアンスが読み取れるのみで、辰雄が自分の行為を「山師」「詐欺」そのものと認めている事には必ずしもならない」と指摘しながらも、彼の言説は「義賊めいた論理」とし（十三〜十四頁、傍点原文）、また「辰雄の悪事」などの言葉を幾度も用いている。
(28) 滝藤満義「一葉初期小説論―「闇桜」から「暁月夜」まで」（『千葉大学人文研究』平成八年三月）二百三十八〜二百三十九頁など。
(29) こうした人物像は、同時代人の姿にも求めることができる。たとえば、ウィーン万博の博覧会日本事務局副総裁で、起立工商会社の創設者として前述した佐野常民は、のちには元老院議官や農商務大臣などを歴任した政治家でありながら、一方で美術工芸にも強い興味を持っていた。彼は現在の日本美術協会の前身である美術団体「龍池会」を創立するなどして芸術家の保護と育成に尽力し、当時の新聞にはしばしば、美術工芸の支援者としての彼の活動が記事になっている（『読売新聞』明治二十三年六月十八日など）。
また同時に、佐野は現在の日本赤十字社の創立者でもあった。西南戦争に際して彼が創設した博愛社は、明治十九年十一月、博愛社病院（新聞記事などでは博愛病院とも）を建設し、開院式を行った。明治二十年五月、博愛社は万国赤十字社同盟に加入し、彼は初代社長に就任している。この日本赤十字社は明治二十五年六月、すなわち「うもれ木」起稿の直前に、新しく開院した病院の開院式を行っている（『読売新聞』明治二十五年六月十八日など）。こうした佐野の事蹟は、病院の名前まで含めて篠原辰雄の姿と重なる部分が多く、執筆時の一葉が彼のことを念頭に置いていた可能性も考えられる。
(30) これについては伊藤佐枝が、「樋口一葉『うもれ木』論―森鷗外訳『埋木』・幸田露伴『風流仏』『一口剣』との連関」（前掲）において、「財産家から掠め取った金を細民救済に当てようとする辰雄の造型は、或いは『大つごもり』（「文学界」一八九四・一二）の石之助に繋がるかもしれない」と述べている（十五頁）。

（31）幸田露伴「苦心録」（『読売新聞』明治二十三年四月五日〜三十日）。

（32）関谷博「露伴の明治二十三年—博覧会と恐慌の間で—」（『文学』平成五年十月）百七頁。

第十章　幸田露伴と樋口一葉――「椀久物語」論――

一

江戸初期の新吉原において、紀伊国屋文左衛門や奈良屋茂左衛門などの伝説的な大尽が、華やかな遊びを繰広げた逸話はよく知られている。そうした彼らに先立ち、上方にも豪遊によって名の通った人物がいた。大坂の豪商、椀屋久兵衛である。遊女松山に熱をあげ、新町の遊廓に通いつめたあげくに落魄して狂死したという彼の生涯は、早くは井原西鶴が「椀久一世の物語」に描いたことによって世に知られ、以後様々なジャンルで多くの作品を生んできた。

この伝説的な、そしてだからこそ定型化された人物像は、明治になって幸田露伴の筆により新しい造型を与えられた。『文藝倶楽部』の明治三十二年一月号と三十三年一月号に分載された、「椀久物語」がそれである。(1)

「椀久物語」は、明暦年間の京都において、陶工の清兵衛とその協力者の陶器商椀屋久兵衛が、「錦襴手」(色絵陶器)の焼成に成功するまでの苦心を題材にしている。露伴がその小説中に好んで職人を描いたことは有名であり、大町桂月は本作の連載中に、「例のお得意の職人小説」と評した。(2) しかしながら、その題名からも知られるように、本作の主人公が職人の清兵衛ではなく、協力者の久兵衛であることを忘れてはならないだろう。そのため、実際に制作にたずさわる清兵衛の苦心はさして描かれることがなく、むしろ作品の中心となっているのは、肥前藩の秘密である錦襴手焼成の秘法を久兵衛が盗み出すまでの策謀である。

先進者の技術を盗み取るこうした物語は、露伴の作品としてはいささか珍しい。明治二十六年の「蘆の一ふし」に類例はあるものの、これは友人の鋳金家岡崎雪声から聞いた、彼の少年時代の実話だったらしく、[3] 露伴自身の創意とは一線を劃して考えねばならない。ところが、椀久に関する右のような物語は、この人物を描いた先行作品のいずれにも見られないのである。

　では、露伴はこの「椀久物語」をいかにして着想したのであったか。あるいは、こうした物語が執筆される動機は、はたしてどこにあったのか。本章では、「椀久物語」の成立経緯に関わるこれらの問題について、執筆に際して露伴が用いた資料や参照した先行作品という側面、とりわけ前章で扱った「うもれ木」との関わりから考えてみたい。まずは便宜上、本作の梗概を簡単に示しておこう。

　陶工である清兵衛は、当時肥前でしか作られていなかった錦襴手（錦手）を京都でも製造することを計画し、試行錯誤を重ねていたが、失敗ばかりである。久兵衛からの援助こそあるものの、清兵衛の窮迫は覆いようがなく、弟子の庄左衛門と助左衛門の心も離れかかっていた。一方、久兵衛は近来、島原の松山太夫にいれあげており、卸した焼物の代金を受取りに肥前から青山幸右衛門が上京してきても、家に帰ってこないほどであった。清兵衛のもとを訪ねた久兵衛の母親、妙順がそう愚痴をこぼすと、いあわせて隠れていた久兵衛は姿をあらわし、諄々といさめる母に反抗的な態度を取って、ついに勘当されてしまうのだった。

　これにより落魄した久兵衛は、知合いの幇間長八の世話で、松山に会いに行った。勘当が解けるまで会わずにいようという松山の提案に、久兵衛は不興をよそおい、彼女が田舎大尽からの身請け話を受けていることや、また別の客とはいかにも仔細ありげに会っていたことを言当てて、これを機に自分から離れるつもりだろうと責める。これに対し松山は、身請け話を隠していたのは無駄な心配をかけまいとしたため、また先日の客は父親の青山幸右衛門で、強引な身請け話に悩んでいることを打明けたところ、預った焼物の代金を流用してでもこちらで先に請出そうと言ってくれた、と明かした。ここまで聞いた久兵衛は、あの幸右衛門が松山の父親ならば、盗みの罪など犯さずとも錦襴手焼成の秘法を教えてくれるだけで、その費用という名目で自分が後援者の金森宗和から金を借り、身請けできるはずだと持ちかけて、秘法を聞出す約束を取りつけたのである。

こうして知りえた秘法によって、清兵衛は錦襴手の制作に成功した。実は久兵衛は、田舎大尽からの身請け話も松山と幸右衛門との親子関係もすべて知ったうえでわざと勘当され、それにより窮地にあった松山に、久兵衛自身が身請けするには後援者から金を借りる以外にないと思わせ、そのための口実という名目で幸右衛門から秘法を聞出そうという計略だったのである。これに成功した久兵衛は、約束どおり松山を妻とし、焼物の代金を持って一度藩に戻った幸右衛門の上京を待っていた。ところが、錦襴手が完成してみなが喜んでいたところへ、幸右衛門が秘密をもらしたことが発覚して処刑されたとの報せが入る。久兵衛は自責の念に駆られ、完成した錦襴手を叩きこわして発狂してしまうというのが、「椀久物語」の大略である。

ここであらためて問題を提起しておけば、椀久を扱った先行作品に類例が見られず、露伴の作品としてもいささか珍しいこうした物語を、彼はいかにして着想したのだろうか。次節では「椀久物語」の典拠となった資料を探ることを出発点として、この問題について考えてゆきたい。

二

柳田泉は「椀久物語」について、「作中の椀久や、清兵衛、幸右衛門のことが大概実録であることは、露伴が書いた『文明の庫』（明治卅一年一月以後、少年世界連載）の陶器の巻にも明白に見えてゐる通りだ」と指摘している。(4) この「文明の庫」とは、露伴が少年むけに書いた陶器、紙、銃器、仮名の発達史で、柳田が指しているのはその第一部「陶器の巻」に見える、次のような一節である。

仁清はもと丹波の人なりしが、年若き頃土佐の尾戸村にありて、帰化せる朝鮮人仏阿彌といふものに陶器つくることを学び、元和の頃京都に出で、宗伯に従ひ、技を以て仁和寺の宮に仕へしより仁の字を賜はるを得て、仁清と号したり。こゝに壺屋久兵衛といふ陶器商ふものありしが、当時肥前には既に陶器の彩画の法開けたるに関はらず、京都にては猶錦手といふやうなる美しきもの作ることを能せざるを憾みとし、肥前の人にて青山幸右衛門といふ男と心安く交れるを幸として、其人の彩画(いろゑ)金焼付の法を知れるを、さまぐ〵に頼み聞えて、少しづゝ洩し貰ひ、仁清に謀りて如何にもして美しき彩画金焼付のものを造り出さんと思ひ込みたり。仁清も自己(おのわざ)が技芸の上の事なれば、及ぶほどの力を尽して、さまぐ〵に工夫しけるが、名工の事なれば、一を聞て十をも悟りけん、終に其企画(くわだて)成就して、創めて美しきものを造り出しぬ。封建の制度のむづかしげに、同じ日本の中ながら此国彼国其主を異にして、自国の秘密を洩すことの堅く禁(いまし)められたる折なれば、此事聞えて幸右衛門は、自国の秘法を洩したる罪に行はれ、久兵衛はまた、幸右衛門の罪せられたる由を聞きて、気の毒なりとおもふ心の堪へがたさに発狂して遂に身歿りたりといふ。これはこれ寛永より少し後れて、明暦の頃の事なりとも伝ふ（後略）(5)

これは、現在数々の国宝で知られている近世初期の陶工、野々村仁清についての記述である。ここに記されている、「壺屋久兵衛」なる陶器商が「青山幸右衛門」から「彩画金焼付」の法を聞出し、それをもとにして仁清が錦手の制作に成功したという逸話が、「椀久物語」の骨格になったことは明らかである。すなわち、本作に登場する清兵衛とはほかならぬ野々村仁清がモデルであったと知られるが、だとすれば露伴は、仁清に関する「文明の庫」のこの箇所をいかなる文献によって執筆したのだろうか。その文献こそが、おそらく「椀久物語」の出発点であったと考えられる。

こうした観点から、「文明の庫」以前に刊行されていた陶磁器についての文献を調査してみると、古賀静脩『陶器小志』の次のような記述が目にとまる。

> 仁清、通称を清兵衛と云ふ。丹波の人なり。壮年の時土佐国尾戸に至り、帰化の韓人仏阿彌に就き陶法を学び、元和中京師に来り、清閑寺の陶工宗伯の門に入り、其業を修む。（中略）其業を以て仁和寺の宮に仕へ、名を清左衛門と改む。宮賜ふに仁の字を以てす。因りて仁清と号す。（中略）明暦年間、三條河原町の辺に陶器商あり。壺屋と呼び、又茶碗屋久兵衛と称す。時に肥前国有田の人、青山幸右衛門と云ふ者あり。商用の為め数々来り、久兵衛と相善し。久兵衛、肥前の錦様（にしきで）の秘法を幸右衛門に聞き、之を仁清に謀る。仁清乃ち之を試製し、始（ママ）めて彩画の法を得たり。（幸右衛門は其後、自国産の秘法を他に伝へたる罪により、処刑の身となりしが、久兵衛之を聞き発狂せりと）(6)

ここに含まれる情報の内容や提示の順序が、先に引いた「文明の庫」とほぼ重なっているのは明らかで、露伴はこの『陶器小志』に依拠して当該箇所を執筆した可能性が高い。だとすれば、「椀久物語」もまた、『陶器小志』をその原点に持つと言ってよいだろう。とはいえ、「椀久物語」に描きこまれた清兵衛および久兵衛に関する詳細な設定は、『陶器小志』の情報量からまかないきれるものではない。おそらく、露伴はこの書に加えて、田内梅軒『陶器考』の

「附録」（以下『陶器考附録』）をも参照したと考えられる。(7)

『陶器考』の本篇は、「南蛮・安南・呂宋・高麗物などの茶の湯における請来陶器の識別法が記され」た書物であるが、(8)それとほぼおなじ分量を持つ『陶器考附録』では、日本産陶磁器の概略が述べられている。仁清の簡単な伝も立てられ（四オ〜ウ）、たとえば「椀久物語」に後援者として登場する金森宗和との関わりについては、「金森宗和ニ印ヲサツカリ茶器ヲ作ル」と記されている。また、「椀久物語」の作中で弟子の庄左衛門が「清水の三町目、三年坂下の西側」と語っている（其一）窯の場所についても、「清水サン子坂西側ノ窯ニテヤク」とあって、作中の記述と符合している。

しかし、より重要なのは『陶器考附録』の巻末に採録されている、「つぼや六兵衛」なる人物による文書である。「京都焼物初り書」と題されたこの文書には、「金焼之初り」という項目が存在し、次のように記されている。

明暦年中にひぜん皿山より青山幸右衛門と申仁、登り被申候。先祖つぼや九郎兵衛、此仁に右焼付ひたすらに頼み、神文画伝を請被申候。（三十五オ）

ここには幸右衛門処刑の記事が存在せず、また壺屋の名前も「久兵衛」ではなく「九郎兵衛」となっている。しかしながら、彼が肥前から上京した青山幸右衛門に頼みこみ、「金焼」の秘法を聞出したというこの簡潔な一段が、『陶器小志』に、ひいては「椀久物語」につながっているのは明らかである。しかも、「京都焼物初り書」と「椀久物語」との一致は、これだけではない。たとえばこの文書の冒頭には、執筆者六兵衛の「先祖」だという九郎兵衛が、陶器商として店を持つまでの経緯が次のように記されている。

> 夫より京都にて肥前焼売出し候蔵元、つぼ屋市左衛門と申仁、其家手代弥兵衛九郎兵衛と申兄弟遣ひ被居、此弥兵衛を京三條通河原町東角に右店出し付致、売出し候。後、此九郎兵衛にみせ渡し被申、其手代、六兵衛と申、遣ひ居被申候。是、京都にて焼物商売之初めなり。
> （三十四オ）

すなわち、九郎兵衛は兄の弥兵衛とともに「つぼ屋市左衛門」の手代として働いており、弥兵衛が三条河原町に出させてもらった店を継いだと伝えられているのである。

一方「椀久物語」でも、久兵衛の母妙順が清兵衛に、椀屋の店は「大坂の大商人、市左衛門殿の助によつて仕出した」ものであり、それを久兵衛が兄の弥兵衛から受継いだと語っている（其二）。また、椀久の店の場所も作中に「三條の河原町」とあるうえ（其二）、椀久の手代は「六蔵」となっていて、「京都焼物初り書」の伝える「六兵衛」と似通っている。さらに、この文書の「京焼物初め之事」の項には、仁清の弟子が「庄左衛門助左衛門」であることが記されており、これも「椀久物語」とおなじである。これらの一致から、露伴が本作の執筆にあたって『陶器考附録』を資料として用いたと推定できる。

これに対し、椀久と松山の物語については、西鶴の作とされる「椀久一世の物語」をはじめ、草双紙から浄瑠璃や長唄まで多数の先行作品が知られている。椀久の勘当や、ほかの大尽が松山を身請けする話も、そのいくつかに見えており、本作が下敷にした作品を一作に特定するのは困難である。ここでは、露伴は周知された物語の骨組を借りて、「椀久物語」に採り入れたとするのが妥当であろう。

また「椀久物語」の作中では、久兵衛を遊廓で笑いものにしようという友人たちの計画を母親の妙順が知り、かばってくれるよう松山に頼んだことから、彼の島原通いがはじまったという逸話が語られている。この逸話もまた、馬琴の「蓑笠雨談」(のち「著作堂一夕話」と改題)や西沢一鳳の「伝奇作書」などに録されているが、その内容や行文はどれも大差なく、露伴がいずれを参観したかは確定しがたい。ここでは、彼の目に入っていた可能性が高い文献として、半顔居士「椀久の話」を示しておこう。

(椀久は―注)年長るまで青楼等へ登りしこと有らざりしに、其の朋友ども之れをあざみて、いかで椀久をそゝのかし遊廓に伴ひ行き、辱めをあたへて笑はんものと企てけり。椀久の母、竊かに之を聞き知りて深く憂ひしが、此頃松山太夫とて全盛の遊君は、情けを知れる婦人なりと聞き居れば、之れに頼みて我子の恥辱を免かれ得させせんと、其よしをこまぐと文にした、めて、松山のもとへ送りぬ。(中略)朋友等はけふこそ椀久を辱しめんと思ひたちて、一日椀久を偽りすかしてとある揚屋につれ行き、おのぐなじめる遊君どもを招きけり。椀久は母のをしへを守りて、松山太夫をまねきけるに、松山は予ねてよりかくあらんと待受たれば、いち早く出来りて、椀久を見るより、最となれぐしく寄り添ひて、年ごろ馴染重ねたるやう睦まじくあひしらひけり。朋友等この体を見て案に相違し、みな面赤らめて立帰りしとなん。此夜を始めとして、椀久は松山の情けに感じ、深くもちぎりを結びければ、遂に後の世までうき名を流すこと、はなりけり。(9)

以上のような資料から、「椀久物語」の構想経緯はひとまず次のように推定される。すなわち、露伴はまず『陶器小志』の壺屋久兵衛と「京都焼物初り書」の九郎兵衛とを、青山幸右衛門に関する逸話を接点として、同一人物であると仮定した。そのうえで、彼を著名な伝説を持つ椀久と結びつけ、椀久に関する文献を参照して、その設定を補強したのである。

しかしながら、壺屋久兵衛あるいは九郎兵衛が、どちらも京三条河原町で店をいとなんだと記されているのに対し、椀久を扱った先行作品や資料は、管見のかぎりでは彼を大阪の住人と伝えるものばかりである。松山に関しても事情はおなじで、彼女は大阪の遊女とされることは多いが、「椀久物語」のように島原の太夫とした文献は見当らなかった。では露伴は、舞台の異なるこの二つの逸話を結びつけるという発想を、どのようにして手に入れたのだろうか。

一つの可能性としては、露伴が壺屋久兵衛と椀久の二人を、同一人物だとする資料を参照していたことが想定される。たとえば、三井高保が著した『工藝遺芳』を見てみよう(10)。この書物は仁清と久兵衛について、『陶器小志』とおおむねおなじ内容を伝えているが、しかし久兵衛の発狂についての記述のあとに、『陶器小志』にはない次のような一文が存在していた。

所謂演劇ニ仕組ミ演ズル碗(ママ)久ハ、此久兵衛ガコトナリト云フ。　（三十九頁）

もっとも『工藝遺芳』には、たとえば清兵衛が仁和寺の宮から仁の字を与えられ、仁清と号したという記述がないのに対し、「文明の庫」ではこの情報が『陶器小志』とおなじ順序で記されているなどの点を考えれば、露伴が『陶器小志』を参看した可能性は高いとしても、この『工藝遺芳』も同時に用いたと断ずることは、これだけの資料では難しい。のみならず、『陶器考附録』を含めたいずれの資料にも、久兵衛が松山の恋心を利用して策略をめぐらしたという逸話は記されていないのである。

では、久兵衛の策謀を中心とした「椀久物語」は、どのようにして生み出されたのだろうか。それを露伴の独創とすることは容易だが、そこには実は、樋口一葉の「うもれ木」が深く関わっていたのではないかというのが、本章の推定である。「うもれ木」については前章で詳述したとおりだが、ここで「椀久物語」との比較という見地から、両作をあらためて読みなおしてみたい。

三

樋口一葉の「うもれ木」(『都の花』明治二十五年十一月～十二月)と露伴との関わりについて、前章掉尾で提起した問題は次のとおりである。すなわち、文体や題材などの点で自分の作風を模したことが明らかであり、また「苦心録」なども共通した問題意識を持つこの作品について、露伴は表だっては何も発言していなかった。では、彼は早くから一葉のことを高く評価していたにもかかわらず、(11)そのような特徴を有する「うもれ木」については、まったく黙殺していたのだろうか。こうした疑問を起点として露伴の作品を見てゆくと、「椀久物語」の構成や設定に、「うもれ木」と重なる点が多数存在することに気がつくのである。

「うもれ木」について詳しくは前章を参照されたいが、比較のための便宜上、作品の概略を簡単に振返っておけば、まず主人公として挙げられるのは、薩摩焼の絵つけ業をいとなむ入江籟三であった。彼は粗製濫造が横行する世の中に背を向け、注文も受けけず、妹のお蝶と二人で赤貧の生活を送っていた。ある日、籟三はかつての弟子で、今は実業家となっている篠原辰雄に出会い、親密な交際をはじめる。お蝶は辰雄が、先日高利貸から老婆を救っていた人物であると気づき、次第に彼を思う気持ちを強めてゆく。

かねてから薩摩焼の衰頽を歎いていた籟三は、辰雄の資金援助により、一対の色絵花瓶の制作に取組む。ところが、花瓶が完成した夜、彼は資金獲得のためにお蝶を利用しようとする辰雄の策謀を知り、愕然とする。一方、辰雄から金満家への貢ぎものとなることを求められたお蝶は、葛藤のすえ、遺書を置いて家を出ていた。これに絶望した籟三は、完成した花瓶を庭石に叩きつけ、むなしい哄笑を響かせるのだった。

こうした「うもれ木」の作中には、「椀久物語」と類似の点がいくつも見出せる。まず、両作の題材はどちらも色絵陶器の制作であるし、高価な釉薬を多量に使うため、職人が経済的に困窮するという設定もおなじである。また、人物の配置も踏襲されていて、錦襴手の制作を志して日用の雑器を作ろうとしない職人清兵衛は、「うもれ木」における入江籟三の位置にあり、窮乏する清兵衛を援助する商人久兵衛が篠原辰雄に相当している。清兵衛の妹でこそないが、久兵衛に恋心を寄せ、その思いを利用される松山はお蝶の役割をはたしていると言えるだろう。また、プロットのうえでもともに、辰雄あるいは久兵衛の弄する策略が重要な位置を占めている。

これのみならず、両作の相似は場面構成や細かな設定にまで及んでいる。たとえば、「うもれ木」の辰雄がはじめて登場する場面で、彼は次のように描かれていた。

お蝶の肩さき摺るほどにして、猶予もなくずつと出し男。（中略）軽くふくむ微笑の色、まづ気を呑まれて衆目のそゝぐ身姿（みなり）は如何に、黒絽の羽織に白地の裕衣（ゆかた）、態とならぬ金ぐさり角帯の端かすかに見せて、温和の風姿か優美の相か、言はれぬ処に愛敬もある廿八九の若紳士。

（「うもれ木」第二回）

こうして姿をあらわした辰雄は、高利貸の取立に苦しむ老婆に金を与え、その窮状を救ったのであった。これに対し、「椀久物語」における久兵衛の登場場面を見てみよう。彼は庄左衛門と助左衛門が師の清兵衛に向って、窯の窮乏についての不満を言立てる場面で姿をあらわし、二人に金を与えてなだめることによって、清兵衛の困惑を救っている。

懐中(ふところ)より、光るもの二片(ひら)投げ出したる男は水際立つたる美男。金拵への小脇差、真黒扮装(でたち)の上品なる拵へながら、何処やらに物好見えて野暮ならず。癇癖知るゝ眼尻のきれ、色白にして柔和なれど侮り難き風情あるは、今噂せし三條の河原町にて間口も広き茶碗屋の肆を開き居れる久兵衛（後略）　（「椀久物語」其二）

二人の姿が、黒服に金の小物というよそおい、優美な美男という似通った描写になっていることがわかるだろう。また、金銭をめぐって仕掛けられる彼らの策略を象徴するかのように、ともに金を与えることで作中に登場しているのもおなじである。とはいえ、こうした衣裳は粋人の姿として、一種の定型を用いているだけだと言えるかもしれない。では、「うもれ木」の籟三と「椀久物語」の清兵衛とが、ともに辰雄ないしは久兵衛からの生計の援助を謝絶する、次のような箇所はどうだろうか。

籟三片意地の質、人に受くる恵み快からねど、溺るゝ芸に我れと負けて、二十金の生地二拾匁の金箔、此処四五月の費用幾度の窯代、積もりし恩の深きが上、猶心づけの数数もうるさく、其都度に断わるを、新年着の料にとて、送られし去年(こぞ)の反物、迷惑さ限りなく、遣りつ返へしつの止々(とど)の果、（後略）　（「うもれ木」第七回）

気長に工夫さつしやれ、成(でき)るそれ迄遠慮は無いこと、勝手の都合は何とでも仕て進ぜうに（中略）無躾ぢやが些(ちと)

ばかり御預けして行きませう、と懐中を探るを清兵衛押し止め、いや、それには及ばぬ。（「椀久物語」其二）

両作とも、職人である籟三や清兵衛は金銭に興味を持たず、むしろ過剰な援助を受けるのを嫌っているのに対し、パトロンの位置にある辰雄や久兵衛は無理にでも金品を贈ろうとしている。ここからは、両者の人物造型が近似しているのみならず、それが同様の描きかたで示されているのが見て取れるだろう。

次に、お蝶や松山の説得を試みる、辰雄と久兵衛の言葉を比較してみよう。

国家の為に尽くす心、半分は君（お蝶―注）に取られて、人に言はれぬ物をも思ふ身。はかなしやお心も知らず、天下に妻は又なしと定めて、何の子爵の娘、振りむく処か、にべもなく断りしが蟻の一穴、実を言はゞ我が所為わるかりし。其子爵殿今までの一擘（ママ）にて、支出の金に事も欠かず、事業はこびかけし今日に成りて、俄かに破約の申込み。此道たえて又こと成らず、恨らみを呑んで我れ此まゝに退ぞかんか、残す誚りも嘲けりも君故と知れば惜しからねど、何と成るべき世の中にや、国家の末を思ひいたれば、残懐山のごとく此胸やぶるゝばかり。（「うもれ木」第九回）

「うもれ木」の辰雄はこう述べて、お蝶への思慕から「子爵の娘」との縁談を拒絶したため、資金難に陥ったことを明かした。そのうえで彼は、お蝶の身と引替えという条件で、別の「貴顕」が資金提供を申出ていることに言及ぶ。ここには、現在の窮状が彼女への思いに起因することを訴えたうえで、自分はお蝶を「国家の為と断念られ」ないが、しかし事業の「成否善悪はお心一つ」だと述べて彼女の自己犠牲を引出そうとする、奸智に長けた論理が展開されている。

ひるがえって「椀久物語」の久兵衛は、松山のもとへ通いつめたために勘当され、田舎大尽からの身請け話に対抗しようにも金がなくなってしまったことをかこつ。そのうえで、彼は松山をたくみに誘導し、万事を解決するただ一つの手段として、彼女の父である青山幸右衛門に錦手の秘法を洩してもらえるよう説得する約束を取りつけるのであった。

> 京都(きょう)で美しい色絵の陶器(もの)が出来れば京都の利益(ため)御代の利益、されば点茶の道に名高い金森宗和様も、一ト方ならず二人（清兵衛と椀久—注）のために力を添へられ、（中略）斯様いふ仔細のあるなれば、久兵衛宗和様の処へ出て、肥前の人幸右衛門といふものより錦欄手の法を聞出すにつけ、差当(さしあたり)金子拝借と願へば訳は無い談(はなし)。密々に汝(そなた)の父様(ととさま)より大概(おおよそ)の法を伝て貰へば、汝の父様も一日なりと組合の金子(かね)使ふに及ばず、世を狭うするにも当らぬなり。汝は身まゝに成(なら)るゝなり。我等二人の工夫は出来て、頓て(やが)美し色(ママ)絵のもの、京都の窯で初て焼上るなり。宗和様は申すに及ばず、宮様も御悦び下さるは知た事なり。勘当も金森様の御口入れを願へば宥(ゆる)されるは疑ひ無し。
>
> （「椀久物語」其六）

逼迫した現状の原因はほかならぬ女への恋慕の情にあるとして、それとなく女にも責任を感じさせるよう仕向け、そのうえで彼女の行動によってのみ事態の解決が可能であると訴えて、所期の目的を達しようとする両者の論理展開がおなじであるのは明らかだろう。また、辰雄が「国家」を標榜し、久兵衛が「京都の利益御代の利益」と言って、ともにおのれ一人の利欲のためではないことを強調している点にも、彼らの言葉の同質性が見て取れる。

さらに、両作の結末にも明白な相似が存在する。「うもれ木」の掉尾には、みずからの制作した花瓶の美に陶酔し、狂気にとらわれる籟三が次のように描かれている。

思へば恨らみは我れにあり、腕にあり芸にあり此花瓶にあり。（中略）眺め入る心惚として、我れ画中に入りたるか、画図我が身に添ひたるか。（中略）吉野龍田の紅葉に花に、彼れも美なり是れも美なり、お蝶も美なり辰雄も美なり、中に就て我が筆美なり。これを捨て、何処に行かん、天下万人みな明きめくら、見すべき人なし見せて甲斐なし、我が友は汝よ、汝が友は我れよ、いざ共に行かんと抱きあげて、投げ出だす一対庭石の上、戞然（かつぜん）のひゞき大笑のひゞき、夜半の鐘声とほく引きて、残るものは片々の金光一輪の月。（「うもれ木」第十回）

このように籟三は、花瓶の制作に執着した自分自身が結果的にお蝶の悲劇を招いたことを悔み、美の世界に没入していったうえで、最終的にその花瓶を破壊してしまう。そして「椀久物語」の末尾にもまた、久兵衛が松山と幸右衛門の悲劇を招いた自責の念から発狂し、錦手の陶器を壊す場面が描かれていたのだった。

お葉（松山の本名―注）ゆるして呉れ堪忍して呉れ、謀つたは〳〵まんまと謀つたは、男の御傾城様ぢや、二重底（あげぞこ）ぢや、椀久は智慧者かな智慧者かな、金（ママ）襴手の陶器（やきもの）が親になるか、此壺が親になるか、此鉢が歟、ゑゝゑゝ、真赤な贋せものぢや、踏み破（こわ）せ、あれ鉢が飛ぶ、皿が舞ふ（中略）椀久は心から悪うは無いわい、天神様が御存じぢや、蝶々簪（かんざし）した小女（こむすめ）がおらが大事の草花摘む、酒は雲から流れ出す、黄金（かね）は窯から湧いて、湧いて、あゝりやあ太夫様が錦襴手、と忽ち笑ひ忽ち泣き、壺皿鉢も踏み破壊（こわ）し、正体も無くなつたりけり。（「椀久物語」其七）

久兵衛は幸右衛門が処刑されたことを聞いて自責の念に駆られ、狂気して、陶器の図柄の幻覚にとらわれながら作品を壊してしまう。かかる結末が、「うもれ木」に相即しているのは明らかである。

以上から、この両篇が多くの共通点を有していたことがわかるだろう。露伴が「うもれ木」を通読していた可能性が高い以上、これらがすべて偶然の一致であったとは考えがたく、「椀久物語」の執筆に際して「うもれ木」が参照された、あるいは少なくとも何らかの影響を受けたと考えるのが自然である。露伴自身、そのことにどれほど自覚的だったのかはわからないものの、先行作品や資料に存在しなかった、目的のために女の恋心を利用するという筋書は、「うもれ木」によって本作にもたらされたと推察できるのである。

もっとも、こうした相似の一方で、職人である籟三を主人公にした「うもれ木」に対して、「椀久物語」の中心は策謀をめぐらす久兵衛であるという相違は見やすい。また、結末の場面についても、「うもれ木」では狂気して作品を壊しているのが制作者の籟三自身である一方、「椀久物語」ではそうした行為に出ているのが、策略を仕掛けた久兵衛であるという違いも看過できない。「うもれ木」の物語と密接な関係を持ちつつ、そこにいささかの変形が加えられた本作の核心は、まさにこの相違にこそ存在していたと考えられるのである。

四

前章においては、従来の「うもれ木」解釈、すなわち入江籟三とお蝶の兄妹が詐欺師である篠原辰雄にあざむかれる物語とする読解には、難があることを指摘した。籟三は商品流通の経済に組込まれることを拒絶し、美と名誉の追求に自己の存在価値を見出していたのであり、「うもれ木」とはそうした彼が最終的に経済の枠組にからめとられ、自己を喪失してしまう物語であった。その悲劇は、籟三が博愛の士と狡猾な実業家という辰雄の両側面を見きわめられなかったことに起因しており、辰雄は慈善事業によって名望を集めながら、実業家としても抜け目なく活動する人物にすぎない。以上が、前章で述べた「うもれ木」読解の概略である。

とはいえ、辰雄が資金集めのためにお蝶を犠牲にしようとしたことは、まぎれもない事実である。少なくとも彼女の悲劇は、直接彼によって引き起されたものにほかならない。では、辰雄は本当に、籟三の信頼やお蝶の愛情を裏切ってはばからない冷血漢として造型されていたのだろうか。

「うもれ木」の第三回において、ある朝ふと亡師の墓を詣でた籟三は、境内で辰雄に呼びとめられた。彼が師の金を持逃げしたことを詰責する籟三に、辰雄は伏して詫びるのだった。ここからは、辰雄が籟三より早く寺に来ていたこと、籟三が来るのを事前に予測できたわけではないこと、また謝罪のために進んで籟三に声をかけたことが知られ、悔恨から「幾朝」も墓参りに来ていたという彼の言葉は信頼してよいだろう。この場面には、過去の悪事を悔む辰雄の心情が垣間見えているのである。

ところが、おもに籟三に焦点化した「うもれ木」は、以後辰雄のめぐらす策略の詳細や彼の心情をつまびらかにしない。辰雄がお蝶を利用しようとめぐらしたはかりごとは、彼女の遺書のなかで間接的に示唆されるのみだし、またそうした策略を仕掛けるにいたり、さらにその結果としてお蝶の死を聞いたおりの辰雄の胸中は、一切描かれてはいないのである。こうした空白は、たしかに「うもれ木」の作中世界に緊張と陰翳とをもたらしている。だがその反面、読者が辰雄の心情を読取ることができなくなり、彼の人物像が不明瞭となっていることも否定できないのである。

これに対し、辰雄の位置にあたる久兵衛を主人公にした「椀久物語」が扱うのは、彼が仕掛ける策略の様態と、それをめぐる彼自身や利用された松山の心情である。すなわち、本作は「うもれ木」が空白としていた部分を中心に据え、いわばその物語を裏側から描きなおした作品だと言うことができる。以下、こうした観点から具体的に作品を見てゆこう。

「椀久物語」の其三には、遊蕩をやめてくれるよう懇願する母親の妙順に対し、ことごとく反抗してみせる久兵衛の姿が描かれている。

嘲弄気味に、へゝへゝへゝと冷笑(あざわら)ひ、おゝ気が狂ふた、気が狂ふた、気が狂ふたから意見云はしやるな。兎角伽羅の香が身に浸みぬ人等には、恋の遣瀬無さの思ひ遣りがつかぬと見える。ハ、、、気の通らぬ金仏輩(かなぶつであい)、関り合ふては涯(はてし)が無い、あゝ、あゝ、あゝと大欠伸(おおあくび)す。 （其三）

かたわらの清兵衛すらも唖然とさせるその態度は、前述のとおり、わざと勘当されたうえで松山に苦衷を訴え、幸右衛門から秘法を聞出そうという計略のための布石であった。この時、久兵衛が本心から母に逆らっていたのでないことは、去ってゆく妙順に涙を流してわびる箇所に暗示されている。

妙順の一町ばかりも行きたらんと思ふ時、久兵衛勃然(むっく)と起き上り、母の去りたる外の方を打伏し拝みて、睜(みは)る眼に涙を溢らし泣き出したり。 （同）

ここには、策謀をめぐらそうとする久兵衛の胸中、すなわち子を思う母の情を裏切らねばならぬことへの慙悸の念が、たしかに示されているのである。

また其六には、久兵衛の勘当が解けるまで会わないで、自分の年季があけるのを待ち一緒になろうと提案する松山が、その言葉は偽りではないかと疑う久兵衛に向って、心中を切々と訴える言葉が記されている。

　口惜や、胸の丹誠（まこと）を取り出して視（み）する仕方もあらざれば、疑はれては釈（と）くも慵（ものう）く、真実郎（まことこなた）の為になる事とは更に思はねど、（中略）死んで、退（の）けて仕舞ふて、生命（いのち）を懸くると云ふことを伊達には云はであつたよなと、此世の間の人々に云はせたいやうな気にもなる、……なれども何の、何の、何の、……あゝ頭（かしら）が痛む、気が狂ひさうな、……何の其様な脆い気になつて、大切（だいじ）の郎にみす〳〵死神憑かすやうな愚なこと仕てなるもの歟。（其六）

こうした久兵衛を思う松山の真情につけこんで、彼はそのうえさらに自暴自棄をよそおい、松山が幸右衛門の外聞をはばかって隠していた親子関係を語らせようとするのである。

　落ぶれた男には来るなといふ、余所の男へ身を受けらるゝ、相談は近々に逼りながら知らぬ顔して居るといふ、何やら胡乱な男とは泣いてしみ〴〵潜やかに物語るといふ。これと云ひ彼と云ひ照らし合はせて考へて見れば阿房でも、汝（そなた）が純潔（きれい）に透き徹るやうな胸のものか其で無いものかは大概悟るに手間取らぬ。賢い人や、傾城様や、名誉の女楠木様や、天晴分別立ての利益不利益（ためふため）で、貧な男に来るなとは、好う出来ました出来ました。心に裏も無いやうな世に優しげの情ぶり、真実（まこと）明かすと見せかけて底に底ある二重底、人には見せぬ機関（からくり）を胸に装置（しかけ）た御傾

城様。人を謀らふ泣き落し、涙を使ふ軍師の御手際、ハ、、御見上げ申しました。　（同）

このような久兵衛の態度に耐えかねて、彼女はついに、先日会いに来た「胡乱な男」が父親の幸右衛門であることを明かした。これを聞いた久兵衛は驚いたふりをし、彼が父親だったということなら苦境を打開する方法があると言って、錦襴手の秘法を聞出そうとするのだった。

汝(そなた)の父様(ととさま)の真実(まこと)二人を可憐(いとし)いと思ふて下さるなら其に及ばず、身を暗うさるゝにも及ばいで、済む分別の無いでは無し。さ、汝の怪むは道理(もっとも)なれど、汝の父様は肥前の人、一寸した事を汝になり、又此の久兵衛になりと内々にて教へて貰へば其で済むこと。　（同）

この久兵衛の言葉を聞いて、松山がついに父を説得する約束をしたのは、すでに述べたとおりである。このように、全体がほとんど二人の対話によって構成され、そのなかに久兵衛の計略や彼らの心情をつぶさに描き出した其六は、幸右衛門と松山の身の上話もまじえつつ展開し、作品全体のほぼ半分の分量を占めている。その視点が策略をしかける久兵衛の側にあるというだけでなく、利用されたお蝶の心情は遺書のなかで簡単に示されるばかりだった「うもれ木」に対し、松山は多くの言葉を費やして心中を語っているという対比も鮮明である。以上のように検討してゆくと、本作はこの対話によって、「うもれ木」の物語を裏側から捉えなおしていると読むことができるだろう。

また、「椀久物語」は結末部分についても、「うもれ木」の変奏として捉えることができる。本作の其七、幸右衛門処刑の報に接した久兵衛が発狂する場面に描かれているのは、公共の利益を謳った事業の背後に存在する、個人の感情を利用したうえ裏切ることとさえ辞さない非情さと、策略を仕掛けるために感情を圧殺せねばならなかった人間の葛藤にほかならない。「うもれ木」の結末が、そうした社会や経済の構造に押しつぶされた人間の悲劇を扱っていたのだとすれば、おなじように掉尾に配された陶酔と狂気の一節によって、本作は「うもれ木」が描かなかった、辰雄の側の胸中に焦点を当てていたと言うことができるのである。

こうした本作について、柳田泉は「椀久が松山をぢらして真音をはかせる口説の詰め開きは、実に人情分析の微に入つたものであらう」と評し(12)、植村清二もまた、「この作品の中心は、それぞれの人物の巧緻を極めた会話に、その心情をさながらに写したところにある。（中略）やはり何といつても島原の揚屋での椀久と松山とのディアローグが作中の圧巻である」と絶讃した(13)。かかる評価を見るかぎり、策謀をめぐる久兵衛と松山の思いを描く試みとして、「椀久物語」は一応の成功を収めていると言ってよい。しかしながら、「うもれ木」によって着想され、その空白を充塡するように構成されたと考えられる本作には、逆に多くの空隙が生れてしまったのも事実であった。

五

「椀久物語」には叙上のごとく、出発期の一葉が露伴の作風を模して書いた「うもれ木」を、当の露伴がさらに利用して、その物語を裏面から描いたという関係を見ることができる。だが、そうした観点から本作を読みなおし、高い評価を受ける久兵衛と母の妙順との対話（其三）や松山との対話（其六）などが、「うもれ木」の空白を充塡するという着想によって書かれた部分だったと考えてみると、逆にそれ以外の部分に含まれる空隙が際立ってくることは見逃せない。

たとえば、これまで述べてきたように、久兵衛は清兵衛の錦欄手焼成を扶けるため、幸右衛門から秘法を聞出す目的で松山を利用したと考えられる。しかしながら、それは状況からそのように推察されるにすぎず、彼の意志は最後まで明確にされてはいない。またその策略にしても、幸右衛門が松山の父親であることや、彼女が田舎大尽からの身請け話で窮地に陥っていることなど、二人が隠していた事情をすべて事前に知っている必要があるが、久兵衛がいつ、どのようにその情報を摑んだのかも不明なままである。植村清二はほかにも、「「心に奥のある」椀久が揚屋通ひに大尽を極めることや、それが義理を立て丶母親から勘当を受ける仕打など、細かい点で多少難を入れる余地もないことはあるまい」と指摘している(14)。

こうした筋立上の不整合のみならず、本作の結末には、その存在が当然予期される様々な場面が描かれていない。たとえば、久兵衛が秘法を聞出したことや清兵衛がそれによって工夫を重ねたことなどは、「久兵衛が聞き出したる端緒（こぐち）を追ふて清兵衛が工夫やうやく熟し」（其七）と記されるのみで、前半に描かれた苦難を重ねる清兵衛の姿は立消えとなっている。また、久兵衛が松山を身請けした顚末も一切語られず、おなじく其七に「今は茶碗屋の女房なれど何処やらにまだ媚めける色の見ゆるも憎からぬお葉（松山の本名―注）」と記され、二人が結ばれたことが簡単に伝えられるにとどまっている。さらに、清兵衛が錦手の焼成に成功した最後の場面に登場する久兵衛の母親、妙順にしても、いつ息子と和解したのか不明であるし、そして何よりも、久兵衛が幸右衛門の死を聞いて発狂したあと、次のような簡単な一節が置かれるのみで本作が終えられているのは、いささか違和感を覚えずにはいられないだろう。

お葉は父を失ひし上、夫には狂気者となられたれど、身の薄命を悲むのみ、更に心を外らしもせず、只管（ひたすら）夫を介抱せしが、其真心天に通じてや、程経て椀久正気になり、睦じく遂に添ひ遂げしとぞ。　（其七）

全体がきわめて短いうえ、こうした簡略な記述に終始している其七は、久兵衛と松山との対話を描いた長大な其六にくらべ、あまりにも淡泊な印象を与える。柳田泉もこれについては、「もう少し長い入り組んだ物語りとなるべきであつたらしく、結末にや、急いだやうな気味があり、そこはいさゝか慊らないものがある」[(15)]として、あっけない幕切れに不満を呈している。このように見てみると、本作は「うもれ木」では空白となっていた部分こそ綿密に綴られていたが、それ以外のストーリーラインに関わる部分には省筆が目立つことがわかる。「椀久物語」は「うもれ木」と深い関係を有するがゆえに、その構成においても大きく影響され、こうした空隙を抱え込んだと考えられるのである。

両作の関係を以上のように考えてみた時、見逃せないのは、「椀久物語」の執筆にあたってはこの章で紹介したような多くの資料が援用されていたことである。ところが、露伴は参照したそれらの文献について、作品内外のいずれにおいても、まったく明らかにしてはいない。そのため、たとえば清兵衛の弟子である庄左衛門と助左衛門の名が、『陶器考附録』に見えていることなどは、決して読者に知られようがない。しかも、典拠資料に取材した情報の多くは、このようにごく些細な記述に反映されるのみであって、作品に何らかのリアリティを与えるほどの効果を有してはいないのである。

のみならず、久兵衛と松山との対話を描いた其六においては、そうした文献資料がまったく用いられていない。もっとも、幸右衛門が松山の父であることや、それにまつわる身の上話、あるいは久兵衛のめぐらした計略などは、すべて仮構だったと考えられるから、そのこと自体はさして奇とするほどではない。だが、だとすれば本作は、かならずしも資料を参照する必要なくして執筆が可能だったことになる。では、露伴は何ゆえに本作を書くにあたり、かくも多くの資料を用いねばならなかったのか。それはおそらく、本書の第一部で述べたように、「椀久物語」が実在の人物を扱った歴史小説であった点に関わっていると考えられる。

ここまでに整理してきた「椀久物語」の成立事情について、あらためて見直してみると、第三章で詳述した「二日物語」と多くの共通点を持っていることに気がつく。前述のとおり、「二日物語」は旅路にある西行が、崇徳院の亡霊やかつての妻と邂逅する物語であったが、その作中では悟達と情念とをめぐる彼らの対話が大きな比重を占めており、これは「椀久物語」と共通する特徴でもある。また「二日物語」には、第三章で調査したような「雨月物語」「西行一生涯草紙」「山家集」「撰集抄」ほか多くの資料が援用されており、読者に明かさないままの文献への依拠も両作の共通点になっている。露伴は「二日物語」で用いた手法について、記述に厳密な「よりどころ」を求める意識を表明していたが[16]、「椀久物語」執筆にあたって多くの資料を用いたことにもまた、そのような意識が反映していたと見てよいのではないか。すなわち、やはり実在の人物である仁清や椀屋久兵衛を描くに際して、露伴はできるかぎり古人のうえに勝手な想像をめぐらすべきでないという自己規範のために、これらの文献を参照したと考えられるのである。

「二日物語」と「椀久物語」の両作をくらべてみると、西行と対話の相手以外の人物がまったく登場しない「二日物語」に対し、この「椀久物語」で露伴は、より複雑な構造と人間関係を持つ歴史小説を完成させようとしていたようである。それに際して彼は、自身の作風を意識して書かれた一葉の「うもれ木」と、仁清の錦襴手焼成にまつわる逸話との符合に想を得て、おそらくは椀久松山や仁清の伝承に「うもれ木」の筋立をあてはめてみることによって本作を構想したらしい。ところが、本作においてもやはり、人物の心情を描く対話の部分には多くの筆が費やされる一方で、それ以外の箇所は大きく筆が省かれ、対話を核とした「二日物語」と同様の結果になってしまったのだった。

露伴はここでも、実在した彼らをどのように動かし、いかなる物語を展開することが許容されるのかというかねてからの問題に突き当ってしまったのである。そして、これらの数々の試みによって、自身が小説という形式を用いて実在の人物を作品化することの限界を知った露伴は、現代小説の大作「天うつ浪」の中断を経たあと、随筆の形式を継いだ史伝というまったく新しい方法で「頼朝」の執筆へと向っていったのであった。

注

（1）明治三十三年一月の掲載分は、本作の後半に相当するが、初出時には節の番号が其一から其三とされていた。これは、本作が『露伴叢書』（博文館、明治三十五年六月）に収められた際に、通し番号の其五～其七にあらためられている。初出を底本とした本書でも、便宜上、この通し番号を採用した。
（2）大町桂月「新年の文壇」（『文藝倶楽部』明治三十二年一月）二百十二頁。
（3）塩谷賛『幸田露伴』上（中央公論社、昭和四十年七月）二百三十三頁。
（4）柳田泉『幸田露伴』（中央公論社、昭和十七年二月）三百三頁。
（5）幸田露伴「文明の庫」（『少年世界』明治三十一年三月号掲載分）四十頁。
（6）古賀静脩『陶器小志』（仁科衛版、明治二十三年五月）十四～十五頁。
（7）『陶器考』は明治十六年の刊で、「附録」は別冊となっており、丁数もあらたまっている。よって本書では、「附録」の部分を『陶器考附録』と表記した。なお、底本には東京大学総合図書館蔵本を用いた。
（8）岡佳子『国宝　仁清の謎』（角川書店、平成十三年七月）二十二頁。
（9）半顔居士「椀久の話」（『しがらみ草紙』明治二十三年四月）三十九～四十頁。
（10）三井高保『工藝遺芳』（三井高保版、明治二十三年四月）。

（11）たとえば、露伴が鷗外や緑雨とともに合評「三人冗語」において、「たけくらべ」を絶讃したのはよく知られている（『めさまし草』明治二十九年四月）。また彼は後年になっても、一葉日記の出版に尽力したほか、「一葉女史日記の後に書す」（『心の花』大正二年一月）や「一葉全集序」（『一葉全集』前編、博文館、明治四十五年五月）などでその文藻を高く評価し、夭折を惜しんでいる。
（12）柳田泉『幸田露伴』（前掲）三百三頁。
（13）植村清二「「二日物語」「椀久物語」「風流魔」」（『露伴全集月報』第14号、岩波書店、昭和二十五年十二月）七頁。
（14）植村清二「「二日物語」「椀久物語」「風流魔」」（前掲）七頁。
（15）柳田泉『幸田露伴』（前掲）三百三頁。
（16）幸田露伴「沼田平治宛書翰」明治三十九年六月十日（沼田頴川『釈註二日物語』、東亜堂、明治三十九年六月）。

第十一章　幸田露伴と夏目漱石――「天うつ浪」と「琴のそら音」の比較から――

一

明治三十六年九月、幸田露伴が『読売新聞』に連載をはじめた「天うつ浪」は、「いさなとり」（明治二十四年）および「風流微塵蔵」（明治二十六～二十八年）に続く、自身三度めの長篇小説であった。ところが彼は、明治三十八年五月三十一日に発表した其百五十七を最後に、この作品の執筆を突然拋棄してしまう。その詳しい理由は明らかでないが、おそらく小説というジャンル自体への興味を失ったことが一因と見られ、以後露伴の文筆活動の中心は、史伝や考証、俳諧の評釈などへと移ってゆくことになる。

その一方で、露伴とおなじ慶応三年の生れながら、ちょうどこの時期から小説を中心に活躍をはじめた文学者がいる。明治三十八年一月、『ホトトギス』に発表した「吾輩は猫である」（以下「猫」）で好評を博した、夏目漱石である。漱石はこの年、同作の連載を続けるかたわら「倫敦塔」などの新作を次々と発表し、旺盛な執筆活動を開始した。笹川臨風はこうした状況を、次のように整理している。

> 露伴は創作に飽き、漱石は頗る油が乗り、露伴は小説界に於て過去の人たらんとし、漱石は現時の花役者となり、而して漱石は既に大学の講座を去り、露伴は今将に其教職に就かんとす。此二人者は其経歴に於て其境遇に於て二個の相背反せる行路を取れり。(1)

臨風が露伴を「過去の人」と呼び、漱石を「現時の花役者」としているように、両者の交代劇は時として、「江戸文学を中心とした」露伴と「西欧文学を背景にした」漱石という、新旧の文学の転換点と解されてきた。(2) とはいえ、彼らの文学的関係に踏込んだ考察はほとんどなされておらず、塩谷賛による詳細な評伝『幸田露伴』でも、「漱石は露伴とほとんど何の関係もなかった」と明言されている。(3) だが漱石の初期小説を読みなおすと、そこには少なからず、先行する露伴の作品との関わりがうかがわれる。たとえば「猫」の「二」、東風が苦沙彌に、迷亭と西洋料理を食べにいった時のことを語る場面を見てみよう。

（迷亭が―注）見て来た様に**なめくじ**のソップの御話や蛙のシチユの形容をなさるものですから（中略）夫から、とても**なめくじ**や蛙は食はうつても食へやしないから、まあ**トチメンボー**位な所で負けとく事にし様ぢやないか君と御相談なさる（後略）（傍点原文）(4)

こうして迷亭は出鱈目な料理を持出し、食通を気取って店員をからかうのだが、この場面は前年に発表された露伴の「珍饌会」（『文藝倶楽部』明治三十七年一月）を想起させる。この作品についてはすでに第八章で詳述したが、簡単に言えば食通を自認する六人が珍品の持寄り会を開き、気味の悪い料理ばかりを食べる羽目になって閉口する喜劇であった。そのなかに、「仏蘭西通」を自称する辺見という人物がおり、出品しようと考えたエスカルゴの代用として、なめくじを料理する場面がある。

他の奴には蛞蝓の方が却て面白い。（中略）蛞蝓の方は好い加減に煮散かして、乾枯びた蝸牛の殻とごちゃまぜにしろ。野蒜とバタとを適宜に塗してナ。（其十一）

さらに、この会の発案者である鐘斎の出品は、生きたひきがえるを鍋で煮る「抱竿羹」であった。鍋の中央に蓮根が立ててあり、「其の中に湯はいよ〱沸騰しますと、蝦蟇は蓮根を抱いたなりに熟して仕舞ひます」（其十二）という趣向であるが、なめくじや蛙を煮たこれらの料理は、迷亭の言う「なめくじのソップ」「蛙のシチユ」とは素材までおなじである。もっとも、「珍饌会」は全体が、当時流行していた村井弦斎「食道楽」のパロディであり、「猫」の当該箇所も同様の着想だった可能性はある。しかし、食通を気取る人物の戯画化というモチーフに加え、登場する料理も一致するなど内容的に重なる部分が多いことを考えれば、この場面には「珍饌会」への意識を見出してよいだろう。

ほかにも「猫」には、迷亭が泉鏡花の「銀短冊」らしき作品に言及する箇所もあり（一六）[5]、ここではひとまず、出発期の漱石が自作のなかに、積極的に同時代の作品を取込んでいたらしいことを確認しておきたい。そのうえで取上げるのは、露伴が「天うつ浪」を中絶したのとほぼ同時期、明治三十八年五月に漱石が『七人』に発表した「琴のそら音」である。

二

「琴のそら音」は、〈余〉が友人津田の宅で、雇っている婆さんが迷信ぶかくて困る、と話す場面にはじまる。〈余〉

によれば、婆さんはこのところ聞える犬の遠吠えを不吉だと主張し、インフルエンザを病む〈余〉の婚約者露子の身を案じている。これを聞いた津田は、先日インフルエンザで亡くなった、親戚の新妻にまつわる不思議な話を語りはじめた。

彼女の夫は陸軍中尉で、当時満洲に出征中だったが、ある日、妻から渡された鏡のなかにやつれた彼女の姿を見出した。不安に思って手紙で問うてみたところ、なんと夫が鏡を眺めた同日同刻、妻は息を引取っていたという話である。これを聞いて不安に駆られた〈余〉は、津田の下宿を辞去するが、帰宅して床に入っても奇妙な遠吠えに心が乱れて寝つけない。だが翌朝早くに露子の家を訪ねてみたところ、彼女はすっかり平癒したと聞き、安心して帰ったというのが「琴のそら音」の大略である。

この作品に、初期漱石の特徴の一つである、超自然的現象への関心を見ることはたやすい。しかし、同様のテーマを持つ「倫敦塔」や、次いで書かれた「カーライル博物館」「幻影の盾」などが、彼の留学していた英国に材を求めているのに対し、「琴のそら音」がまだ連載中だった「猫」と並び、同時代の日本を舞台にした最初期の作品であることはあまり注目されていない。その「猫」は、漱石自身や周囲の人々をモデルとして出発したのであったが、では本作の着想契機については、何か手がかりが残されているのだろうか。

この問題については、早く小宮豊隆がダントン「エイルヰン物語」からの影響を見出しており[6]、それを受けて小倉脩三は両作の詳細な比較を行った[7]。また太田三郎は、漱石が明治二十五年五月の『哲学雑誌』に発表した、「ハートなる人の演説の翻訳」である「催眠術」に着目し、「琴のそら音」との間に深い関係を見た[8]。ほかにも、寺田寅彦の体験に材を取ったとする説[9]、ラングの『夢と幽霊』を意識したとする説[10]、ワーズワース『ルーシー詩編』との関係を見る説[11]などがすでに提出されている。だがそのいずれも、物語の大枠やモチーフの類似を指摘するにとどまり、本作との関係を具体的に立証できているとは言いがたい。

再度整理しておけば、「琴のそら音」は〈余〉の不安を中核とし、彼が婆さんや津田の話、犬の遠吠えなどをただならず感じ、露子の家を訪れるという展開になっている。作品を構成するこれらの要素に着目すると、本作は右に挙げられている作品のどれよりも、実は露伴「天うつ浪」の一場面に近いのではなかろうか。

「天うつ浪」の主人公、小学校教師の水野静十郎は同僚の岩崎五十子に思いを寄せるが、なぜか五十子には嫌われている。また彼女は頃日、腸チフスを病んで重篤な状態に陥っていた。こうした設定を確認したうえで、作品の其四十六、明治三十六年十一月八日掲載分からはじまる、ある夜の場面を見てみよう。

水野が大家の吉右衛門、その孫お浜と栗を食べていると、お浜が突然、五十子の未来に関する予言めいた言葉を洩した。

五十子さんは病気が癒つたらばネ、遠い遠いところへでも行つてお仕舞ひなさりさうな気がするのよ。而して其後で松ちやん（五十子の弟—注）と妾とが一緒に泣くやうな事がありさうに思ふのよ。あの椎の樹の暗い蔭に、たつた二人で淋ーしく残つて、泣くやうな事になりさうな気がするのよ。（其四十九）

この不気味な言葉を聞いて沈みがちな座に、「静まりかへつたる村の夜の中を、渋江村との境界（さかひ）あたりにや狗の吠ゆるが、べうべうとして遙に聞えぬ」（同）と、犬の遠吠えが響いてくる。するとお浜は、先日からこの遠吠えが気にかかっていたと訴え、今聞えている犬の声は、幼い日に亡き母に抱かれて聞いた声ではないかと言いはじめるのである。

過日の夜あの狗の声を聞いて思ひ出して見ると、あの狗はやつぱり其の時の狗で、あの声もやつぱり当時の声で、而して彼の狗の声を聞いて、可厭に淋しいと思つた其の心持も、やつぱり其の時可厭に淋しいと思つた其の心持だと、思へて〳〵仕方が無かつたのよ。（中略）何だか妾あ、妾の前の世といふ時にも、矢張り此様な淋しい晩に、やつぱり彼様な狗の声を聞いて、やつぱり妙な心持が為たやうな気が仕てならないのよ！　（其五十）

お浜の、あの不気味な遠吠えを「前の世」でも聞いたように思えるという話を聞いた水野は、五十子を思う自分の苦しみもまた、前世から続くもののように感じて慄然とする。

独り空想に耽る折しも、何をか吠ゆる彼の狗はまた、べう〳〵と同じやうに高く鳴けり。（中略）水野は忽然として我が前の世に、我は猶今の我の如く、お浜は猶今のお浜の如くして、しかも我が五十子もまた今の五十子の如く、我は今と同じく苦みあくがれて、甲斐無くも長へに忌み嫌はれたりし、其の事のまざ〳〵と存りしやうに思ひて、総身の毛根動けるが如く、慄然と情無く堪へがたき心地したり。　（其五十一）

水野はこのように、お浜から犬の遠吠えに「妙な心持」がすると訴えられ、また前世や未来についての不気味な話を聞かされて、得体の知れぬ不安に襲われている。一方で「琴のそら音」の〈余〉も、婆さんから犬の遠吠えが不吉だと言われ、また津田からは最近死んだ親類にまつわる奇妙な話を聞かされて疑心暗鬼に陥っていたのであり、こうした展開は「天うつ浪」の右の部分と同様である。しかも「天うつ浪」其五十三では、「狗の長吠する時は凶き事ありといふ俗説（いいつたえ）」が言及されており、「琴のそら音」の婆さんも、このおなじ俗説を念頭に置いていたのであった。

さらに、水野も〈余〉もともに、自室で床に入ってから不気味な遠吠えに悩まされている。両作の当該部分を示そう。

> 吉右衛門は眠れり、お浜は眠れり。（中略）医も睡れるならん、看護婦も睡れるならん。覚めたるものは我のみなるが、たゞ我が病の蓐（とこ）に悩める五十子は、睡れりや如何に、穏やかに睡れりや。（中略）宵の談話（はなし）を独り静に思ひ返して、さま〴〵に思ひ乱るゝ折しも、いつまで睡らで吠ゆる彼の狗なるぞや、また彼の狗の声はべう〱と聞えぬ。かゝる夜深きに何をか見て吠えし、人の魂魄（たま）にても飛びたるかや、あゝ。（「天うつ浪」其五十二）

> どこで吠えるか分らぬ。百里の遠き外から、吹く風に乗せられて微かに響くと思う間に、近づけば軒端を洩れて枕に塞ぐ耳にも薄（せま）る。（中略）暫らくすると遠吠がはたと已む。此半夜の世界から犬の遠吠を引き去ると動いて居るものは一つもない。吾家が海の底へ沈んだと思ふ位静かになる。静まらぬは吾心のみである。吾心のみは此静かな中から何事かを予期しつゝある。去れども其何事なるかは寸分の観念だにない。性の知れぬ者が此闇の世から一寸顔を出しはせまいかといふ掛念が猛烈に神経を鼓舞するのみである。（「琴のそら音」五十五〜五十六頁）

先の不安に追いやられるまでの過程に続き、深夜、ひとり枕上に犬の遠吠えを聞いて心を乱されるという、おなじような場面が出来している。そして二人はともに、不安にさいなまれて眠れぬまま、女の苦しむ姿を思い描く。

> 何となく五十子が上のあやしく気にかゝりて、水野は睡らんとしてもまた睡られず。（中略）ほそ〴〵と痩（や）せし

手先の、物あはれにも枕の端なんどを力草に執り絞りて、苦しさに堪へ〴〵し果ては、（中略）現世冥途の境界の上に、魂魄迷へるやうにあらば、あゝ如何にせん、如何にせん。（中略）居ても立つても心の安からぬ、あゝ何とせん、何となさん、と、とつ置つ思ひ迷ひしが、此処にありて空に悶えんよりは、其処に至りて、状態を伺はんと、終に衣をかへて立出でたり。

（「天うつ浪」其五十三）

今、眼の前に露子の姿を浮べて見ると（中略）頭へ氷嚢を戴せて、長い髪を半分濡らして、うん〳〵呻きながら、枕の上へのり出してくる。（中略）合はす瞳の底に露子の青白い肉の落ちた頬と、窪んで硝子張の様に凄い眼があり〳〵と写る。どうも病気は癒つて居らぬらしい。しらせは未だ来ぬが、来ぬと云ふ事が安心にはならん。今に来るかも知れん、どうせ来るなら早く来れば好い、来ないか知らんと寝返りを打つ。（中略）余は夜が明け次第四谷に行く積りで、六時が鳴る迄まんじりともせず待ち明した。

（「琴のそら音」五十八・六十頁）

一方は文語、一方は口語であり、描出の方法も異なるが、両作ともに男の想像のなかで、苦しむ女の姿が描かれている。また、どちらの男も不安を抑えられず、夜半のうちかそれとも朝かという違いはあるものの、ともに女の家を訪れるという展開もおなじである。

このあと、「天うつ浪」では水野の懸念どおりに五十子の病状が悪化しており、作品はしばらく彼女の病を軸に進んでゆく。対して「琴のそら音」では、前述のように露子は軽快していて、結局〈余〉の取越し苦労だったと判明するのだが、それは作品の長短にも関係することであり、ここでは重要な問題ではない。注目すべきはむしろ、「天うつ浪」のこの場面と「琴のそら音」との間に存在する多くの相似、すなわちどちらも病褥にある女を案ずる男の心理を扱い、水野はお浜から、〈余〉は婆さんと津田から聞かされた不気味な話によって不安に陥っていること、ともに苦しむ女の姿を枕上で思い描き、安否を確かめにその家に出向いていること、そして犬の遠吠えが重要な役割をはたしていることなどである。「天うつ浪」は長篇の一部分であるとはいえ、不安に怯える男の心の動きを中心に、神秘性や超自然的現象と日常との緊張関係を描いたこの両作は、題材や展開にいたるまできわめてよく似ていると言ってよい。「天うつ浪」の右の部分が発表されてから、漱石が「琴のそら音」を執筆するまでは隔ることわずかに一年半、こうした共通点がすべて偶然とは考えにくく、彼が何らかの形でこの露伴最後の長篇を意識していたことは間違いないだろう。(12)

三

漱石は「琴のそら音」を発表したのとおなじころ、まだ連載が続いていた「天うつ浪」を次のように評している。

「天うつ浪」の「お柳(ママ)」(正しくは「お龍」―注)「お彤」なぞの会話は決して自然だとはいはんが、あの階級に丁度適した詞付だ。そうして其階級以外に渉らない処がうまい。(13)

これは、漱石が露伴の作品に言及したほぼ唯一の例であり、彼が「天うつ浪」に興味を持って目を通していたことがわかる。もっとも、ほかに特段の言及が残っているわけではなく、はたして「琴のそら音」執筆時の漱石が、自覚的に「天うつ浪」を参考にしたのかどうかは知りがたい。だが、両作の類似が仮に無意識的になされたのだとしても、いやそれならばなおのこと、漱石が同歳でおなじ学校に通ったこともある、(14)先行する作家露伴を心にかけていた可能性は高い。彼の親友だった正岡子規もまた、露伴「風流仏」（明治二十二年）の影響を受けて小説「月の都」（明治二十四〜二十五年稿）を書き、文学的出発を遂げた人物であり、そうした露伴への意識は漱石にも共有されていたのではなかろうか。明治三十九年春、漱石が島崎藤村の「破戒」を読んで強い衝撃を受けたことは著名だが、彼は小説を書きはじめた当初から、同時代の作品に対して鋭敏に反応していたのである。

以上見てきたような「天うつ浪」と「琴のそら音」との関係には、おなじような題材を扱いつつも、「水野の「智」と信仰の葛藤の過程」に焦点を当て[15]、以後も道教や神仙道などの宗教における「智」を探ってゆく露伴と、一方で身体感覚や精神状態の克明な描写を通じ、近代人の心の深部に分け入ろうとした漱石との、文学的な方向性の相違が端的にあらわれている。あるいは、この素材を巧みに処理して短篇小説にまとめた漱石に対し、露伴が多くの人物や次々に移りかわる場面を収束させることなく執筆を中断してしまった点に、のちにいくつもの長篇小説を完成させた漱石と、より自由度の高い形式である考証随筆に力を発揮した露伴との、資質の違いを見ることもできるかもしれない。以上のようにこの両作は、生涯ほとんど交わらなかったように見える露伴と漱石との、ほぼ唯一の結節点だったのであり、二人の文学をたがいに逆照射する多くの問題を孕んでいるのである。

注

（1）笹川臨風「露伴と漱石」（『江湖』明治四十一年五月）十四〜十五頁。
（2）斎藤礎英『幸田露伴』（講談社、平成二十一年六月）百十三頁。
（3）塩谷賛『幸田露伴』中（中央公論社、昭和四十三年十一月）二百七十三頁。

（4）夏目漱石「吾輩は猫である」続編（『ホトトギス』明治三十八年二月）十七～十八頁。

（5）岡保生「鏡花と漱石」（『鏡花全集月報』20、岩波書店、昭和五十年六月）などに指摘がある。

（6）小宮豊隆「「短篇」集解説」（『漱石全集』第二巻、漱石全集刊行会、昭和十一年四月）。

（7）小倉脩三「琴のそら音」（『日本文学』平成七年十月）。

（8）太田三郎「夏目漱石「琴のそら音」とその背景」（『学苑』昭和四十二年八月）三十二頁。

（9）藤井淑禎「寅彦と漱石覚書―「琴のそら音」の周辺―」（『立教大学日本文学』昭和五十二年七月）。

（10）塚本利明「「ロード・ブローアムの見た幽霊」について」（『専修大学人文科学研究所月報』昭和五十八年六月）。

（11）谷口基「「琴のそら音」論―その構造に潜むもの―」（『日本文学』平成五年十二月）。

（12）なお、大友泰司は「夏目金之助、ニーチェとの出会い―『琴のそら音』を中心にして―」（『順天堂大学一般教養紀要』平成八年三月）において、本作にニーチェ「ツァラトゥストラはかく語りき」からの影響を見出しているが、「天うつ浪」の本稿で取上げた場面には、同作の「幻（ヴイジョン）と謎（リツドル）と」が引用され、水野の思索のなかで重要な役割をはたしていることを附記しておく。

（13）夏目漱石「批評家の立場」（『新潮』明治三十八年五月十五日）。

（14）明治十二年春、漱石と露伴は揃って、東京府立第一中学校正則科に入学している。

（15）西川貴子「「詩」という場（トポス）―「天うつ浪」試論」（『文学』平成十七年一月）百五十二頁。

第十二章　幸田露伴と幸田文――幸田文「終焉」と〈生活人〉露伴の誕生――

一

幸田露伴の残した文学は、きわめて多彩である。

明治二十年代に小説家として出発した彼は、昭和二十二年に歿するまでの実に六十年間、史伝や紀行、評論、随筆、注釈、考証、詩歌、修養書など、さまざまなジャンルの作品を手がけてきた。その内容も、和漢の文学をはじめ思想、言語、宗教から釣や将棋などの趣味にいたるまで、多岐にわたっている。もちろん、このように複数の分野やジャンルを横断して活躍した文学者は、かならずしも少ないわけではない。しかし、そのなかにあって露伴がわけても興味深く思われるのは、彼の文学の多様性がしばしば作家の人物像、すなわち洽博な知識と実践とを不可分のものとして体得し、みずからの日常生活や子女の教育に生した巧みな生活人というイメージと関連づけられ、それにもとづいて理解されてきた点である。

たとえば長谷川泉は、露伴という文学者の特徴として次のように指摘している。

露伴の碩学は、人生を捨象しない。露伴が小説に出発し、人間の学問と行住坐臥の生活哲学に執したためである。（中略）露伴の日常生活が、そのまま古典的教養と芸術的センスの洗練の極致であり、それらがその子女の教育の端々ににじみ出ているさまは、娘文が親ゆずりの磨きあげられたデリケートな芸術的感触をもって描き出しているところである。[1]

また山本健吉にも、次のような評言がある。

露伴の学問を考えるとき、どうしても、そういった到底学問なんて言えないような、行住坐臥に必要なあらゆる知識、すなわち掃除の仕方から料理・裁縫、あるいは挨拶・口上のたぐいに到るまでを包含する。／それは露伴の学問の小学的部分であるが、人間の生活と密接に相かかわる部分でもある。そしてそのような人生智が支えになって、『潮待ち草』以下の随筆や、『努力論』以下の修養書などが光彩を放つ。[2]

こうした露伴理解について考えるうえで重要なのは、それが露伴自身の作品よりも、むしろ彼の娘である幸田文が伝えた父の姿に大きく依存していることである。露伴は自身の「日常生活」や「行住坐臥」のさまをほとんど書残しておらず、「子女の教育」や「掃除の仕方」について知るには、彼女の文章によるほかなかった。実際、両者ともに文中の別の箇所では、父露伴との日常生活を描いた幸田文の随筆集『こんなこと』（昭和二十五年）に言及し、特に山本は長文にわたって引用してもいる。

これらと同様の主張は、一部ではすでに、露伴の生前からなされていた。たとえば斎藤茂吉は、「翁の偉大なる『読書力』をば、ペダンテリイとするのは既に浅薄である」と述べているが、しかし彼はそのうえで、「正にこれ悉皆人間の『生気』の流動滾沸せるものとして感得すべきものである」という観念的な結論を導くにとどまり、[3]露伴の学問を「生活哲学」や「人生智」へとつなぐ視点は持ちえなかった。このように考えてみれば、幸田文が描き出した生活人としての露伴像は、それまでの露伴理解に肉づけをするものであったと同時に、彼の文学や思想を生活の様式へと結びつけて捉える、新たな評価軸を提出したと言えるだろう。彼女の文章を通して露伴に迫ろうとするこのような方法は、近年にいたってもなお行われており[4]、その影響の大きさがうかがえる。

本章は、以上のような観点から幸田文の初期作品を取上げ、その影響力の淵源を考究する試みである。彼女の作品はいかにして新たな露伴像を創出し、そしてそれは何ゆえに、露伴理解を動かすほどの力を持ったのだろうか。まずは露伴の最晩年、戦中から戦後にかけての彼の活動を振返り、幸田文の登場が準備されるまでの時代状況から考えてゆこう。

二

戦時中、昭和十八年に中央公論社から『蝸牛庵聯話』を、翌十九年に岩波書店から『評釈　冬の日』を刊行するとともに、俳諧の評釈や国語学の論文を細々と発表しつづけていた露伴は、終戦とともに疎開先の信州坂城を離れ、市川菅野に居を定めた。東京大空襲によって焼失した小石川蝸牛庵が再建されるまでの、仮寓のつもりであった。彼はこの家で、寝たきりとなりながらも旺盛な執筆活動を再開し、ついに畢生の大作「評釈芭蕉七部集」を口述筆記によって完成させる。また、旧稿を単行本化しようとする動きも活潑化しており、試みに昭和二十一年から昭和二十二年にかけての二年間に上梓された露伴の著書を挙げてみれば、岩波書店から『評釈　春の日』（昭和二十一年一月）・『芋の葉』（同年八月）・『評釈　ひさご』（昭和二十二年五月）・『幻談』（同年九月）・『評釈　猿蓑』（同年十一月）、東京出版から『骨董』（昭和二十一年十二月）・『游塵』（昭和二十二年七月）、中央公論社から『論語　悦楽忠恕』（昭和二十二年四月）、洗心書林から『音幻論』（昭和二十二年五月）、東方書局から『近代日本文学選』「幸田露伴集」（昭和二十二年十一月）と、都合十冊が新たに刊行されている。これは、露伴の八十年にわたる生涯を通じて、最も多数の著書が刊行された時期であった。

もちろん、昭和二十一年から翌二十二年にかけての出版界全体が、抑圧されていた戦時中の反動から異様な活況を呈したことはよく知られている。(5) しかし、単に読書人たちの飢餓のみでは、久しく文壇からかえりみられなかった露伴が、突如これほどの脚光を浴びはじめた理由は説明しきれない。おそらくそこには、戦時中おなじように時局から一歩離れた態度を貫いた正宗白鳥や志賀直哉らが、戦後になって急にもてはやされはじめたのと同様の意味があった。すなわち、徳富蘇峰や佐佐木信綱、武者小路実篤らが戦争協力のかどで糾弾される裏返しとして、彼らには軍国色をぬぐいさった新しい文化を象徴する長老としての役割が求められたのである。

ただし、露伴が戦時中に時局迎合的な文章を書かなかったことを捉えて、それを彼の平和主義や戦争忌避といった思想信条によるものと断じることは、同時代人たちにとってはかなり困難だったはずである。なるほど、露伴と親しかった岩波書店の編集者、小林勇の書きとめたところを見ると、彼が戦争を嫌っていたらしいことを示す逸話はいくつか伝わっている。(6) しかしながら、それはあくまで露伴が小林に対して見せた私的な態度にすぎず、露伴自身がみずからの立場や見解を公に表明した文章は、戦中戦後を通じてほとんど発表されることがなかった。残された数少ない資料から、筆記者によるバイアスを取去って露伴その人の思想に迫ることは、文献をかなり俯瞰的に眺められる現代の我々にとってもかなりの困難を伴うが、(7) まして小林や塩谷賛など近侍者たちのまとめた言行録すらまだ発表されていなかった当時、露伴の戦争観や時局観などを詳らかに知っていた者は、一般にはほとんどいなかったであろう。

にもかかわらず、学問と芸術の道を歩んで日本の近代を生きぬいた文学者として、戦後社会における露伴の評価は急激に高まっており、彼が昭和二十二年七月三十日に歿したあとも、そうした機運は止むことがなかった。たとえば、鎌倉文庫から刊行されていた雑誌『人間』には、昭和二十二年の九月から十二月にかけて、石川淳や平野謙、福田恆存、荒正人らの作品と並び、露伴の「炭俵集発句評釈」が連載されている。この作品は、古典の評釈という内容面でも、また誌上において唯一、文語で書かれた作品という文体面でも、周囲との違和が顕著である。それでもなお露伴の遺稿をあえて掲げ、九月号の「編集後記」では「一代の碩学、近代日本における最大の文学者」という追悼の讃辞がおくられている点に、露伴を軍国主義文化に対する抵抗の象徴として迎えようとする風潮を見ることができるだろう。そして、残された原稿が尽きると今度は日記や俳句が求められ、それらは雑誌掲載ののちにすぐさま単行本として刊行され[8]、そして昭和二十四年の六月からは、ついに岩波書店が全四十一冊におよぶ全集の刊行に着手するのである。

雑誌『藝林閒歩』が昭和二十二年夏、七月二十三日に満八十歳の誕辰を迎えた露伴を賀する目的で企画した「露伴先生記念号」も、このような潮流のなかに位置している。編集にあたっていた野田宇太郎は、当該号の「編輯後記」において、次のように記している。

　この号は露伴幸田成行先生の明治大正昭和三代に亘る偉大なる足跡を称へ、満八拾歳、執筆六拾周年を記念祝寿する国民的感情のもとに編輯した。先生は昭和十九年の冬以来病床にあつて、日増しにつのる衰弱の身に鞭打ちながら、手はつひに筆を持つ力をさへ失し眼は活字を読むに難く、耳は殆ど聾に近くなり乍ら、而も、今日まで片時も学問の掟を外らさず芸術の思ひを捨てず、その博覧強記の明徹なる精神と脳髄とによつて、ひたすら土橋利彦氏を相手に口授の仕事をつゞけられた。

それまで文筆とは無縁だった幸田文にまで、晩年の父の姿を伝える文章が求められたのも、露伴という存在が象徴的意味を持ちつつあった当時の状況によるものであろう。彼女はおそらくそうした状況を認識したうえで(9)、野田宇太郎からの執筆依頼を容れ、『藝林閒歩』のこの特集号に、病床にあった露伴の日常を描いた「雑記」を発表した。文筆家、幸田文の誕生である。

露伴八十の賀となるはずだったこの企画は、前述のとおり彼が七月三十日に歿したため、はからずも逆に追悼号のような意味あいを持ってしまった。だが、露伴はその誌上において、娘の文章によっていわば復活を遂げたのであり、幸田文は以後も周囲の求めに応じて、生前の父露伴を描いた作品を次々と発表してゆく。それらはいずれも高い評価を受けたが、なかでも「葬送の記—臨終の父露伴—」(『中央公論』昭和二十二年十一月)は、小林秀雄『無常といふ事』および折口信夫『古代感愛集』と並び、芸術院賞候補にまで推されることになった。藤本寿彦はこうした状況を整理したうえで、彼女が伝える父の物語を「「文化国家日本」の象徴を物語るフィクションとして読み替え」ようとする機運の存在を見出している(10)。

とはいえ、幸田文は単に、時流に乗っただけの時の花ではなかった。彼女の一連の作品は、前述のとおり新たな露伴像を創出し、以後の露伴認識に多大な影響を及ぼしてゆく。ここでふたたび問題を提起するならば、はたして彼女はどのような露伴像をいかにして提示し、それはなぜ支持を集めたのであったか。次節ではそのことを、「雑記」に続く幸田文の第二作、「終焉」(『文学』昭和二十二年十月)に即して考えてゆきたい。

三

「終焉」は、その題名が示すとおり、死の直前の露伴を描いた作品である。もっとも、作中で「露伴」という名が用いられることはなく、つねに「父」「おとうさん」とだけ記されていて、本作がほかならぬ娘の立場から書かれたことが示されている。作品の冒頭は、「七月十一日朝、祖父の部屋へ掃除に行つた玉子が、おぢいちやん血だらけ、と云つて来た。なるほど父は、頬・鬚・枕・シーツと点点と綴る赤の中に、しかし平常な顔色でゐた。／慌しい私をいぶかしげに見迎へて（後略）」という昭和二十二年夏の場面にはじまり、掉尾は死の三日前、七月二十七日夜に父娘がかわした会話に終っている。

野田宇太郎は『日本近代文学大事典』の「幸田文」の項目において、この作品を「名画のような記録的随筆」と評し、彼女は「晩年の父の謙虚な報告からきわめて自然にペンをとりはじめた」と述べている[11]。だが、「終焉」は本当に、「記録的」に書かれた「謙虚な報告」にすぎなかったのだろうか。初出誌では本作の直前に、露伴の主治医であった武見太郎による「幸田成行先生御病歴、其他」が掲載されているが、露伴の脈を取るようになった経緯、当時の診療録の大要、臨終にいたるまでの病状の変遷、露伴の人となりについての「追憶」と順を追って述べてゆくその書きぶりや、淡々とした筆致にくらべると、「終焉」には明らかな構成意識が感じられるのである。本節ではこの点を手がかりに、作品の具体的な分析を通じ、露伴を描いた幸田文作品の特質について考えてゆこう。

「終焉」の全体は、三節から構成されている。七月十一日に起った三度の出血について記す第一節は、その掉尾に置かれた次のような記述によって、全篇の視点である「私」の位置を決定している。

おとうさん死にますか、と訊いた。そりや死ぬさ、と変に自信のあるやうな云ひかたをし、心配か、と笑つた。柔いまなざしはひたと向けられ、あはれみの表情が漲つた。私もまじろぎ身じろぎをせず、見つめた。遂に何だか圧倒されて、ひよこりとおじぎをしてしまひ、そしてそのおじぎにてれ、涙が溢れはじめ、ゐたゝまれず立つた。廊下へ出しなに振返つて見た時に、父は立て続けに緩いあくびをしてゐた。

ここには、子たる「私」がつねに子として、父にあわれまれ、「圧倒」され、「おじぎ」をして逃出さねばならない存在であることが示されている。その一方で、父は自分の死を目前にしても余裕と落着きとを失わず、「私」の涙とは対照的に「緩いあくび」すら見せる、器の大きな人物として描かれている。こうした対比構造が、作品の基本的な枠組として提示されたうえで、記述は一時的に昭和二十二年の夏から離れ、「空襲の噂に東京がざわつき出した頃」の春、すなわち昭和十九年の春へと遡行してゆくのである。

作品の中間部をなす第二節には、まだ元気だったころの父が「私」に語った、自分の死に際しての心構えが記されている。叔母のいいつけで、ひとり伊東に滞在していた父を迎えにいった「私」は、「死ぬといふことをどう思つてゐるのだ」という父の追及にあう。父は「私」に、生死や「死の惨さ厳しさ」についての認識と心構えとを説くが、彼女はその教えを「何一ツ覚えてゐない」で、「まるで手がゝりも無いまでに忘れてしまつて」いた。彼女が持つのは「生き身の恩愛、親子の絆」ただ一つであり、第一節で提示された、父の対極にある彼女の位置があらためて強調されていたのであった。

かかる対比を下敷に、おなじ第二節で続いて提示されるのは、同年秋の逸話である。空襲に際し、老いた父を押入れにかばおうとする「私」に対して、父は不快感をあらわにする。

では、おとうさんは文子の死ぬの見てゐられますか。片明りに見る父の顔は、ちよつと崩れて云つた、――かまはん、それだけのことさ。／ちひさい時から人も云ふ、愛されざるの子、不肖の子の長い思ひは湧き立つた。

父にこうした言葉を投げつけられた「私」は、しかしその非情さを批難することはせずに、むしろ「云はれたことを反芻」する。前の逸話において、伊東の温泉宿では「何一ツ覚えて」いなかったとされる彼女は、今度は父の言葉について必死に考えようとしているのである。ところが、空襲が去ったあともなお、父の不機嫌は続いていた。

下性・下根・不勉強は取り出され、意地悪く切刻まれた。耐へられなくなつた私が、むしろ一度ことばをかへした経験が二度目を慣れさせたといふかたちになつたのがいけなかつた。父は利かない身体を起した。あつと云ふ間に後れ毛と一緒に襟髪を押へられた。痛さと、かつて無いことの驚きとで逆上した私は顫へ出し、振上げられた手を見て、おとうさん打つんですかと訊いた。手はおろされず、二三度こづいて離された。

これらの箇所だけを取出して見るならば、そこにはかならずしも、父の〈偉大さ〉が直接描かれているわけではないことに気がつく。「私」の気遣いに対して憤る父は不可解ですらあり、長与善郎は実際、「一般には唯、因業な意地悪じじいの、かんしやくとしか映るまい」と述べたうえで、「そういう点の説明的叙述は不十分である」と指摘している。[12]

しかしながら、こうした描写を作品のなかに置いてみるならば、事態はおのずと別である。長与は一方で「その邪ケンは何に因つているものか、露伴だと知つている読者には察しはつく」とも述べ、作品の結末を「一個の偉人の臨終の大景」と解するのだが、[13]このような読解が導かれるのはおそらく、彼が実在した露伴の姿を作中の父親へと重ねて読んでいるためだけではない。すなわち、かねてから「も一度生死の話を聞く折をもたう」と心に決め、また憤る父に反抗した自分こそが「いけなかつた」と自省する「私」の視点から父が語られることで、その非情さや不可解さはむしろ、生死について知悉した父による、何もわからない「私」への苛立ちと見る解釈がうながされるだろう。しかもこの直後には、父が法華経の一節、「我不敢軽於汝等、汝等皆当作仏故」という常不軽菩薩品の章句をつぶやく場面が描かれていて、父の持つ該博な知識や知恵が暗示されることにより、そうした解釈は裏打ちされていたのであつた。[14]

このように、かつての厳しかった父を描く第二節は、第一節で提示されたつねに父親に圧倒される「私」の位置について、具体的に説明する役割をはたしていた。ところが、父と娘に関するこうした構図は、続く第三節において大きく転換するのである。

ふたたび昭和二十二年夏の場面に戻った第三節では、厳しかった父は病床にあり、看病する「私」をおだやかに見つめる慈父として描かれている。

かうしてあつちへ向けてもらつたりこつちへ向けてもらつたりしてゐるうちに、自然の時が来る、とさりげない調子で云つた。私は父の肱を摑んでのしかゝつた。——おとうさん、さうなりますか。なる。くるりと眼球が動いて、血の日と同じ優しいあはれみのまなざしが向けられ、深い微笑が湛へられた。

落着きを失うことなく自身の死に向きあう父に対し、「私」は「おとうさん、えらいなアと絶叫」する。と同時に、彼女は「空襲の日の、文子が死んでもかまはん、それだけのことさと云つた時と同じであつた」と第二節の場面を想起し、かつて伊東の温泉宿で、あるいは空襲の日に言われた言葉の意味を悟った。すなわち、父が心得ていた死にあたっての身の処しかた、それが「別れ」であると理解し、受入れる心を感得することにより、彼女は不可解だったそれまでの父の態度を諒解したのである。この結果、「私」が「幸福」であり、父が〈偉大な〉存在であったことは、作中において確定される。そして作品は、「えらい」父の境地を象徴する「ぢやあおれはもう死んぢやふよ」という言葉と、それに対する「私」の「はい」という返答で終るのである。

このように見てみると、「終焉」は決して、死を前にした露伴の日常に関する単純な記録ではないと知られるだろう。本作は偉大な父と不肖の子という対比構造を用い、さらには中間部に戦時中の逸話を配したり、厳父から慈父へと父親像を転換してみせるなどして、「私」が父からその死にあたっての心構えを教えられるという物語構造を備えていた。読者は作中の視点である「私」の位置から、父としての露伴を眺め、彼女とともにその〈偉大さ〉を知るのである。

本作で用いられたこのような方法は、おそらく幸田文によって意識的に選び取られたものであった。同時期の彼女の作品を見てみると、たとえば小石川蝸牛庵の焼跡で父の盃台のかけらを見つけ、「なつかしさ」や「さびしさ」とともに思い出した父との生活の一齣を綴った「かけら」（『週間朝日』昭和二十三年二月二十二日）では、露伴は偉大な存在というよりも、むしろ酒を愛する一人の父親として描かれている。また幸田文の幼少期、まだ田園地帯であった向島での牧歌的な日々を描いた「糞土の墻」（『女性改造』昭和二十四年六月）には、一人称の「私」が登場せず、露伴も素朴な村人たちに溶け込んだユーモラスな「先生」として造型されている。こうした作品を執筆する一方で、彼女は昭和二十三年七月から翌二十四年十月にかけて発表した『こんなこと』の連作において、ふたたび父の薫陶を受ける不肖の子「私」という構図を用い、学問から家事まであらゆることに通じた父露伴の〈偉大さ〉を描き出しているのである。

幸田文の初期作品をこのように眺めてみれば、「終焉」で用いられたスタイルはやはり、作品の主題にあわせて意図的に選択されたものと考えてよいだろう。もちろん、だからと言って彼女が、父の死を機に文筆家として出発する野心を秘めていたとか、あるいは父の〈偉大さ〉を強調することで、何らかの実益や恩恵にあずかろうとする下心を持っていたとかいうことにはならない。すでに多くの指摘があるように(15)、実際には彼女はそのような野心からほど遠かったというのがたしかなところだろうし、むしろ父との生活という経験をどのように内的に消化するかという苦悩や、いつまでも文豪の娘と見られながら文章を書続けることへの葛藤こそが、出発期の幸田文が現実に向きあっていた問題であっただろう。しかしながら、そうした作者の心情や意図はともかく、このような一連の作品の方法を見るかぎり、彼女は最初期からすでに、作品の題材や主題にあわせてその都度最も効果的な様式を用いる技倆を身につけた、巧みな書き手であったと言ってよいのである。

四

「終焉」では以上のようにして、父露伴の〈偉大さ〉が効果的に表現されていた。しかも重要なのは、ここで幸田文が題材にしたのが露伴の文学ではなく、むしろ肉親しか知りえない平生の言動だったことである。その結果、生前には一般に知られることがなかった、プライベートな領域における露伴の新たな一生面が開示されることになる。以後、彼女が「終焉」と同様の題材や方法を用い、次々と作品を執筆していったことにより、露伴の作品だけからは知りえない彼の「生活哲学」、生活人としての露伴像が形成されたのであった。

しかしながら、幸田文の作品が描き出していたのは、こうした露伴の新たな一面だけではなかった。すなわち、作中に父の博識や巧みな生活の知恵が描かれれば描かれるほど、結果としてそのような教えを受け、身につけてゆく「私」の姿が、附随して作中の後景に示されることになる。だとすれば、これら一連の作品に描かれているのは露伴のみならぬ幸田家、文自身の言葉を借りるならば「露伴家」そのものにほかならない。彼女は作品集『父―その死―』（中央公論社、昭和二十四年十二月）に収められた「菅野の記」で、その空気を「一種のイズムのある家庭」と表現しているが、これらの作品から立ちあらわれているのは、まさにその「イズム」なのであった。

しかも、作中に登場する「私」と父が、それぞれ作者幸田文と彼女の父露伴であることを前提に作品が書かれ、かつ読まれる以上、そこに描かれた厳しい教えを受ける「私」の姿は、逆に幸田文自身のイメージまでをも形成することになる。そして、歯切れのよいしなやかな文体や多彩な語彙など、彼女の作品の特徴自体が、露伴による日常的な教育の所産と見なされてゆくだろう。この結果、作中で示された父の姿、稀代の博識であると同時に人生や生活の全般にわたる知恵を体得した露伴の〈偉大さ〉は、作品を読むまさにその瞬間に読者の前に示され、迫ってくる幸田文の文章そのものによって保証されることになるのである。「終焉」をはじめ、『父』および『こんなこと』を中心とした一連の作品が持つ圧倒的な強さと迫真性は、単にその題材や描きかただけではなく、また露伴の娘の作品という外的な事情だけでもなく、そのあわいを行き来する往還運動によって生み出されていたものであった。(16)

幸田文が提示した、露伴や幸田家に関するこうした具体的で鮮烈なイメージは、自分自身についての言及が少ない露伴文学の空白を埋める役割をはたしたと考えられる。露伴の作品には読者に多方面にわたる高度な教養を要求するものが多く、しかもその背後には、彼が有するさらに厖大な知識の存在が推定されるため、幸田露伴という文学者の全体像を総合的に把握するのは容易ではない。柳田泉はこのことを、露伴には「書かれずにゐる文学、身についた文学、心に蓄積された文学」が多いと表現したが[17]、幸田文は作品化されなかったその「文学」の一端を、生活人というわかりやすいイメージによって充塡したのであった。

こう考えてみれば、幸田文が執筆活動をはじめるとすぐに、それをもとにして露伴の文学や思想を考えようとする反応がはじまったのは自然である。たとえば中谷宇吉郎は、「終焉」および『父』に記された露伴の言葉、「ぢや、おれはもう死んぢやふよ」に「生死を超越」した「生も死も意識しない」態度を見出し、そのような「露伴の生死観」が「丹道の極意に通じてゐる」という観点から「仙書参同契」（昭和十六年）を論じている[18]。また辰野隆は、戦国時代を舞台にした歴史小説「ひげ男」（明治二十九年）を、「男同志（ママ）の宿縁」の物語と解したうえで、それを露伴の「父性愛」、「露伴先生と文子女史の間の、厳しくて優しく、酷烈にして慈味ある宿縁」へとつなげて考えている[19]。

かかる姿勢は、昭和三十年代以降、本章冒頭に示した長谷川泉や山本健吉ほか多くの論者に受継がれ、一つの定式となっていった[20]。小説という形式を用いることなく、巧みな筆さばきによってこれほどの達成を示した彼女は、まさにその意味でこそ、小説を捨てて様々な形式の可能性に挑みつづけた露伴の文学的後継者だったのである。

注

（1）長谷川泉「露伴の文学的遺産」（『近代文学鑑賞講座』第二巻「幸田露伴／尾崎紅葉」、角川書店、昭和三十四年八月）百二十頁。

（2）山本健吉『漱石　啄木　露伴』（文藝春秋、昭和四十七年十月）百七十四頁。

（3）斎藤茂吉「露伴先生に関する手記」（『文学』昭和十三年六月）十七頁。

（4）たとえば福田和也は、「（露伴の―注）作家としての本領と、娘に箒の作り方から家事を仕込んだ濃やかさは密接な関係があると睨んでいる」と述べている（「露伴を勧める」、『明治の文学』第12巻「幸田露伴」、筑摩書房、平成十二年十二月、四百四十六頁）。

（5）岡野他家夫『日本出版史』（春歩堂、昭和三十四年七月）四百七十六～四百八十七頁。

（6）小林勇『蝸牛庵訪問記―露伴先生の晩年―』（岩波書店、昭和三十一年三月）。なおこの問題については関谷博が『幸田露伴の非戦思想　人権・国家・文明―〈少年文学〉を中心に』（平凡社、平成二十三年二月）において詳論している。

（7）たとえば、露伴は戦時中、日本文学報国会の会長に招聘されたものの、ついに固辞し通した。しかしながら、これについて塩谷賛が書残した次のような発言を見ると、それが戦争への協力を拒否したためであったか、あるいは何らかの社会的役職に就いて束縛されることを嫌ったためであったか、その胸中を簡単に断定することはできない。

（日本文学報国会の―注）会長にと言って役人だの文壇の人だのが幾度でもやって来た。（中略）しかし露伴は老齢と多病とを以て断りつづけた。（中略）わが国が敗れて戦争が終り、こういう役に就いていた人々は汚名を着せられて謹慎させられた。ずっと臥ていた露伴はその後私に、「おれはそういうことが嫌いだからことわり通したのだが、ならないでよかったよ。あんなにひどいことになるとは思わなかったのだが」と言ったことがある。

（『幸田露伴』下、中央公論社、昭和四十三年十一月、四百十二頁）

（8）「蝸牛庵句集」が『創元』昭和二十三年十一月号に、「蝸牛庵日記抄」が『朝日評論』昭和二十四年二月号に、さらに「露伴日記」が『表現』昭和二十四年七月号に掲載されたうえで、これらは『蝸牛庵句集』および『蝸牛庵日記』として、ともに中央公論社から昭和二十四年八月に刊行された。

（9）幸田文は『父―その死―』（昭和二十四年十二月）所収の「菅野の記」において、晩年の露伴のかたわらで生活した視点から、父がいかに世間一般に知られていなかったかを書き記している。

（10）藤本寿彦『幸田文　「わたし」であることへ』（翰林書房、平成十九年八月、百八十一頁）。なお、藤本は同書の十二〜十五頁において、当時の状況をより詳細に考察しているが、幸田文を文化国家に奉仕させようとする「マスメディア」と、彼女をあくまで素人にすぎないとして受入れようとしない「ギルド的メディア」すなわち文壇とを、二項対立的に図式化した整理には疑問が残る。

（11）『日本近代文学大事典』第二巻（講談社、昭和五十二年十一月）十一〜十二頁。

（12）長与善郎「文学雑記」（『東京新聞』昭和二十二年十二月四日）。

（13）長与善郎「文学雑記」（前掲）。

（14）なお、本作の第一節には「血去り惕（おそ）れ出づ」という「易経」風天小畜の文言を、父が口にする場面も記されている。

（15）たとえば深谷考は、出発期の幸田文の姿勢について、「みずから欲して書きたいわけではない人間が、いやいやながら、やむをえず「書く」、書かざるをえない。そうしたあり方が、幸田文のはじめの姿だった」と述べている（『幸田文のかたみ』、青弓社、平成十四年十月、百四十二頁）。

（16）実際、彼女の作品には対して早くから、「女史の文章には露伴翁の古典主義的精神が不知不識の裡に伝へられてゐる」「女史の天稟は翁から放散す（ママ）言霊によつて絶えず鍛へられ錬られてゐたと推せざるを得ぬ」という評言が与えられている（辰野隆「閑言語」、『風雪』昭和二十三年七月、四十五頁）。

（17）柳田泉『幸田露伴』（中央公論社、昭和十七年二月）序語四頁。

（18）中谷宇吉郎「露伴先生と神仙道」（『露伴全集月報』第13号、岩波書店、昭和二十五年十月）一〜三頁。なお、この稿は「『仙書参同契』私観」と改題しつつ、第21号（昭和二十八年二月）まで連載された。

（19）辰野隆「露伴先生」（『露伴全集月報』第14号、岩波書店、昭和二十五年十二月）四頁。

（20）福本和夫『日本ルネッサンス史論から見た幸田露伴』（法政大学出版局、昭和四十七年十月）、篠田一士『幸田露伴のために』（岩波書店、昭和五十九年四月）、井田卓「『蒲生氏郷』—露伴の方法について—」（『比較文学研究』昭和四十九年十一月）など。

初出一覧

序　章　原題「幸田露伴と山田寅次郎―「書生商人」と「酔興記」をつなぐもの―」（『日本近代文学』平成十八年五月）

第二章　原題「「大詩人」から『対髑髏』へ―〈露伴〉の消滅―」（『文学』平成十七年一月）（一部にニコラ・モラールとの共著「新出　蝸牛露伴著「大詩人」草稿　翻刻・解題」（『文学』平成十七年一月）の論旨を含む）

第三章　原題「幸田露伴『二日物語』論―歴史と虚構の狭間で―」（『国語と国文学』平成十八年四月）

第四章　原題「幸田露伴の歴史小説―「風流魔」の構想と成立に即して―」（『日本近代文学』平成二十年五月）

第五章　原題「幸田露伴「頼朝」論―露伴史伝の出発―」（『国語と国文学』平成二十二年四月）

第六章　『国語国文』平成十八年六月

第七章　原題「根岸党の旅と文学―『草鞋記程』の成立考証から―」（『論集　笑いと創造』第六集、勉誠出版、平成二十二年十二月）

第八章　原題「幸田露伴の遊びと笑い―根岸党を基点として―」（『論集　笑いと創造』第五集、勉誠出版、平成二十年三月）
第九章　原題「樋口一葉「うもれ木」論」（『国語と国文学』平成十九年七月）
第十章　原題「幸田露伴「椀久物語」論」（『東京大学国文学論集』平成二十年五月）
第十一章　原題「夏目漱石「琴のそら音」の素材―幸田露伴「天うつ浪」との比較から―」（『相模国文』平成二十二年三月）
第十二章　原題「生活人露伴の誕生―幸田文「終焉」の方法を中心に―」（『相模国文』平成二十一年三月）

本書は日本学術振興会科学研究費補助金（平成十九～二十年度特別研究員奨励費・平成二十一年度特別研究員奨励費・平成二十二～二十三年度研究活動スタート支援）の成果を含んでいる。

索　引

一、本索引には、人名・書名・作品名・紙誌名のみ立項した。ただし、作品中に登場する明らかに架空の人物は取らなかった。
一、人名は最も代表的な号で立項した。
一、本文中の注釈については、索引の対象としていない。
一、各章で扱われている主要な人名・作品名については、その章全体のページを太字で示した。

あとがき

なぜ幸田露伴の文学を研究対象に選んだのですか、と聞かれることがしばしばある。たしかに、露伴の名は文学史のうえでこそ知られているものの、本格的に研究している人の数は決して多くはないから、もの珍しく思えるのかもしれない。そんな時、何とか一応はお答えしようとつとめるのだが、そもそも自分でも心もとないこととて、なかなかはっきりとしたお返事ができない。一番あわてたのは、スイスで翻訳家の友人から問われた時のことで、わたくしの貧弱な語学力では日本語を解さない彼女に十分な説明ができようはずもなく、いつも以上にしどろもどろになってしまった。

そうは言っても、これはやはり説明できなくてはならないことだから、余ったページを使って少しだけ考えてみたい。

国文学の専修課程に進学する前、卒業論文のテーマとして漠然と考えていたのは、夏目漱石、志賀直哉、芥川龍之介、太宰治、三島由紀夫といった作家たちだった。もちろん深い理由などなく、彼らの作品は読んでいておもしろかった、というだけのことである。漱石は「門」がよく、三島は「豊饒の海」が好きで、太宰ならやはり「人間失格」と単純に思い込み、廉くなりはじめていた全集を神保町で買い集めたが、三島由紀夫だけはまだ高くて手が出なかった。学生の身では送料も惜しく、両手に提げてお茶の水駅までの坂道を登った。

考えが変ったのは、渡部泰明先生の演習がきっかけだった。その年のテキストはたしか西行の「宮河歌合」で、教えていただくまま注釈をつけているうちに、調べることの楽しさと、それによって読みかたを深めてゆく方法にすっかり魅了された。だが、やはり近代文学をテーマにしたいという気持ちは変らなかったから、そうした方法が応用できる作家はいないものかと探し、あれこれ読んで行着いたのが幸田露伴だった。それまでに知っていたのは「五重塔」だけだったが、「風流仏」「一口剣」「運命」「連環記」と読み進むにつれ、その広大な文学世界にぜひ取組んでみたいと思うようになった。

以来、露伴の作品について少しずつ勉強し、執筆に際して用いられた文献を探しながら、彼の創作の足跡を辿ろうと試みた。その過程で、もともと歴史が好きだったこともあって歴史小説や史伝に興味が移ったり、周辺の文人たちとの交遊に魅力を覚えたりし、方向性も定めず好き勝手なことを書散らしてきたが、つねに根柢にあったのは、注釈のなかで作家たちの知識の一端にふれたり、作品生成以前の資料の海に身をひたしたりする楽しさだったように思う。今にして思えば、前記の作家たちの作品でも、そうした研究はもちろん可能だっただろう。だが、いわゆる近代文学の様々な通念を先験的に自明なものとせず、ほぼ独学で身につけた該博な教養をもって文章に挑み続けた露伴の文学世界は、やはりどこかで古典に惹かれていたわたくしに強い魅力をもって迫ってきた。

博士論文「幸田露伴研究―「文学」概念の再検討を中心に―」を東京大学へ提出したのは平成二十年のことで、本書はこれをさらに加筆修正したものである。博士論文をまとめた時もそうだったが、今回ふたたび筆を入れるにあたり、旧稿を読返してその蕪雑さに我ながら消沈した。漫然とした締りのない文章、不明瞭な論旨、流れの寸断された行論に我慢がならず、大きく書きあらためることになったが、結果はますます粗雑になっただけのようにも思われる。内容の貧しさも覆いようがないが、それはわたくしの浅学と不明ゆえにほかならず、赤面してお詫びしなくてはならない。

力がおよばず貧弱な仕上りになったとはいえ、お世話になった方々は本当に多い。まず安藤宏先生には、学部生のころからつねに厳しく教え導いていただいた。長島弘明先生からは、書誌の基本から江戸の文芸や文化まで、実に様々なことを教わった。渡部泰明先生の演習が研究の出発点になったのは先に書いたとおりだし、その西行への興味の延長上で「二日物語」論を書くにあたっては、小島孝之先生のお教えを賜った。多田一臣先生、藤原克己先生の授業や演習から学んだことも多く、これ以上を望むべくもない環境で学生生活を送れたのは身に余る幸せと、深く感謝している。

ロバート・キャンベル先生、藤澤るり先生から蒙った学恩もとても大きい。両先生が示して下さった学問の姿勢、物の考えかた、作品の読みかたに触れていなければ、わたくしのあてずっぽうの勉強など、とうに行き詰ってしまっていただろう。今も続く勉強会のみなさん、駒場手紙の会のみなさんからも、論文の草稿を一本書くたび、資料を一つ翻字するたびに、厳しいお教えをいただいた。本書に収めた論考のなかで、執筆時にみなさんからのご助言を仰がなかったものは一つもない。

そのほかにも、お礼を申上げなくてはならない方々は数多い。まず、この本の版元をお引受けくださった青簡舎の大貫祥子さん。文章を書きはじめるきっかけを作ってくださった、ジュネーブ大のニコラ・モラールさんと岩波書店の大矢一哉さん。文学研究の領域の外から、いつも貴重な助言をくださる郷土史家の高山正さん。また、貴重な資料の閲覧・利用を快く許可していただいた国立国会図書館、東京大学附属図書館、明治新聞雑誌文庫、慶應義塾大学三田メディアセンター貴重書室の各位。そして、研究にたずさわってはいないのでお名前は差控えさせていただくが、調査などで行会った様々な方たち。わたくしはつねに、そうした方たちに楽しんで読んでいただきたくて、文章を書いてきたように思う。

最後に私事ながら、わたくしをいつもあたたかく見守り、励ましてくれた家族、そして買込んだ全集を一緒になって運んでくれたころから、ずっと支えてもらっている妻に、あらためて感謝を伝えたい。

平成二十四年八月

出口智之

＊本書は日本学術振興会科学研究費補助金（特別研究員奨励費・研究活動スタート支援）の研究成果を含んでいる。

出口智之（でぐち　ともゆき）

一九八一年、愛知県豊明市生れ。東京大学大学院人文社会系研究科博士課程単位取得退学。日本学術振興会特別研究員を経て、二〇一〇年より東海大学文学部日本文学科専任講師。博士（文学）、二〇〇八年、東京大学。専攻は明治時代の日本文学。著書に『幸田露伴と根岸党の文人たち―もうひとつの明治』（教育評論社、二〇一一年）、共著に『Jブンガク 英語で出会い、日本語で味わう名作50』（東京大学出版会、二〇一〇年）、主要論文に「鷗外文庫蔵武田範之関係資料―鷗外と韓国と川上善兵衛と―」（『文学』二〇〇七年三月）など。

幸田露伴の文学空間　近代小説を超えて

二〇一二年九月一五日　初版第一刷発行

著　者　出口智之
発行者　大貫祥子
発行所　株式会社青簡舎
〒一〇一-〇〇五一
東京都千代田区神田神保町二-一四
電話　〇三-五二一三-四八八一
振替　〇〇一七〇-九-四六五四五二
装　幀　水橋真奈美（ヒロ工房）
印刷・製本　藤原印刷株式会社

ISBN978-4-903996-57-8　C3093